CHARLIE RICHARDS

Die Wölfe von Stone Ridge

Band 14

Frohes pelziges neues Jahr
Veränderung auf leisen Pfoten

Eine Sammlung homoerotischer Liebesromane für Erwachsene

Me and the Muse Publishing

ME AND THE MUSE PUBLISHING
www.meandthemuse.com

ISBN-13: 9781672339902

Me and the Muse Publishing – Sage Marlowe
Hohenstaufenring 62, 50674 Köln, 2019

Übersetzt von: Sage Marlowe

Inhalt

Frohes pelziges neues Jahr

KAPITEL 1

„Mit dem wirst du alle Hände voll zu tun haben“, kommentierte Jared Templeton und ein Grinsen umspielte seine schmalen Lippen. Er legte eine Akte auf den Tisch neben einer Bierflasche ab und ließ sich auf einem Stuhl nieder. Mit einem Zeigefinger auf die Akte tippend und Belustigung in seiner Stimme, fügte er hinzu: „Er hat schon versucht, die Schulcomputer zu hacken.“

Rowen St. Paul hob den Kopf und hörte auf, die Spielkarten in seiner Hand anzustarren. Sie waren sowieso Mist. „Wovon redest du?“, fragte er und konzentrierte sich auf Jared. Er warf seine Karten auf den Tisch – mit der Vorderseite nach unten. „Ich bin raus.“

„Du warst nicht dran“, grummelte Parker und runzelte die Stirn.

Rowen zuckte mit den Schultern und warf einen Blick auf seinen Freund, ebenfalls ein Wolfswandler. „Ich bin trotzdem raus." Er starrte Jared wieder an, gleichzeitig besorgt und fasziniert von dem Grinsen des Menschen. „Wer wird mir Schwierigkeiten machen, indem er was tut?"

Jared erhob sich von dem Platz, den er vorübergehend am Pokertisch eingenommen hatte, und winkte dem verwirrten Rainy – einem weiteren Wolfswandler – mit einer Hand zu, damit er wusste, dass er sich wieder setzen durfte. Jared krümmte einen Finger und bedeutete Rowen so, ihm zu folgen. Da er sowieso verloren hatte, hatte Rowen kein Problem damit, seinen Platz aufzugeben. Er ließ sogar die paar Chips, die er noch hatte, auf dem Tisch liegen und forderte seine Freunde auf, sie unter sich aufzuteilen.

Es waren sowieso nur zwanzig Dollar.

Als Wolfswandler würde Rowen normalerweise keine Befehle von einem Menschen entgegennehmen, aber mit Jared war es anders. Zum einen war Jared der Gefährte von Carson, dem Ersten Vollstrecker ihres Rudels. Zum anderen schien Jared in der Lage zu sein, jemanden nur mit einem Blick dazu zu zwingen, etwas zu tun. Er konnte einen so kalten Gesichtsausdruck zeigen, dass seine haselnussbraunen Augen sich in eine Person zu bohren schienen und Vergeltung versprachen, wenn seine Befehle nicht befolgt wurden.

Rowen wollte ganz sicher nicht, dass dieser Ausdruck jemals auf ihn gerichtet wurde. Von Jared bei einem Pokerabend beiseitegenommen zu werden, musste einen guten Grund haben … einen verdammt wichtigen. Rowen folgte Jared in ein kleines Arbeitszimmer.

Yates, der Besitzer des Hauses und Gastgeber der Pokerpartie, saß auf einem Sessel. Sein Gefährte Aryen, ein Dingowandler –, saß zu seinen Füßen zusammengerollt auf einem Kissen und beugte den Kopf über ein Buch. Yates fuhr mit den Fingern fast abwesend durch Aryens Haar, streichelte seinen Gefährten.

Trixie Belden Band Siebzehn. Rowen las den Titel des Romans mit Hilfe seines ausgezeichneten Sehvermögens. Obwohl er oft gerne Designerbrillen trug, brauchte er sie eigentlich nicht. Aus irgendeinem Grund schienen seine Schüler besser auf ihn zu reagieren, wenn er sie trug, also hatte er im Laufe der Jahre eine große Auswahl angesammelt. Er hatte jetzt über ein Dutzend, alle mit Gläsern, die nur zur Schau waren.

Ebenfalls im Raum befand sich Carson, Jareds Gefährte, und als Rowen hörte, wie die Verandatür hinter ihm ins Schloss fiel, drehte er sich um und erblickte Declan McIntire, den Alpha des Rudels, und seltsamerweise Detective Lyle Sullivan. Lyle war ursprünglich ein Mensch gewesen, aber Wissenschaftler hatten ihn entführt und Gentests unter Verwendung von Wandler-DNA an ihm durchgeführt. Durch irgendeine geheime Formel, die nur wenige Personen kannten, hatte Lyles Geist sich irgendwie mit einem Waran verbunden, was ihm die Fähigkeit gab, sich in das Tier zu verwandeln.

Rowen sah sich in der Gruppe um und spürte, wie Unbehagen seinen Rücken hinunterlief. „Alpha?“, flüsterte er. Sein Wolfsinstinkt veranlasste ihn, sich zur Beruhigung an seinen Rudelführer zu wenden. Rowen war nie ein dominanter Wolf gewesen und würde es auch nie sein. Die Menge an aggressiven Persönlichkeiten, die den Raum füllten, beunruhigte seinen Wolf.

„Entspann dich, Rowen“, antwortete Declan mit seiner tiefen, irisch akzentuierten Stimme.

Declan trat vor und legte eine große, dunkle Hand auf Rowens Nacken, als er seinen Blick traf. Er drückte leicht zu, beruhigte Rowens Wolf mit dieser einfachen Berührung und gab ihm Stabilität.

„Du hast nichts falsch gemacht. Ich dachte nur, da du und Yates beide davon betroffen sein werdet, würde ich euch darauf aufmerksam machen.“

Declan sah Jared finster an, als er Rowen eine Akte hinhielt, ähnlich der, die Jared vom Tisch hergetragen hatte. Rowen vermutete, dass der vorwurfsvolle Blick wahrscheinlich darauf zurückzuführen war, dass Jared ihn versehentlich verunsichert hatte, aber der Mensch hob nur beide Brauen, als er einen Schluck klare Flüssigkeit trank. Declan konzentrierte sich wieder auf Rowen.

Nachdem er sowohl Rowens Nacken als auch die Akte losgelassen hatte, deutete Declan auf ein Sofa, als er erklärte: „Es geht um einen neuen Schüler, der im Januar in eure Klasse kommt.“

„Ein neuer Schüler?“ Rowen konnte die Überraschung nicht aus seiner Stimme halten. „Wirklich?“ Es gab selten Schüler, die mitten im Schuljahr zu ihnen wechselten, und dieser hatte die Aufmerksamkeit seines Rudelalphas auf sich gezogen … „Was ist los? Ist er oder sie ein Wandler?“

„Nein, er ist kein Wandler“, erklärte Carson und zog die Aufmerksamkeit auf sich.

„Aber er ist ein verdammt guter Hacker", teilte Jared mit. Er streckte sich auf dem Stuhl aus, neben dem Carson stand, ein Bild der Entspannung. Sein Lächeln enthielt jedoch wenig Wärme. „Es wird unterhaltsam sein zu sehen, welche Fortschritte er macht."

Carson warf einen Blick auf seinen Gefährten und lächelte belustigt, bevor er sich wieder auf Rowen konzentrierte. „Wesley O'Connor", fuhr Carson fort. „Mensch, wurde im Oktober achtzehn und wiederholt sein Abschlussjahr."

„Mit welchem Fach hat er Schwierigkeiten?", fragte Yates und zog besorgt die Brauen zusammen. Dann legte er den Kopf schief und überlegte: „Ich habe noch nichts von einem Hacker mit einer Lernschwäche gehört, aber ich denke, es könnte möglich sein."

Rowen nickte abwesend und fragte sich dasselbe. Er wusste, dass Yates fragte, weil er, obwohl er eigentlich Sportlehrer an der Schule war, auch gelegentlich als Schülerberater arbeitete. Aufgrund der Zusammenarbeit – Rowen unterrichtete Geschichte – hatten er und Yates sich gelegentlich gemeinsam Wege überlegt, um dem einen oder anderen Schüler zu helfen.

„So ein Fall ist nicht dokumentiert", sagte Carson. „Er wurde rausgeschmissen, weil er das Computersystem der Schule gehackt und ihr Netzwerk lahmgelegt hat. Sämtliche Aufzeichnungen der Lehrer über die Noten wären fast verloren gewesen."

Jared lachte in sich hinein.

Carson blickte seinen Gefährten finster an und legte

eine Hand auf seinen Hals. „Nicht lustig, Babe“, knurrte er. „Schulen haben ohnehin Schwierigkeiten, sich zu finanzieren, und sie mussten Hunderte von Dollar an ein IT-Unternehmen zahlen, um den Schaden zu beheben und ihre Daten zurückzubekommen.“

Jared blickte zu seinem Geliebten auf und grinste unbeeindruckt. „Entschuldigung, Injun“, schnurrte er geradezu. Seine haselnussbraunen Augen schienen vor Hitze zu glänzen. „Ich lasse dich später meinen Arsch bis zur Unterwerfung hämmern.“

Carson knurrte leise. Seine Augen verengten sich, als seine Wangen ein bisschen rot wurden.

Declan seufzte und trat dann vor. „Wie auch immer, wir haben euch beide hier reingerufen, damit ihr diesen jungen Mann im Auge behalten könnt“, erklärte Declan. „Wir können es nicht gebrauchen, dass er an den falschen Stellen neugierig wird“, warnte er. Er kniff seine dunkelgrauen Augen zusammen und sah Jared finster an. „Hacker scheinen eine Neigung zu haben, Dinge zu entdecken, die sie nicht finden sollten.“

Jared hob die Hände und streckte die Handflächen aus. „Hey, ich arbeite jetzt für die guten Jungs, weißt du noch?“

„Also, was genau hast du letzte Woche getan, als du dich in die Systeme der CIA gehackt hast?“, fragte Carson und klang eher amüsiert als verärgert.

„Ich wollte sicherstellen, dass sie ihren Teil der Abmachung einhalten“, antwortete Jared grinsend. Er griff nach Carsons Schenkel und legte seine Hand darum … wirklich weit oben auf seinem Schenkel. Seine Finger lagen knapp unter dem Schritt der Jeans des großen Vollstreckers und bewegten sich leicht. „Ich will ja nicht, dass sie uns heimlich nachstellen oder so.“

Carson knurrte, als er nach unten griff, Jareds Finger umfasste, sie einfing und gleichzeitig ruhighielt. „Also hast du *nicht* versucht herauszufinden, wo sie Doktor Marlow festhalten?“, fragte er. Seine Stimme war rau von dem berauschenden Geruch von Erregung, der jetzt den Raum durchdrang.

Rowen bewegte sich unbehaglich und wollte seinen sich schnell füllenden Schwanz zurechtrücken. Diesem Austausch zuzusehen war wie lebendiger Porno. Die erhitzten Blicke des Paares, das sich regelrecht mit den Augen fickte, ließen Rowens eigenes Blut kochen.

Es ist viel zu lange her, seit ich flachgelegt worden bin.

„Nun, wenn ich das herausfinden würde, könnten wir –
“

„Genug, meine Herren“, schnappte Declan. „Macht das zuhause.“ Er funkelte Jared an. „Und wenn du zufällig etwas über Marlow herausfinden solltest …“ Er hielt inne und ließ den Satz in der Luft hängen.

Jared grinste breit. „Du wirst es als Erster erfahren, Alpha.“

Declan nickte knapp. Er deutete zwischen Rowen und Yates hin und her und befahl: „Behaltet Wesley im Auge. Wenn er ein Problem für uns wird, muss ich es eher früher als später wissen.“

Rowen senkte den Kopf, zeigte seine Unterwerfung und die Bestätigung des Befehls in einer Bewegung.

„Nun, ich mache mich auf den Weg, um Todd zu suchen“, murmelte Lyle und versuchte nicht einmal, seine Bewegungen zu verbergen, während er sich in seiner Jeans zurechtrückte. „Zu viele verdammte Pheromone hier drinnen“, grummelte er, als er sich umdrehte und die Tür öffnete.

Auch wenn Rowen seinen eigenen Ständer verstehen konnte, da der Geruch von Jared und Carsons offensichtlicher Erregung und Lust aufeinander seinen Körper reagieren ließ – er war nicht verpaart. Lyle hingegen schon. Rowen hatte immer den Eindruck gehabt, dass ein Wandler, wenn er erst einmal verpaart war, nur noch vom Duft seines eigenen Gefährten, oder seiner Gefährtin, erregt würde. Er runzelte die Stirn und zog die Brauen zusammen. Er zeigte auf die jetzt offene Tür und öffnete und schloss einmal seinen Mund, unsicher, wie er seine Verwirrung ausdrücken sollte.

Sein Alpha musste ihn verstanden haben, denn Declan zuckte die Achseln. „Er hat sein Leben nicht als Wandler angefangen, erinnerst du dich? Bei ihm funktioniert nicht alles gleich.“ Der große Wolfswandler lächelte. „Aber täusche dich nicht, er würde Todd niemals untreu werden.“

Rowen nickte. „Stimmt. Dieser Gedanke war mir nicht in den Sinn gekommen“, gab er zu. „Ich bin nur verwirrt wegen, äh …“ Er spürte, wie sein Gesicht heiß wurde. Er hatte noch nie mit jemandem in seinem Rudel rumgemacht und nur ein paar seiner engsten Freunde – Yates war einer von ihnen – davon erzählt, dass seine bevorzugten Bettpartner jüngere Männer waren.

Über Sex mit seinem Alpha sprechen … nein danke.

„Schon gut.“ Er zwang sich zu einem Lächeln, als er

seinen Blick über die verbleibenden Männer schweifen ließ. „Dann gehe ich wohl nach Hause. Die Schule beginnt morgen früh. Frohes neues Jahr euch allen.“ Mit diesen Abschiedsworten winkte Rowen und ging dann aus dem Raum.

Sobald er das Arbeitszimmer verlassen hatte, holte Rowen tief Luft und nahm sich ein paar Sekunden Zeit, um das Pulsieren der Erregung durch seinen Körper zu *spüren.* Seiner Meinung nach gab es nichts Besseres als das berauschende Gefühl des Verlangens. Diese Erwartung, Lust zu empfinden, das Pulsieren des Blutes durch seine Erektion zu spüren, das ihn schmerzen und zucken ließ, gab Rowen auf die ursprünglichste Weise das Gefühl, lebendig zu sein.

Rowen winkte und rief den anderen, die sich noch in Yates' Haus befanden, *Gute Nacht* und *Frohes neues Jahr* zu, während er zur Haustür ging. Er dachte geistesabwesend darüber nach, welchen Porno er anschauen würde, wenn er nach Hause kam, um seine unpassende Erektion zu optimieren. Noch nie in seinem Leben war er so dankbar gewesen, dass er aufgrund des fallenden Schnees beschlossen hatte, die knappen zwei Kilometer zu Yates zu fahren, anstatt sich in seinen Wolf zu verwandeln und nach nebenan zum Haus seines Freundes zu joggen, wie er es normalerweise tat.

Als Rowen einige Minuten später nach Hause kam, ging er nach oben in sein Arbeitszimmer. Er warf die Akte über Wesley auf seinen Schreibtisch und wandte sich dann dem Sideboard zu. Nachdem er den fast vollen Dekanter mit Brandy und ein Glas herausgenommen hatte, goss er sich mehrere fingerbreit ein.

Rowen drehte sich um und kehrte zu seinem Schreibtisch zurück. Er wollte sich in seinem großen Lederstuhl niederlassen und online Pornos suchen, um seinen geilen Schwanz zu beschäftigen. Stattdessen entdeckte er das Bild, das halb aus der Akte gerutscht war. Als Rowen zerzauste, erdbeerblonde Haare sah, die über eine blasse Stirn und in wütende, haselnussbraune Augen fielen, musste er einfach mehr sehen.

Er zog das Bild heraus und verschluckte fast seine Zunge. Er nahm schnell einen Schluck von seinem Brandy, um etwas Feuchtigkeit in seinen plötzlich trockenen Hals zu bekommen. *Das ist Wesley?* Da musste ein Fehler unterlaufen sein.

„Auf keinen Fall ist dieser Typ erst achtzehn", murmelte Rowen und ließ sich in seinen Stuhl sinken. Er öffnete die Akte und sah, dass es keine anderen Fotos gab, was bestätigte, dass dies in der Tat das neueste Problemkind an seiner Schule war. „Heilige Scheiße."

Er stellte seinen Brandy ab und fuhr mit seiner nun freien Hand über die Sommersprossen, die über den Nasenrücken des jungen Mannes gesprenkelt waren. Es waren jedoch Wesleys Augen, die seine Aufmerksamkeit auf sich zogen. Etwas Dunkles und Misstrauisches brannte in ihren Tiefen, und die gerade Linie von Wesleys dünnen Lippen schien zu einem wütenden Ausdruck der Abneigung verzogen zu sein.

Rowens Schwanz zuckte und reagierte auf das hübsche Bild von Gereiztheit vor ihm. „Scheiße", murmelte er und legte seine Hand auf seinen Ständer. Er umfasste ihn durch seine Jeans und massierte mit dem Daumen die empfindliche, faltige Haut unter seiner Eichel. Er seufzte, als er fühlte, wie ein Tropfen Vorsperma heraustropfte.

Nachdem Rowen das Bild weggelegt hatte, stand er auf und zog sich schnell aus. Er ließ sich nackt auf seinem Stuhl nieder und drehte sich seitlich zu seinem Schreibtisch um. Mit gespreizten Beinen streichelte Rowen leicht seinen pochenden Schwanz, als er anfing, die Informationen über Wesley zu lesen.

Es dauerte nicht lange, nicht einmal zwanzig Minuten. 18 Jahre alt. Eine jüngere Schwester, Cassandra. Name der Mutter Aletta. Vater William. Er wurde erwischt, wie er sich in das Schulsystem gehackt hatte, um seine Mathematiknote von D auf B zu ändern, also von einer Fünf auf eine Zwei. Er war von der Schule verwiesen und gezwungen worden, das ganze Jahr zu wiederholen. Wurde nach Stone Ridge geschickt, um bei Williams Mutter zu leben, in dem Versuch, ihn vor Ärger zu bewahren.

Als das erledigt war, schaute Rowen auf seinen aufragenden Schwanz herunter und stellte fest, dass seine Vorhaut zurückgezogen war und seine pralle, blutrote Eichel frei lag. Sein Schlitz zwinkerte ihm bei jeder Bewegung zu und vergoss Lusttropfen. Seine Eier prickelten zwischen seinen Beinen und signalisierten das Verlangen seines Körpers, die Ziellinie zu erreichen.

Rowen warf einen letzten Blick auf Wesleys Portraitfoto, legte den Kopf zurück auf seine Stuhllehne und schloss die Augen. Das Wissen, dass er sich am Morgen wie ein schmutziger alter Mann fühlen würde, hinderte ihn nicht daran, ein Bild von einem schlanken Körper und engen Arsch heraufzubeschwören, die zu Wesleys schmalem Gesicht passten.

Rowen verstärkte seinen Griff um seinen Schwanz und steigerte das Tempo. Er packte die Armlehne seines Stuhls, und das Leder knarrte, als er in seine Faust stieß. Sich seiner Fantasie hingebend, stellte Rowen sich vor, er würde Wesley ficken.

Genau wie Rowen vermutet hatte, plagten ihn am nächsten Morgen Schuldgefühle. Jedenfalls, bis das Objekt seiner nächtlichen Masturbations-Session in sein Klassenzimmer spazierte und auf einen Platz im hinteren Bereich zusteuerte.

Wesleys männlicher Geruch kitzelte Rowens Sinne und weckte seinen Schwanz aus einem ganz neuen Grund. *Oh, fuck!* Rowen wusste, dass das Schicksal das verdammt lustig finden musste.

Wesley O'Connor war sein Gefährte.

Dies wird das längste und schmerzhafteste halbe Schuljahr meines Lebens!

Rowen knöpfte seinen Blazer zu, stand auf und machte sich daran, den Unterricht zu beginnen, während er betete, dass sein steifer Schwanz sich nicht zeigte.

KAPITEL 2

Wesley O'Connor lümmelte in seinem Stuhl, vor allem, um seine unerwartete Erektion zu verbergen. *Heilige Maria, ist dieser Lehrer heiß!* Wesley warf einen Blick auf den Schreibtisch und las das Namensschild.

Rowen St. Paul.

Hallllooo, Rowen! Vielleicht ist diese neue Schule doch nicht so beschissen.

Wesley starrte Mister St. Paul an – *Gott, ich nenne ihn auf keinen Fall Mister, nicht wenn ich eine Chance bei dem heißen Feger haben will.*

Professor. Ja, das wird funktionieren.

Wesley beobachtete Rowen mit halbgesenkten Lidern und tat so, als würde er kaum wach bleiben. Er schätzte seinen Lehrer auf etwa fünfunddreißig, wenn man seine makellose, gebräunte Haut in Betracht zog. Als der ältere Mann seinen Schreibtisch umrundete, bemerkte Wesley, dass sein dunkles Haar im Nacken zusammengebunden war und dass seine gut geschnittene Hose und Jacke muskulöse Beine und breite Schultern umschlossen.

Lecker!

Nur weil Wesley sich keine schicke Kleidung leisten konnte, bedeutete es nicht, dass er sie nicht zu schätzen wusste … besonders an einem so hübschen Körper. Er wettete, dass unter dieser Jacke viele Muskeln versteckt waren.

Was würde nötig sein, um den Professor dazu zu bringen, dass ich ihm diese Hose ausziehen darf? Mir vielleicht ein paar Extrapunkte verdiene?

Wesley grinste bei seinem Gedanken. Er war noch nie besonders gut in Geschichte gewesen. Er könnte ein paar Extrapunkte gut gebrauchen. Es gelang ihm geradeso, sein Grinsen bei diesen verruchten Gedanken zu verbergen.

Wesley hatte seine Sexualität im Alter von zwölf Jahren akzeptiert und sie gut versteckt. Das bedeutete nicht, dass er diesbezüglich nicht aktiv gewesen wäre. Er hatte eine Menge älterer Männer gefunden, die die Idee liebten, einen heißen jungen Twink einzureiten. Wenn Wesley einen gefälschten Personalausweis gekauft und über sein Alter gelogen hatte, nun, das war seine Sache. Es war nicht so, als würde er es seinen Eltern erzählen.

Wesleys Vater, William O'Connor, war schon enttäuscht genug von Wesley, weil er Computer mochte und beim Sport versagte. Seine Mutter Aletta hingegen hatte sich einfach noch nie für einen Jungen interessiert. Nachdem sie seine jüngere Schwester, Cassandra, bekommen hatte, schien seine Mutter völlig zu vergessen, dass er existierte … es sei denn natürlich, er steckte in Schwierigkeiten.

Wesley hatte sich nicht wirklich darum gekümmert. Es bedeutete, dass er viel sich selbst überlassen war, was ihm genügend Zeit gab, um zu entdecken, wie sehr er einen harten Schwanz in seinem Arsch mochte. Je größer der Schwanz, der seinen Hintern dehnte, desto besser, fand er. Natürlich war

Wesley auch mit ein paar Männern zusammen gewesen, die, obwohl ihr Schwanz nicht besonders groß gewesen war, bestens gewusst hatten, wie man ihn benutzte.

Als er hörte, wie sein Name in einer sexy Tenorstimme genannt wurde, löste sich Wesley aus seinem Tagtraum von Schwänzen und Arschlöchern.

Schade.

Wesley blickte auf und bemerkte, dass Rowen ihn genau anstarrte … wie fast jeder andere Schüler im Raum. Die einzigen, die ihn nicht ansahen, waren zwei Jocks, die zwei Reihen weiter miteinander flüsterten.

Wesley unterdrückte schnell die Verlegenheitsröte, die seinen Nacken und seine Wangen zu bedecken bedrohte, und grinste, als er Rowens Blick begegnete. „Ja, Prof?", fragte er angriffslustig, als er sich in seinen Stuhl zurücklehnte und seine Beine spreizte, um seinen Ständer zu demonstrieren. Natürlich war Wesley ein geiler Teenager, also würden die anderen auf keinen Fall ahnen, dass der sexy Lehrer ihm diese Erektion verschaffte.

Rowens Augen verengten sich nur ein bisschen, und sein Blick huschte zu Wesleys Schritt. Es ging so schnell, dass Wesley es verpasst hätte, wenn er nicht darauf geachtet hätte. Im nächsten Moment lächelte Rowen höflich und sagte: „Ich habe Sie gefragt, ob Sie das achte Kapitel über die Französische Revolution gelesen haben. Ich erwarte nicht, dass Sie vollständig aufgeholt haben, aber –"

„Nö, hatte keine Zeit", unterbrach Wesley.

Als Wesley beobachtete, wie ein Muskel in Rowens Kiefer zuckte, trat er sich in Gedanken. Jede Hoffnung, dem

Mann den Schwanz zu lutschen, hatte sich wahrscheinlich gerade in Luft aufgelöst. Es war einfach eine spontane Reaktion gewesen. Fragen zur Schule? Klappe aufreißen. In der Vergangenheit hatte es immer funktioniert, um ihm die Lehrer vom Hals zu halten.

„Ich verstehe", erwiderte Rowen und seine Stimme vertiefte sich nur ein wenig. „Bitte bleiben Sie nach dem Unterricht hier, und wir werden besprechen, was getan werden muss, um Ihnen beim Aufholen zu helfen." Sich abwendend, kehrte er nach vorne zurück und ließ seinen Blick über den Rest der Klasse schweifen. „Schlagen Sie alle Seite einhundertsechzehn auf. Wir werden zunächst diskutieren, wie Kriege, an denen Frankreich beteiligt war, die Revolution ausgelöst haben könnten."

Bevor Wesley seine Zunge vom Gaumen lösen konnte, hörte er das Mädchen zu seiner Linken lachen. Er starrte sie an und kräuselte seine Lippe. Sie grinste nur schief zurück, als sie sich auf ihren Ellbogen gestützt zu ihm lehnte.

„Mister St. Paul ist wirklich einer der coolen Lehrer", vertraute sie ihm an. „Sehr nachsichtig und vernünftig. Du solltest es dir mit ihm nicht verderben."

Wesley stimmte im Stillen zu, aber sicher nicht aus den Gründen, die die Blondine vermuten würde. Äußerlich zuckte er die Achseln, als er murmelte: „Was auch immer."

„Du bist neu hier", flüsterte das Mädchen ihm weiter zu. „Ich bin Lilith. Soll ich dich herumführen?"

Während Wesleys instinktive Reaktion darin bestand, Lilith zurückzuweisen – er brauchte kein Mitleid, von niemandem –, unterdrückte er diese Reaktion. „Ich …", begann er und hielt dann inne, als er den bösen Blick von einem der Jocks zwei Gänge weiter bemerkte. Er wusste, was dieser besitzergreifende Blick bedeutete. Für einen Augenblick dachte Wesley daran, Liliths Angebot anzunehmen, nur um den Jock anzupissen, aber da der Typ bereits auf den Arm des anderen Jocks geschlagen hatte, mit dem er geflüstert hatte, und ihn nun beide anstarrten, beschloss Wesley, es nicht zu tun.

Ja, mein Instinkt hat recht.

Wesley hatte keine Lust, gleich an seinem ersten Tag in der Schule die Scheiße aus dem Leib geprügelt zu bekommen. Er konzentrierte sich wieder auf Lilith und ihren erwartungsvollen Blick und schüttelte den Kopf. „Nein, ich komme klar." Er schnaubte und nickte dem anderen Jungen zu. „Außerdem würde es deinem Freund nicht gefallen."

Er ließ sich nicht mit Mädchen ein, und die mit Anhang waren noch gefährlicher. Er war nicht groß mit seinen eins fünfundsiebzig und hatte die dünne Gestalt eines Geeks – noch etwas, das sein Vater hasste. Er war jung, nicht dumm.

Lilith warf dem Jock einen Blick zu und konzentrierte sich dann wieder auf Wesley. „Oh, das ist Dawson. Er würde keiner Fliege was zuleide tun", sagte sie abwehrend.

Wesley schnaubte fast. *Ja. Klar.*

Wesley schüttelte den Kopf und versuchte es erneut. „Nein. Ich muss bleiben und mit dem Lehrer sprechen, erinnerst du dich?" Er deutete zur Betonung auf Rowen.

Nach einem Blick in Richtung ihres redenden Lehrers, dann zurück zu Wesley, begann Lilith anzubieten: „Ich könnte warten –"

„Lilith", rief Rowen, und seine melodische Stimme drang leicht durch den Raum. „Aufpassen, bitte."

Lilith errötete und setzte sich aufrecht. „Entschuldigung, Sir."

Verdammt, war Rowen immer so höflich und professionell? Wesley verspürte den verrückten Drang, ihn irgendwie aus der Fassung zu bringen. Was würde nötig sein, um die Knöpfe dieses neuen Objekts seiner Begierde zu drücken?

Wesley heuchelte Interesse und schaute Rowen an. Er verfolgte die Bewegungen seines Professors und lauschte seiner Stimme, obwohl er nicht ein Wort davon hätte wiederholen können. Er war zu sehr damit beschäftigt, den Mann zu bewundern.

Rowens dunkles Haar war überraschend lang für einen Lehrer. Er trug es zu einem kurzen Pferdeschwanz im Nacken zusammengebunden, was den leicht zurückweichenden Haaransatz auf seiner Stirn zeigte. Er hatte eine aristokratische Nase und hohe Wangenknochen mit vollen Lippen.

Wesley fragte sich erneut, ob Rowen schwul oder vielleicht bi war. Zur Hölle, war er überhaupt Single? Ein Mann, so sexy wie er es war, mit breiten Schultern und großen Händen, konnte sicherlich nicht mehr zu haben sein. Als Rowen sprach, bewegte er seine Hände ausdrucksvoll, und Wesley fand seine Aufmerksamkeit von seinen kurzen, quadratischen, sauberen Nägeln gefesselt.

Verdammt, jetzt bewundere ich seine Nägel? Was zum Teufel?

Wesley brauchte eine Ablenkung von seinem heißen Lehrer und konzentrierte sich tatsächlich auf den Unterricht.

Dem Stoff folgend, hielt er den Kopf gesenkt und konzentrierte sich auf das vor ihm liegende Lehrbuch. Er bemühte sich, aufmerksam zu sein. Irgendwie war das besser als Rowen anzustarren. Jedes Mal, wenn er bemerkte, wie sich die Hose des Lehrers über seinem Arsch straffte oder wie seine Jacke über seinem breiten Rücken spannte, wenn er an die Tafel schrieb, zuckte sein eigener Schwanz in seiner Hose und vergoss eine Perle flüssiger Sehnsucht.

Wenn das geschah, befürchtete Wesley, dass eines von zwei Dingen passieren würde. Entweder würde sein Schwanz die Naht seiner Jeans sprengen … oder er würde sich dauerhaften körperlichen Schaden zuziehen. Heilige Hölle am Haken. Er hatte sich sein ganzes Leben lang zu älteren Männern hingezogen gefühlt, aber das war verdammt lächerlich!

Bevor Wesley es richtig realisierte, ertönte die Glocke. Die Schüler um ihn herum begannen, Bücher, Hefte und Stifte in ihre Taschen zu schieben. Wesley tat langsam dasselbe.

Lilith erhob sich neben ihrem Schreibtisch und richtete sich wieder an Wesley. „Bist du sicher, dass ich nicht bei dir bleiben soll? Das macht mir nichts aus“, bot sie an, als sie eine Hand auf die Tischplatte legte. Die Bewegung ließ ihr Blusentop durchhängen und zeigte die Ansätze ihrer kleinen, cremigen Hügel.

Oh, verdammt nein!

Wesley zwang sich zu einem Lächeln, nach dem ihm nicht zumute war, und schüttelte den Kopf, als er seinen Rucksack aufhob und aufstand. „Nein, ich komme zurecht. Ich habe eine Karte und so, und es ist nur noch ein Kurs übrig und der findet nur ein paar Türen weiter statt."

Er wollte oder brauchte niemanden, der wartete und zusah, während er mit Rowen sprach. Wenn er die Chance bekam, wollte Wesley wirklich gerne nachsehen, ob er eine gewisse Hitze in den Augen seines Lehrers erkennen konnte. Er war verdammt gut darin geworden, die subtilen Zeichen zu bemerken. So wie Wesley keine Lust hatte, aus dem Haus seiner Eltern geworfen zu werden, weil er schwul war – er hätte ein Dach über dem Kopf verloren und das Essen, das sie zur Verfügung stellten –, wollten die meisten älteren Männer nicht, dass ihr eigenes Geheimnis preisgegeben wurde. Für Wesley war es eine für beide Seiten vorteilhafte Situation.

Natürlich war Wesley inzwischen bereits aus dem Haus seiner Eltern geworfen worden. Sein Vater hatte ihn zu seiner Großmutter ins Nirgendwo geschickt in dem Versuch, das Gesicht vor seinen Country Club-Freunden zu wahren. Niemand wollte einen Verbrecher zum Sohn. Wesley war sich sicher, dass William erwartete, dass er in seiner gegenwärtigen Umgebung auf den rechten Weg gebracht werden würde.

Wesley gab bereitwillig zu, dass das Zusammenleben mit seiner Großmutter echte Kacke war. Es war nicht einmal so, als wäre sie eine fromme alte Schachtel. Nein, stattdessen machte sie ständig bissige Kommentare darüber, dass Wesley jetzt erwachsen war. Er musste die Schule beenden, sich einen Job suchen und aufhören, der Gesellschaft zur Last zu fallen.

Ohne dass sie es wusste, stimmte Wesley ihr zu, nur nicht aus den Gründen, die sie nannte. Er hoffte, dass die nächsten paar Monate schnell vergehen würden. Er plante, seinen Abschluss zu machen, dann nach Denver zu ziehen. Er besaß ein paar wertvolle Schmuckstücke, die ihm seine Verehrer geschenkt hatten. Wenn das ihn auf die gleiche Stufe mit Prostituierten stellte, konnte Wesley nichts dafür. Mit dem Geld aus dem Verkauf wollte er das College bezahlen.

Das Schaben und Tappen von Schuhen auf Linoleum rissen Wesley aus seinen Gedanken. In der Zwischenzeit, das wusste Wesley, musste er seinen Kopf unten halten und niemandem in die Quere kommen … größtenteils. Wenn er ein wenig Interesse vom Lehrer entgegengebracht bekam, wäre es das wert, jemandem in die Quere zu kommen – nämlich Rowen.

Wesley schlenderte den Gang hinauf und hielt mit einer Hand seinen Rucksackgurt, der über einer Schulter hing. Er schob die linke Hand in die Tasche seiner tiefhängenden Jeans und wusste, dass die Bewegung die Aufmerksamkeit auf seinen mit seiner Erektion gefüllten Schritt lenkte. Die Schultern eingezogen und den Kopf gesenkt, klebte Wesley ein schiefes Grinsen auf seine Lippen und sah Rowen durch seine Wimpern an, bemerkte die Sekunde, in der sein sexy Professor sein Näherkommen bemerkte.

Bingo!

Wesley stieß innerlich die Faust in die Luft. Er hatte das leichte Flattern der Nasenflügel seines Lehrers gesehen, das Weiten seiner Augen und ein Zucken in seinem Kiefer – ein unbewusster Hinweis auf Rowens Verlangen. Wesleys geistige Erregung nahm zu. Rowen hatte ein mieses Pokergesicht.

Als Wesley sich zur Vorderseite des Raumes bewegte, lehnte Rowen sich mit einer Hüfte an seinen Schreibtisch und beobachtete, wie er sich näherte. Er schob eine Hand in seine

Tasche und legte die Knöchel der anderen auf den Schreibtisch. Die Haltung zog seine Jacke gerade weit genug von Rowens Schritt weg, um ein Stückchen seiner Erektion zu offenbaren.

Perfekt.

„Danke, dass Sie nach dem Unterricht geblieben sind, Wesley", begann Rowen. „Ich kann mir kaum vorstellen, wie schwierig es ist, in der Mitte des Schuljahres die Schule zu wechseln." Seine dunklen Augen verengten sich ein wenig, als er hinzufügte: „Auch wenn Sie die Aufgaben des ersten Halbjahres nicht mehr nachholen müssen, werden Sie sich den Stoff anschauen müssen, damit Sie auf die Abschlussprüfungen vorbereitet sind. Soll ich Ihnen einen Nachhilfelehrer zuweisen, der Ihnen hilft?"

Wesley hörte zu, wie Rowen redete, und die tiefe Stimme des Mannes rollte fast wie eine sinnliche Liebkosung über ihn. Er wusste nicht, was die Stimme des Mannes so besonders machte, aber verdammt. Dann konzentrierte sich Wesley auf die Worte selbst.

Warte mal. Was?

„Oh nein. Ich mach keine Nachhilfestunden, bei niemandem", schnappte Wesley sofort und warf Rowen einen meuternden Blick zu. Er überlegte schnell und setzte eine Miene auf, die einige seiner Fickkumpels als sein Anmachgesicht bezeichnet hatten. „Nur, wenn sie bei Ihnen sind", fügte er hinzu und senkte absichtlich seine Stimme. Wesley leckte sich über die Unterlippe und war erfreut darüber, wie Rowen seinen Mund beobachtete. Dann trat er vor und zog seine Hand aus der Tasche, damit er seine Fingerspitzen an

Rowens Knöchel lehnen konnte, die auf dem Schreibtisch ruhten. „Vielleicht“, fuhr er leise fort – verdammt, er wollte nicht, dass jemand im Gang es hörte –, „könnten wir sogar über ein paar kleine Extrapunkte reden, da ich so weit hintendran bin.“

Rowen knurrte in seiner Kehle – verdammt, er knurrte! Er zog seine Hand aus der Tasche und packte Wesleys Oberarm, zerrte ihn die paar Schritte um die Ecke des Schreibtisches, so dass er, als er den Kopf neigte, direkt in sein Ohr flüstern konnte. Er hob die Knöchel von seinem Schreibtisch und legte seine Hand flach auf Wesleys Finger, um sein Spiel zu unterbrechen.

Ja! Wesleys Körper vibrierte praktisch bei der Nähe dieses Mannes, der kaum beherrschten Leidenschaft, die er in seinen dunklen Augen lodern sah. Es war heißer als alles, was er jemals in seinem jungen Leben erlebt hatte.

„Du versuchst es zu angestrengt, Welpe“, murmelte Rowen. „Stell dich nicht zu dumm dar.“

Rowen rieb mit seinem Daumen über den Ärmel von Wesleys T-Shirt. Er fand den Saum des Stoffes, schob dann seinen Finger darunter und bewegte seinen überraschend schwieligen Daumen über den Muskel von Wesleys Oberarm. Wesley spürte, wie sich sein Schwanz bei der einfachen Berührung zusammenzog. Er öffnete keuchend den Mund und versuchte, die Worte des älteren Mannes zu verstehen.

„Man *macht* keine Nachhilfestunden. Du hättest *nehmen* sagen sollen“, flüsterte Rowen, wobei seine Stimme viel zu verführerisch klang, um Wesley zu korrigieren. „Du hast auch zweimal im selben Satz eine Verneinung benutzt, wodurch es doppelt negativ wird. Das heißt, sie heben sich gegenseitig auf." Sein Griff um Wesleys Finger wurde fester, als er seine Stimme noch ein wenig senkte. „Im Grunde hast du gerade der Nachhilfe zugestimmt."

Wesley schluckte schwer, fühlte sich völlig überwältigt, tat aber sein Bestes, um es zu verbergen. *Heilige Scheiße, was ist das nur mit diesem Kerl?* Er hatte noch nie so sehr gewollt, dass jemand seinen Arsch rannahm. Als er einen tiefen Atemzug einatmete und seine Lungen mit dem erdigen Geruch des Mannes füllte, dachte er an Kiefern und frisches Herbstlaub. Er fragte sich, ob dies der natürliche Geruch des Mannes war, weil er sich darin wälzen wollte.

Schließlich registrierte Wesley, was der sexy Lehrer tatsächlich sagte. Er kratzte ein wenig Selbstbeherrschung zusammen, drehte den Kopf und beugte sich zu ihm, bis ihre Lippen einen Zentimeter voneinander entfernt waren. „Heißt das, du wirst doch mein Nachhilfelehrer sein?"

Rowens Augen verengten sich und sein Kiefermuskel zuckte, als er sich aufrichtete. „Das wäre nicht angemessen."

Wesley grinste und schenkte Rowen ein laszives Lächeln. „Oh, Professor. Wir wissen beide, dass keiner von uns ... *angemessen* sein möchte", schnurrte er. Er zog die Hand aus seiner Tasche und streckte sie aus, um sie auf Rowens Oberschenkel zu legen. Seine Fingerspitzen gruben sich in die Falte nahe der Leistengegend des Mannes und streiften die Erektion des älteren Mannes.

Scheiße, das Ding ist groß!

Rowen zischte durch zusammengebissene Zähne und ließ Wesleys Arm los. Er packte Wesleys Handgelenk und zog seine Hand von seiner Hüfte weg. Als er einen Schritt nach hinten wich, löste Rowen den Griff von Wesleys Händen.

„Du bist mein Schüler", grollte Rowen, seine Stimme rau. „Ich kann nicht." Er schluckte so heftig, dass sein Adamsapfel sichtbar auf und ab hüpfte. „Wenn Sie keinen Nachhilfeunterricht wollen, beweisen Sie, dass Sie mithalten können."

Wesley grinste und machte einen langsamen Schritt zurück. „Keine Sorge. Ich werde mithalten", versicherte er leise. Dann zwinkerte er, als er sich teilweise abwandte. „Und in der Zwischenzeit freue ich mich darauf, Ihre Meinung darüber zu ändern, was wir *nicht* tun können und was doch … miteinander."

Als Wesley aus dem Raum schlenderte und Ideen in seinen Gedanken auftauchten, bemühte er sich, seinen Arsch ein wenig zu schwingen. Ein Blick über die Schulter bestätigte, dass der große Mann zusah und es schätzte.

KAPITEL 3

Rowen legte die Füße auf den Schreibtisch im Arbeitszimmer. Er trug nur eine lockere Turnhose, die – nicht überraschend – obszön ausgebeult war. Er hatte an diesem Freitagabend die Pokerrunde ausfallen lassen, um allein im Dunkeln zu sitzen und nachzudenken.

In seiner rechten Hand balancierte er ein Glas Brandy auf seinem Bein. Die Kälte des Glases ließ die Haare an seinem Oberschenkel zu Berge stehen, aber er ignorierte es. Stattdessen lehnte er seinen Kopf gegen die Rückenlehne des großen Lederstuhls und starrte unter halbgesenkten Lidern blicklos an die Decke.

Sein Schwanz schmerzte in seinen Shorts, aber er behielt seine andere Hand auf der Armlehne des Stuhls und ignorierte sein Verlangen. Er hatte sich in den letzten zwei Wochen ein paarmal pro Nacht einen runtergeholt und hatte im Moment keine Lust, sich noch eine Runde zu gönnen. Stattdessen dachte er an seine verdammte Versuchung von einem Gefährten.

An diesem ersten Schultag hatte Wesley behauptet, er würde Rowens Meinung ändern. Wenn der junge Mensch so weitermachte, wie bisher, würde er recht behalten. Rowen war sich nicht sicher, wie viel mehr er noch aushalten konnte.

Wesley hatte von der Baggy-Jeans, die er am ersten Tag getragen hatte, zu einer Skinny-Jeans gewechselt, die seinen Hintern auf die bestmögliche – und schlimmste – Weise zur Geltung brachte. Er stolzierte hin und her und wackelte mit diesem Hintern, wenn er den Gang zu seinem Schreibtisch hinunterging. Er setzte sich lässig auf den Stuhl, seine Beine weit gespreizt, um seine Ausstattung zu präsentieren.

Anstelle von T-Shirts oder Sweatshirts trug Wesley Hoodies mit Reißverschluss. Er ließ eine Schulter der Kapuzenjacke über seinen Arm rutschen und zeigte das enge Tanktop, das er darunter trug. Dann neigte er seinen Hals in die andere Richtung, um seinen langen, blassen Hals zu betonen. Rowen wollte ihm den Hoodie vom Leib reißen und seine Zähne in den Hals des jungen Mannes versenken. Er würde Küsse daran entlang nach unten verteilen, wo die blassen Sommersprossen seine Schulter verzierten. Rowen wollte wissen, wie weit diese zarten Tupfen gingen. Er würde jede einzelne verdammte Sommersprosse zählen.

Das Schlimmste war jedoch, wenn Rowens Aufmerksamkeit von Wesleys Grinsen geweckt wurde. Dann bemerkte er unweigerlich, dass der junge Mann die Hand in der Nähe seines Schritts hatte, um mit dem Daumen über die offensichtliche Wölbung seiner Erektion zu reiben. Rowens eigener Schwanz zog sich bei diesem Anblick zusammen und zuckte in seiner Hose, und die Worte blieben ihm im Halse stecken, bis er es schaffte, seinen Blick von dem sexy Geschöpf abzuwenden.

Wesley war verdammt ablenkend. Schmerzlich ablenkend.

Seufzend hob Rowen das Glas an die Lippen und nahm einen kleinen Schluck von dem teuren Getränk. Er stellte sein Glas wieder auf sein Bein und rollte die herbe Flüssigkeit um seine Zunge. Nachdem er den Geschmack ein paar Sekunden lang genossen hatte, schluckte er sie hinunter.

Unsicherheit erfüllte ihn. Sicher, Rowen wollte seinen Gefährten. Zur Hölle, sein Wolf drängte ihn jedes Mal, wenn er den jungen Mann sah, Wesley zu bespringen und zu markieren. Leider war das Timing absolut beschissen.

Trotzdem hatte Wesley in den letzten Wochen seine Aufgaben pünktlich erledigt und sogar gute Arbeit geleistet. Würde das vorbei sein, wenn Rowen nachgab und nahm, was Wesley ihm so freigiebig anbot?

„Verdammt", grummelte Rowen. „Woran denke ich da überhaupt?"

Er starrte die bernsteinfarbene Flüssigkeit in seinem Glas finster an und erkannte, dass er Rat brauchte … und er musste seinem Alpha mitteilen, dass er seinen Gefährten gefunden hatte. Angesichts der Tatsache, dass Declan sich die Zeit genommen hatte, ihn und Yates vor Wesleys Hackerfähigkeiten zu warnen, würde sein Alpha vielleicht nicht denken, dass dies eine gute Wendung war, oder doch?

Rowen wusste, dass es nur einen Weg gab, es herauszufinden. Er beugte sich vor, griff nach seinem Handy und drückte die Fünf auf der Kurzwahl. Während er auf eine Verbindung wartete, leerte er seinen Brandy und überlegte, sich mehr zu holen.

Was zur Hölle.

Als Rowen auf die Beine kam, hörte er, wie Declan

seinen Anruf entgegennahm. „Ja, Rowen? Warum spielst du nicht Poker?“

Declan besuchte nur selten Pokerabende – es war allgemein bekannt, dass er keinen Spaß daran hatte und nicht spielte –, aber sein menschlicher Gefährte, Lark, mochte sie. Rowen war dafür bekannt, immer für eine Runde bereit zu sein. Er vermutete, dass sein Alpha auch nicht an der bei Cliff MacDougal, Rainys Bruder, stattfindenden Partie teilgenommen hatte, da im Hintergrund nur wenige Geräusche zu hören waren.

„Hatte andere Dinge im Kopf, Alpha“, antwortete Rowen leichthin, als er an diesem Abend zum vierten Mal sein Glas füllte. Während es eine Menge Alkohol erforderte, damit ein Wandler sich betrinken konnte, sagte ihm das Summen in seinen Adern, dass er auf dem besten Weg dorthin war. „Ich habe meinen Gefährten getroffen.“

Ja, definitiv beschwipst, das einfach so auszuposaunen.

„Ach ja?“, antwortete Declan. Das Klicken einer sich schließenden Tür ertönte durch die Leitung. „Wann? Wer?“

Rowen lehnte seufzend seinen Hintern an das Sideboard. „Er ist der junge Mann, vor dem du uns gewarnt hast“, gab er zu. Er konnte auch gleich alles rauslassen. „Wesley O’Connor.“

„Der achtzehnjährige Hacker, der gerade in deine Schule gewechselt ist?“

„Ja“, bestätigte Rowen. Er hob das Glas an die Lippen und nahm einen Schluck. Er ließ seine Augenlider zufallen, als er das Glas auf die hölzerne Oberseite des Sideboards senkte, und zauberte ein Bild des jungen Mannes in der Kleidung, die er an diesem Tag getragen hatte, hervor. „Und bevor du fragst, oh, ja, ich bin sicher.“

Seine Worte kamen heiser heraus, eine Mischung aus Verlangen und Trinken. Vor seinem geistigen Auge sah Rowen den verblassten grauen Kapuzenpullover mit Reißverschluss halb von Wesleys schmaler Schulter rutschen. Das schwarze Stoffband des Trägershirts durchzog den freigelegten Halsausschnitt des Menschen. Er lümmelte in seinem Stuhl und rieb mit dem Daumen entlang der Linie seiner Erektion, wodurch Rowen das Wasser im Mund zusammenlief und sein Gehirn stolpernd zum Stehen kam.

„Rowen?“

Declans Stimme am Telefon weckte Rowens Aufmerksamkeit.

„Entschuldige, Alpha“, murmelte er. „Es sind drei lange verdammte Wochen vergangen.“ Er seufzte und schaute auf die Wölbung in seinen Shorts. Sein Schwanz hatte eine nasse Stelle hinterlassen, die sogar auf dem schwarzen Stoff zu sehen war. „Ich unterrichte ihn“, knurrte er, die Erinnerung mehr für sich selbst als für seinen Alpha.

„Macht er im Unterricht Ärger?“

„Nicht die Art, die man erwarten würde“, antwortete Rowen. „Er trägt diese Klamotten, die … und ich möchte … Scheiße.“ Er fühlte, wie sein Gesicht rot wurde und wollte seine Fantasien nicht zugeben.

Declan lachte leise. „Klingt, als müsstest du etwas dagegen tun.“

„Aber ich unterrichte ihn“, erinnerte Rowen ihn. „Und er ist achtzehn.“

„Sara ruft nach mir“, sagte Declan und bezog sich auf seine Adoptivtochter. „Ich habe ihr versprochen, dass wir heute Abend laufen.“ Er seufzte und fügte dann hinzu: „Schau. Ich komme morgen früh vorbei. Versuche dich auszuruhen. Ich kann erkennen, dass du gerade nicht klar denken kannst.“

Rowen schnaubte. „Nein“, murmelte er, bevor er einen weiteren Schluck Brandy nahm. „Überhaupt nicht klar.“

Declan lachte. „Richtig. Vielleicht machst du auch besser langsam mit dem, was du da trinkst.“

Rowan verzog das Gesicht und antwortete unverbindlich: „Du hast wahrscheinlich recht. Wir sehen uns morgen früh.“

Er hatte begonnen, das Telefon von seinem Ohr wegzubewegen, in der Absicht, das Gespräch zu beenden, als er Declan sagen hörte: „Es wird alles in Ordnung kommen, Rowen. Du wirst das durchstehen, und alles kommt in Ordnung.“

„Danke“, flüsterte Rowen und betete, dass sein Alpha recht hatte.

Nachdem Rowen das Gespräch beendet hatte – und sich nun tatsächlich etwas besser fühlte in dem Wissen, das er in dieser Angelegenheit nicht auf sich alleine gestellt war –, trank er sein letztes Schlückchen Brandy und ging aus dem Büro. Er schlenderte durch sein Schlafzimmer in das angeschlossene Badezimmer und durchlief sein nächtliches Ritual. Es dauerte gut zwei Minuten, bis seine Erektion so weit abgeflaut war, dass er pinkeln konnte.

Schließlich schob Rowen seine Shorts herunter und trat sie in Richtung des begehbaren Schranks, wobei er den

Wäschekorb nur knapp verfehlte. Er schlüpfte unter die Decke und lag ausgestreckt auf dem Rücken. Sein Schwanz rieb an der Decke und erwachte schnell zum Leben. Rowen bemühte sich zischend, ihn zu ignorieren, da wichsen ihm nur eine kurze Erleichterung verschaffte. Rowen wusste aus Erfahrung, dass er trotzdem mit einem Ständer aufwachen würde. Verdammt, er war in den letzten Wochen ständig mit einem harten Schwanz und getrocknetem Sperma auf der Brust aufgewacht, was ihm sagte, dass sein feuchter Traum mehr als angenehm gewesen war.

Rowen rollte sich auf die Seite, schob einen Arm unter sein Kissen und konzentrierte sich auf den Schlaf.

Er kam nicht.

Gerade als Rowen aufstehen und sich um seinen hartnäckigen Ständer kümmern wollte, erregte ein Knarren seine Aufmerksamkeit. Rowen blickte stirnrunzelnd in die Dunkelheit. Er lauschte und sein Körper war bereits vor Erregung angespannt, als er sich bemühte, mehr zu hören.

Ein gedämpfter Schlag, gefolgt von dem leisen Ächzen einer Diele, sagte Rowen, dass er nicht mehr allein in seinem Haus war. Er hielt ein Knurren zurück, Ärger und Verärgerung erfüllten ihn. Genau das, was er brauchte. Ein Einbrecher, der seinen ohnehin schon beschissenen Tag noch verschlimmerte.

Rowen lauschte noch ein paar Sekunden. Er erkannte das Knarren einer der Stufen auf seiner Treppe. Dann hörte er das leise Quietschen der Tür zu seinem Büro.

Hm, ich denke, dass ich vergessen habe, sie zu ölen, war ganz gut so.

Sich langsam und leise bewegend, schob Rowen seine

Decke weg und schlüpfte aus dem Bett. Er nutzte nur das blasse Mondlicht, das durch das Fenster hereinfiel, und konnte dank seines erhöhten Sehvermögens problemlos alles in seinem Zimmer erkennen. Rowen tappte leise zu seiner Tür und schaute in den Flur.

Er bemerkte ein schwaches Leuchten aus seinem Büro.

Rowen schlüpfte mit gerunzelter Stirn durch seine teilweise geöffnete Schlafzimmertür und schlich den Flur entlang. Er schaute durch die Tür und sah sich schnell im Raum um. Die Beleuchtung seines Laptop-Bildschirms erhellte die Person, die an seinem Schreibtisch saß und auf die Tasten tippte.

Rowen hielt geradeso seinen erschrockenen Atemzug zurück.

Wesley O'Connor saß an seinem Computer und tat … etwas.

Er schwankte vorwärts, wollte reingehen und fragen, was zum Teufel Wesley da tat. Genauso schnell überlegte er es sich anders. Stattdessen schlich er sich über den Flur und durch die offene Tür seines Gästezimmers. Aus den dunklen Ecken des Raumes beobachtete er … und wartete.

Rowen spürte, wie sein Schwanz gegen seinen Bauch klopfte. Das dumpfe Pochen in seinem Schaft erinnerte ihn daran, dass er nackt war. Grinsend betastete er sich und massierte mit seinem Daumen die faltige Haut unter der Spitze seines Schwanzes.

Rowen musterte Wesley bei der Arbeit und lächelte, als er sah, dass sich ein Mundwinkel des jungen Mannes zu einem Grinsen krümmte. Er wäre besorgt, wenn er nicht schon wüsste, dass, selbst wenn er nicht in Ordnung bringen könnte, was auch immer sein Gefährte da tat, Jared es könnte.

Schließlich schaltete Wesley den Computer aus und schaute sich um. Wahrscheinlich überprüfte er, ob er noch allein war. Nachdem er aufgestanden war, ging er auf beinahe lautlosen Sohlen an die Tür und schaute zu Rowens Schlafzimmertür.

Rowen schluckte schwer, sein Herz pochte wild in seiner Brust und sein Blut raste in seinen Adern, als er sich genau ansah, was der junge Mann trug. Schwarze Jogginghose und ein schwarzer Hoodie. Würde er ein weiteres figurbetontes Tanktop darunter tragen?

Ein fast unbestreitbarer Drang, es herauszufinden, stieg in ihm auf, gemischt mit dem heftigen Bedürfnis, den Welpen auf seinen Platz zu verweisen.

Sobald Wesley aus dem Raum trat und sich der Treppe zuwandte, bewegte sich Rowen.

In zwei langen Schritten überwand Rowen den Abstand zwischen der Stelle, wo er im Schatten gelauert hatte, und erreichte die Tür. Er schlüpfte durch die Öffnung und packte den ahnungslosen Menschen. Rowen schmiegte seine Brust an Wesleys Rücken, schlang den linken Arm um seinen Gefährten und legte die Hand auf seinen Bauch. Mit der anderen packte er seinen Hals.

Wesley quietschte, und sein Körper zuckte, aber Rowen ignorierte es, wich leicht seinen um sich schlagenden Gliedmaßen aus. Innerhalb von Sekunden hatte er sie beide in das Gästezimmer befördert. Rowen trat die Tür hinter sich zu und wandte sich zur Seite.

Er schob den immer noch zappelnden Wesley mit dem Gesicht nach unten auf die Matratze, folgte seinem Gefährten nach unten und presste sie von der Brust bis zum Oberschenkel zusammen. Er packte Wesleys Handgelenke und zwang sie zu beiden Seiten seines Kopfes.

Einige Sekunden lang wand sich Wesley unter ihm. Tief in seiner Kehle knurrend, bewegte Rowen seine Hüften, unfähig, seine Freude zu verbergen, als er fühlte, wie seine Erektion durch die stoffbedeckte Pospalte seines Gefährten glitt. Die junge, geschmeidige Gestalt unter sich zu haben, stieg Rowen schnell zu Kopf … oder es könnte der Brandy gewesen sein, der noch in seinem Körper war. Lust und wildes Bedürfnis machten Rowen zu schaffen. Er wollte nichts lieber, als Wesley die Baumwolljogginghose auszuziehen und seinen sehnsuchtsvollen Schwanz in die Spalte seines Gefährten stoßen.

Rowen lag schwer auf dem Menschen unter ihm und versuchte, ein gewisses Maß an Kontrolle wiederzugewinnen. Durch zusammengebissene Zähne knurrte er: „Schau dir mal den ungezogenen Welpen an, den ich beim Herumspazieren in meinem Haus gefunden habe."

Wesley erstarrte, ob geschockt über seinen wilden Ton oder weil er endlich die Sinnlosigkeit seiner Gegenwehr erkannte, wusste Rowen nicht und es war ihm egal.

Die Brust fest auf Wesleys Rücken gepresst, fühlte Rowen, wie sich die Brust seines Menschen hob und senkte. Er neigte den Kopf und leckte einen Streifen über seinen Hals hinauf bis zu der kitzligen Stelle hinter seinem Ohr. Rowen genoss den salzigen, moschusartigen Geschmack seiner Haut, ganz zu schweigen von dem Schauder, der unter seiner Haut durch den Körper wirkte.

„Was machst du in meinem Haus, Wesley?“

KAPITEL 4

Wesley keuchte leise und versuchte nicht nur, seinen Körper unter Kontrolle zu bringen, sondern auch herauszufinden, wie zum Teufel er in dieser Position gelandet war. Er hatte das Haus über eine Stunde lang beobachtet, bevor er reingeschlichen war. Es hatte keine Bewegung und keine Lichter gegeben.

Wesley hatte das Haus umkreist und ein unverschlossenes Fenster gefunden – gesegnet seien ruhige Kleinstädte und die Vertrauensseligkeit derer, die dort lebten. Er hatte es geöffnet, war ins Haus geklettert und hatte es so leise wie möglich erkundet.

Schließlich hatte Wesley entschieden, dass der Laptop seines sexy Lehrers oben sein musste. Er hatte einen Treffer gelandet und die Tür zu einem Büro mit einem Laptop auf dem Schreibtisch gefunden. Er hatte nur ein paar Minuten gebraucht, um ihn hochzufahren, das Bild zu übertragen, das er von sich selbst aufgenommen hatte, und es als Desktop-Hintergrund einzurichten.

Alles war reibungslos gelaufen, bis er aus dem Büro geschlichen und auf frischer Tat ertappt worden war.

Scheiße!

Jetzt drückte Rowen ihn auf ein Bett. Dies wäre die

Umsetzung seiner größten Fantasie gewesen, wenn – Wesley spürte die Zunge des anderen Mannes an seinem Hals. Dann stellte er fest, dass es nicht das erste Mal war, dass Rowen das getan hatte.

Rowen hatte auch gesprochen.

Pass auf, Wesley. Vielleicht kann ich ihn von einer Anzeige abbringen.

Wesley drehte seinen Kopf nur ein wenig und schaffte es, Rowens Blick zu begegnen. Sein Atem stockte bei dem wilden Lächeln auf dem Gesicht seines Lehrers. Rowen sah aus, als wollte er ihn auffressen, und Wesley war voll und ganz damit einverstanden.

Wesley bewegte seinen Hintern und drückte sich gegen Rowens Leistengegend. Zufriedenheit erfüllte ihn, als er spürte, wie der lange, harte Ständer in seine Spalte rutschte. Vielleicht war es doch nicht so schlimm, erwischt zu werden.

„Vielleicht solltest du meinen Arsch mit dem großen Stab bestrafen, mit dem du mich da stupst“, murmelte Wesley.

Er senkte die Lider auf Halbmast, als er Rowen über die Schulter anblickte. Er wiegte erneut die Hüften und rieb gegen die große Erektion des älteren Mannes. Während er betete, dass Rowen wissen möge, was er mit seinem Schwanz anfangen sollte, bat er mit seinem Körper darum, genommen zu werden.

„Du kleiner Verführer“, knurrte Rowen, seine Hüften bewegten sich und stießen gegen Wesley. „Du hast wochenlang deinen Körper vor mir zur Schau gestellt. Jetzt werde ich ihn mir nehmen.“

„Ja“, keuchte Wesley. „Tu es.“

„Du gehörst mir, Wesley", erklärte Rowen. „Bist du bereit dafür? Niemand sonst berührt dich. Ich teile nicht."

Wesley machte eine kurze Pause. Er hatte noch nie über Monogamie nachgedacht. Zur Hölle, er war achtzehn. Konnte er das trotzdem für Rowen tun in den paar Monaten, in denen er die Schule in Stone Ridge beendete?

Wesley spürte, wie Rowens Schwanz sich wieder durch seine Jogginghose in seinen Arsch grub. Er konnte es tun, um zu spüren, wie Rowens dicker Schaft ihn aufspießte.

„Hölle, ja", antwortete Wesley atemlos. „Nimm mich." Er zögerte und fügte hinzu: „Ich habe darauf gewartet, dass du deine Meinung änderst. Ich habe einen Plug in meinem Arsch, also bin ich schon gedehnt. Alles, was du tun musst, ist, ihn herauszuziehen und deinen Schwanz hinein zu schieben." Er ruckte mit den Hüften. „Ich bin fertig gedehnt und bereit für dich."

Rowen knurrte, der Klang war sexy und leise. Es ließ ein Kribbeln über Wesleys Haut tanzen, wie er es noch nie zuvor erlebt hatte. Sein Körper zitterte als Antwort, und er spannte die Muskeln in seinem Inneren um den Plug an.

Wesley hatte nach der ersten Unterrichtswoche bei Rowen begonnen, das Ding zu tragen. Es machte es einfach, nach der Geschichtsstunde zur Toilette zu gehen und sich schnell einen runterzuholen. Wesley war so gut vorbereitet, nachdem er Rowen fünfundvierzig Minuten lang beobachtet und zugehört hatte, dass drei schnelle Zugbewegungen ihm die Erfüllung verschafften.

Jetzt rieb der Mann aus Wesleys Fantasien gegen seinen Arsch. Mit jedem Stoß vorwärts stupsten Rowens Eier an die

Basis des Plugs, jagten Funken der Lust durch seinen Kanal. Er stöhnte und versuchte, seine Beine weiter zu spreizen, wollte mehr Stimulation, aber seine Beine wurden von Rowens kräftigen Schenkeln festgehalten.

„Will es sehen", sagte Rowen schroff.

Wesley erwartete, dass Rowen einfach seine Jogginghose runterziehen würde. Verdammt, das hatten in der Vergangenheit viele Leute getan. Deshalb bereitete er sich immer darauf vor, ehe er irgendwo hinging, um sich abschleppen zu lassen. Obwohl er nicht geplant hatte, dass dies so enden würde, hätte er erwartet, dass die gleichen Regeln galten.

Stattdessen schob Rowen die Arme über seinen Kopf und hielt dann beide in einer Hand. „Will das sehen", wiederholte Rowen fast abwesend. „Aber zuerst ..."

Mit seiner nun freien rechten Hand glitt Rowen unter seinen Körper und packte den Reißverschluss seines Hoodies. Er hob seinen eigenen Körper und machte es einfacher, ihn zu öffnen. Nachdem er ihn nach unten gezogen hatte, zerrte Rowen den Stoff unter ihm hervor und schob ihn dann über seine Arme. Als die Ärmel um Wesleys Handgelenke geschlungen waren, ließ Rowen sie los und fuhr mit der Hand über seinen jetzt nackten Arm.

„Ich dachte mir, dass du noch so ein Tanktop anhast", grollte Rowen. „Du weißt, dass es mich verrückt macht, wenn du deine Haut so zeigst."

Wesley hatte es vermutet. Er hatte gewusst, dass Rowen die Aussicht zumindest genoss. Die Aufmerksamkeit seines Lehrers zu erregen, zu hören, wie Rowen in seinem Vortrag innehielt, erfüllte Wesley mit einem Gefühl der Macht, das er selten verspürte.

Rowen fuhr mit den Fingerspitzen über Wesleys Haut, rieb seinen Nacken und massierte seine Schultern. Er schob dann sein Shirt nach oben, bis es knapp unter seinen Achseln war, bevor er seine Hände über Wesleys Rücken wandern ließ, mit den Daumen die Knoten seiner Wirbelsäule rieb.

Wesley schauderte bei den sanften Berührungen. Er fühlte sich bewundert, gar verehrt, bei der ungewohnten Aufmerksamkeit. Als Rowen seinen Mund zu seinem Nacken senkte und sanft saugte, stöhnte er. Schweiß brach auf Wesleys Haut aus, als er in Rowens Griff zitterte.

„W – was machst du da?“, flüsterte Wesley.

Rowen summte, als er die Saugkraft erhöhte. Er strich mit den Händen über Wesleys Seiten, bis seine großen Handflächen seine Taille berührten. Als er mit den Fingerspitzen über Wesleys Hosenbund streifte und sie dann unter den Stoff tauchte, hob er schließlich den Kopf.

„Ich mache Liebe mit dir.“

Wesleys Herz fühlte sich bei diesen Worten an, als würde es stehen bleiben. Es war lange her, dass jemand so etwas zu ihm gesagt hatte. Es war zwar keine Liebeserklärung oder etwas in der Art, aber er konnte dennoch nicht glauben, wie sehr er sich plötzlich wünschte, es wäre eine.

Dann benutzte Rowen eine Hand, um Wesleys Hose nach unten zu ziehen, während er seine Hüfte mit der anderen packte und seinen Arsch vom Bett hob. Während er den Stoff bearbeitete, griff er sorgfältig unter Wesleys Erektion und hielt sie, um zu verhindern, dass sich das Gummiband verfing.

Wesley stöhnte und zuckte zusammen, als Rowen ihn ein, zwei Mal streichelte und die Kugeln der Jakobsleiter, die seinen Schwanz säumten, reizte und massierte. „Hmm, schau nur, was ich gefunden habe", brummte Rowen. „Was für eine Überraschung. Ich werde später Spaß dabei haben, die zu bewundern."

„Oh", wimmerte Wesley, seine Hüften zuckten heftig und strebten nach mehr Reibung im leichten Griff des Mannes.

„Jemand braucht eine kleine Erleichterung", grollte Rowen. Er verstärkte seinen Griff. „Mach schon, Welpe. Nimm dir, was du brauchst."

Wesley winselte bei der angebotenen Reibung und sein Puls raste, als mehr Blut zu seinem bereits schmerzenden Schwanz floss. Er hätte die Verwendung des Worts *Welpe* kommentiert, aber er hatte Probleme, genug Luft in seine Lungen zu bekommen, als seine Hüften spastisch zuckten. Etwas an den schwieligen Händen des Mannes fühlte sich besser an als alles, was er je erlebt hatte. Andererseits war es vielleicht eher so, dass Rowen zu wissen schien, wie er die faltige Haut unter der Spitze reiben und seinen Schlitz stimulieren musste.

„So ist gut", ermutigte Rowen.

Wesley ballte die Fäuste, bog den Rücken und spreizte die Knie. Er konnte die Beine nicht spreizen, da die Hose um seine Knöchel hing, durch seine Sneaker gefangen – liebe Güte, wann hatte Rowen sie so weit nach unten gezogen?

Dann drückte Rowen den Plug in seinen Arsch und presste ihn gegen seine Prostata. Wesley bockte und stöhnte. Seine Hüften zuckten einmal, zweimal, schoben seinen

Schwanz durch Rowens enge Faust. Seine Eier zogen sich zusammen und zwangen ihn zum Abspritzen, als sein Orgasmus ihn durchfuhr.

Rowen setzte langsam die Bewegung an seinem Schwanz fort, molk das letzte bisschen Samen aus ihm. Wesley flog auf den Endorphinen seines Orgasmus dahin und Glücksgefühle tanzten angenehm durch ihn. Er bemerkte es kaum, als Rowen den Plug aus seinem Arsch zog.

Wesley bemerkte es jedoch, als Rowen die Spitze seines Schwanzes gegen seine Öffnung drückte und hineindrückte. Er zischte, als die Eichel seines neuen Liebhabers an dem Ring aus Muskeln vorbeiglitt. Die Verwendung seiner Plugs hatten Wesley zwar leicht gedehnt gehalten, Rowens Umfang überstieg jedoch den all seiner Spielzeuge.

Glücklicherweise hielt Rowen inne und drängte sich nicht weiter in ihn hinein. Er legte eine Hand auf das Bett neben Wesleys Torso und bewegte seine Hand, um Wesleys Eier zu streicheln und zu rollen. Die Bewegung lenkte ihn vom Brennen der Dehnung ab.

„Entspann dich, Wes“, flüsterte Rowen und senkte seinen Oberkörper, um sich gegen seinen Rücken zu drücken und sie auf andere Weise zu verbinden. Er rieb das Gesicht an Wesleys Wange, während er sanft über die Haut seines Sacks rieb. „Drück nach unten und lass mich ran.“

Nachdem Wesley dies von dem Tag an gewollt hatte, an dem er Rowen zum ersten Mal gesehen hatte, tat er, was ihm gesagt wurde. Rowens Schaft rutschte noch ein bisschen weiter hinein. Er zog sich etwas zurück und stieß erneut zu.

Wesley zischte, als sich sein Kanal immer weiter dehnte

und den langen, dicken Eindringling akzeptierte. Mit jedem Stoß hinein vergrub Rowen ein bisschen mehr von sich selbst in Wesleys Körper. Er hielt bei jedem Abwärtsschub inne, so dass er ein paar Sekunden hatte, um sich anzupassen, und die ganze Zeit über bearbeitete er sanft Wesleys Genitalien.

Rowen summte seine offensichtliche Wertschätzung, als er schließlich das Ende erreichte. Er verteilte feuchte Küsse an Wesleys Hals entlang, die eine Seite hinunter und dann die andere hinauf. Als er die linke Seite erreichte, direkt hinter seinem Ohr, saugte er leicht.

Warmer Atem strömte über Wesleys Haut, als Rowen gegen sein Fleisch murmelte: „Wie konnte ich dir so lange widerstehen?“

Wesley gluckste rau und sein Herz pochte fast so heftig wie seine inneren Muskeln bebten. Er konnte fühlen, wie die Eier seines Geliebten seine Arschbacken kitzelten, als die drahtigen Schamhaare über seine Haut kratzten. Er zitterte bei der Mischung aus Empfindungen.

Eine von Rowens Händen spielte stetig weiter mit seinem Schwanz und seinen Eiern, während seine andere Hand seine Seite und Brust streichelte und nachzeichnete. Sein Mund strich über die Haut seines Nackens, beknabberte und liebkoste sein Fleisch. Wesley entspannte sich langsam. Er seufzte und war sich nicht sicher, wann sich das letzte Mal jemand so geduldig gezeigt hatte. Ihm gefiel es.

Schließlich hob Rowen seinen Kopf ein paar Zentimeter und flüsterte Wesley ins Ohr: „So ist gut. Entspanne dich einfach für mich.“

„Ich bin entspannt“, murmelte Wesley, obwohl er sich

nicht sicher war, ob das völlig korrekt war. Er ballte die Hände in den Stoff seines Hoodies, und sein Schwanz, der erneut hart war und tropfte, zuckte an seiner Leiste.

Rowen lachte rau, als er in Wesleys Ohrläppchen biss. „Das ist nicht deine Show, Welpe", warnte er. „Halt still, und ich werde mich sehr gut um dich kümmern."

„Das tust du schon", gab Wesley zu.

„Dann waren deine früheren Liebhaber Nieten", antwortete Rowen unverblümt, als er Wesleys Genitalien freigab und nach einem der Kissen am Kopfende des Bettes griff. „Das ist nichts", fuhr er fort und schob das Kissen unter Wesleys Hüften. „Ich hätte viel mehr Gleitmittel verwenden sollen. Das nächste Mal werde ich es tun." Er ließ sich auf Wesley sinken und drückte ihn in die Matratze. Sein Hintern war nur ein wenig angehoben. „Und dein Arsch ist wunderschön. Ich kann es kaum erwarten, ihn zu vernaschen."

Wesley stöhnte bei dem mentalen Bild von Rowen, der sein Loch leckte und saugte. Als Reaktion spannten sich seine Muskeln und melkten den größten Schwanz, den er jemals in sich stecken gehabt hatte.

Rowen knurrte leise und grollte: „Oh, du magst diese Idee. Nicht wahr, Wes?" Bevor Wesley eine Antwort formulieren konnte, fügte Rowen hinzu: „Warte nur, bis ich dich unter die Dusche kriege. Ich habe eine tolle Dusche. Ich werde dich nach vorne beugen, deine Hände auf die eingebaute Bank legen, mich hinter dich knien und deine Arschbacken ergreifen. Während das Wasser über uns rinnt, werde ich deinen geilen Arsch spreizen und deinen hübschen kleinen Stern lecken. Ich werde daran lutschen und knabbern und dich lecken. Wenn du vor Vergnügen stöhnst und darum bettelst, dass etwas deinen zuckenden Kanal füllt, werde ich dich mit meiner Zunge ficken."

Während Rowen sprach, begann er sich zu bewegen. Wesley hörte seine Worte und schuf sich ein Bild in seinem Kopf, als Rowen begann, seinen Hintern in langen, langsamen, gleichmäßigen Bewegungen zu ficken. Wesley stöhnte und zitterte, als Rowen seine Prostata bei jedem köstlichen Stoß traf.

Er weiß definitiv, wie er seinen großen Schwanz benutzen soll.

Rowen schnaubte. „Vielen Dank. Freut mich, dass du das denkst", sagte er und verriet Wesley damit, dass er das versehentlich laut ausgesprochen hatte. „Ich bin auch gut mit meiner Zunge", fügte er hinzu.

Er streckte die Zunge heraus und wirbelte damit um Wesleys Ohrmuschel, wobei er ihm eine Gänsehaut über den Nacken jagte.

„Nachdem ich deinen Arsch verwöhnt habe, bis du zitterst und bettelst, werde ich meinen Finger in dich stecken", versprach Rowen. „Du wirst kommen, ohne dass dein Schwanz überhaupt berührt wurde."

Wesley stöhnte. „Ja. Oh, verdammt. Ja, bitte", bettelte er und nicht, weil die Idee einer tollen Dusche so ansprechend war. Auch wenn das so war – der Wasserdruck bei seiner Großmutter zuhause war beschissen – konnte er es kaum erwarten, alles zu erleben, was dieser Mann versprach. Noch nie hatte jemand seinen Arsch oral verwöhnt. Die Vorstellung klang schmutzig und aufregend zugleich.

Das Gefühl, wie Rowens Schwanz über seine Prostata

rieb, ließ die Gedanken an seine Großmutter schnell verschwinden – *an die ich im Moment sowieso nicht denken sollte.* Er krümmte den Rücken und drückte sich Rowens nächstem Stoß entgegen.

„Mehr“, forderte Wesley.

Statt zu gehorchen, hörte Rowen tatsächlich auf. Er legte sein ganzes Gewicht auf Wesley, zwang ihn so, seine Bewegungen auch einzustellen.

Wesley jammerte, als er versuchte, sich zu winden. „Bitte“, flehte er.

„So ist schon besser“, gurrte Rowen und hob die Hände, um Wesleys mit Stoff gefesselte Handgelenke zu ergreifen. „Bitte mich freundlich, und ich werde dir alles geben.“

Rowen begann sich ernsthaft zu bewegen. Er zog seinen Schwanz heraus und rammte ihn zurück in Wesley. Er begann einen schnellen Rhythmus, verstärkte seinen Griff um Wesleys Arme und benutzte seinen Griff als Hebel, um wiederholt in sein Loch zu dringen.

Wesley heulte, als er in die Matratze gepresst wurde, seine Prostata immer und immer wieder stimuliert. Die Muskeln in seinem Inneren spannten sich um Rowens eindringenden Ständer, und sein Anus jubelte vor Vergnügen.

Wesley spürte, wie seine Hoden in ihrem Sack rollten und sich seinem Körper näherten, und wusste, dass sein zweiter Orgasmus innerhalb einer Stunde nur noch Sekunden entfernt war. Verzweifelt darauf aus, seinem Geliebten Freude zu bereiten, begann er jedes Mal, wenn Rowen sich zurückzog, seine Muskeln anzuspannen.

Rowen knurrte und biss in Wesleys rechte Halssehne. „Ja“, drängte er. „Melke meinen Schwanz, Wes. Zeig mir, wie sehr du mein Sperma in deinem Arsch haben willst.“

Es traf Wesley plötzlich. Rowens Schaft fühlte sich so heiß, so seidig an, als er seine inneren Muskeln rieb, weil nichts zwischen ihnen war. Er öffnete den Mund, um seine Bedenken zu äußern – *das Einmaleins beim Sex, immer mit Gummi* –aber dann flüsterte Rowen in sein Ohr: „Wenn ich damit fertig bin, dich vollzupumpen, werde ich den Plug zurück in dich stecken. Du wirst meinen Samen in deinem Körper tragen, und du wirst wissen, dass du mir gehörst.“

Die derben, besitzergreifenden Worte hätten Wesley nicht so sehr anmachen sollen, aber sie taten es. Seine Eier zogen sich noch straffer zusammen, und sein Schwanz spritzte, zuckte und ergoss sich auf das Kissen unter ihm.

„Ja“, keuchte Rowen.

Wesley spürte Rowens Zähne an seinem Hals. Dann biss Rowen ihn zu seiner Überraschung – kräftig. Schmerz schoss durch seine Schulter. Er öffnete den Mund, um zu schreien. Einen Augenblick später verwandelte sich der Schmerz in den merkwürdigsten, prickelnden Lustschmerz, der ihn mit den erstaunlichsten Empfindungen überschwemmte.

Der Laut, der ihm entkam, war irgendwo zwischen einem Stöhnen und einem Jaulen, als seine Eier irgendwie noch mehr Samen aus ihm pumpten.

Dunkle Flecken huschten vor sein Sichtfeld, und seine Augen rollten nach hinten. Dann schwebte er auf den berauschenden Wolken der Glückseligkeit davon.

KAPITEL 5

Rowen kuschelte sich an die weiche Haut nahe seiner Wange und verstärkte seinen Griff um den warmen Körper in seinen Armen. Er versuchte sich zu erinnern, wer und wie und wann. Er atmete tief ein und der Geruch traf ihn heftig.

Schweiß, Sex, Wesley.

Die Erinnerungen an die letzte Nacht kehrten zurück. Wesley war in sein Haus eingebrochen. Als Rowen seinen Gefährten in seinem Territorium vorgefunden hatte, hatte er nicht nur die Kontrolle über seinen Sexualtrieb verloren, sondern auch über seinen Wolf.

Rowen riss seine Augenlider auf und starrte auf das Bissmal, das er auf Wesleys Schulter hinterlassen hatte. Zu gleichen Teilen erfüllten ihn Sorge und Stolz. Unfähig, zu widerstehen, beugte er sich vor und leckte über die Wunde.

Rowens Morgenlatte schwoll noch mehr an und der Wunsch, Wesleys engen Kanal wieder zu füllen, überkam ihn. Er erinnerte sich an all die Male, als sein Gefährte sich zur Schau gestellt und mit seinem Körper gebettelt hatte. Rowen griff zur Seite und nahm das Gleitmittel von seinem Nachttisch. Er hatte die Absicht, dieses Verlangen zu erfüllen.

Nachdem Rowen einen großen Tropfen auf seine Finger gegossen hatte, schob er die Hand nach unten und verteilte es zügig über seinen Schwanz. Er gab noch mehr von dem Gleitmittel auf seine Finger. Rowen erinnerte sich daran, wie er Wesley nur mit dem Gleitmittel von seinem Butt Plug und seiner eigenen Spucke genommen hatte, und wollte diesmal sicherstellen, dass er gut eingeschmiert war.

Rowen tastete Wesleys Spalte entlang, fand sein Loch und massierte das Gleitmittel sanft in den Muskel. Er tauchte nur die Spitze eines Fingers ein und dann einen zweiten, drang immer wieder in das Loch seines Gefährten, um ihn schön bereit zu machen. Er nahm noch mehr Gleitmittel.

Als Rowen seinen Finger wieder zu Wesleys Loch führte, glitt er leicht in den Anus seines Gefährten. Wesley stöhnte und schob sich der Berührung entgegen, bewegte seine Hüften und stöhnte atemlos Rowens Namen.

Rowen lächelte. Er drückte einen Kuss auf den Nacken seines Gefährten. „Ich bin hier“, flüsterte er. „Bereit für einen guten Morgen?“, fragte er und schob einen zweiten Finger in den jungen Mann. Er drehte seine Finger, betastete seine inneren Wände und überzog sie mit Gleitgel, während er seinen Geliebten dehnte.

Wesley stöhnte und keuchte. Er bewegte sein obenliegendes Bein nach vorne und spreizte sich weiter. „Ja“, keuchte er und sein Körper zuckte zusammen, als Rowen über seine Prostata rieb. „Genau da.“

Rowen summte vor Begeisterung darüber, wie sehr seine Berührung seinen Gefährten erregte, und tat es erneut, als er einen dritten Finger in Wesleys Körper steckte. Wesley grunzte, als er weiter in seine Berührung schaukelte. Er drehte den Kopf in das Kissen und stöhnte, der Laut von dem Stoff gedämpft.

Rowen schob seinen linken Arm unter das Kissen und drückte seine Brust gegen Wesleys Rücken. Dann rollte er sich wieder auf die Seite und zog seinen Gefährten mit sich. Als Rowen sich bewegte, zog er seine Finger heraus, packte seinen Schwanz und legte die Spitze gegen Wesleys gedehntes Loch.

„Verstecke diese süßen Laute nicht, Wesley", befahl Rowen und drückte sich nach vorne. Als Wesley seinen Kopf drehte und ihn überrascht anschaute, fuhr Rowen fort: „Ich möchte alles hören." Er beugte sich vor und drückte einen Kuss auf seine Schläfe. „Lass mich hören, wie du dich durch mich fühlst."

Rowen schaute in Wesleys stark geweitete haselnussbraune Augen, als er mit den Hüften schaukelte. Seine Eichel rutschte durch den schützenden Muskelring seines Gefährten. Wesleys Augen weiteten sich noch mehr und er keuchte.

Rowen hielt inne, streckte die Hand nach vorne und strich mit den Fingern über Wesleys Schamhaare. Er schob zwei auf jede Seite des Schwanzes seines Gefährten. Als er das harte Fleisch über seine Finger gleiten fühlte, massierte Rowen die, wie er wusste, empfindliche Haut.

Rowen vollführte seine Bewegungen langsam und beobachtete jeden Gesichtsausdruck von Wesley, als er tiefer und tiefer in seinen Gefährten glitt. Der Druck umgab Rowens eifrige Erektion immer mehr, und die wunderbare Hitze umklammerte ihn genau richtig. Schließlich war Rowen ganz eingedrungen und verharrte.

Rowen streichelte Wesleys Kehle. Er summte vor

Vergnügen, als er sich nach unten beugte und seinen Mund zuerst auf Wesleys Oberlippe drückte, dann auf die Unterlippe. Er saugte leicht an dem Fleisch, bevor er seine Zunge herausschob, zwischen Wesleys Lippen glitt und hineintauchte, um ihn zu schmecken.

Erdige, männliche Aromen strömten über seine Zunge. Selbst der leicht schale Geschmack nach Schlaf beeinträchtigte nicht den unglaublichen Genuss, endlich seinen Gefährten zu schmecken und festzuhalten. Er war zu lange geduldig gewesen, und jetzt konnte er sich nicht mehr vorstellen, ohne diesen Mann in seinen Armen zu leben.

Rowen beendete den Kuss mit einem Keuchen und schaute in Wesleys Augen. Sein Gefährte starrte ihn mit schwerlidrigen Augen an. Sein Gesicht war gerötet, seine Lippen leicht geöffnet und vom Küssen geschwollen. Seine rotblonden Haare fielen über Rowens Arm und auf sein Kopfkissen.

Rowens Herz zog sich in seiner Brust zusammen bei diesem schönen Anblick. Er ließ sich auf die Seite sinken, presste sich von hinten ganz dicht an Wesley, Löffelchenstellung auf die intimste Weise. Sein Schwanz, der im Kanal seines Gefährten vergraben war, zuckte und bewegte sich und erfüllte ihn mit dem Drang, sich zu bewegen.

Stattdessen senkte Rowen seinen linken Arm, so dass er mit einem der kleinen silbernen Ringe spielen konnte, die Wesleys Nippel durchzogen. Er bewegte seine Hand von den Schamhaaren seines Gefährten zu seinem Schwanz, ergriff ihn und wichste langsam. Er streichelte die kleinen Metallkugeln, die er am vergangenen Abend entdeckt hatte.

„Wie lange hast du schon diese Piercings?“, fragte Rowen und lehnte sein Kinn an Wesleys Schulter. Er küsste die Haut und fügte hinzu: „Hast du sie alle gleichzeitig bekommen?“

Rowen war schon mit einer Reihe von Männern mit Piercings zusammen gewesen, aber aus irgendeinem Grund waren sie bei Wesley viel heißer. Als er in der Nacht zuvor gefühlt hatte, wie die harten Metallkugeln an der Unterseite von Wesleys Schwanz entlangliefen, hätte er fast schon abgespritzt, da seine Hoden sich mit dem Wissen und dem Gefühl des Metalls vor Erregung fest zusammenzogen.

Wesley öffnete den Mund, aber alles, was herauskam, waren leise keuchende Atemzüge, gemischt mit Wimmern.

Rowen rieb das Gesicht an Wesleys Nacken und verlangsamte die Bewegungen seiner Hand. „Komm schon, Welpe“, flüsterte er. „Sag es mir.“

„D-du willst jetzt reden?“, fragte Wesley mit rauer Stimme.

„Sicher“, erwiderte Rowen und biss dann die Zähne zusammen, als Wesleys Kanal seinen Schwanz fest umklammerte.

„Ich dachte du würdest mich ficken.“

Rowen grinste, als er eine Linie an Wesleys Hals entlang küsste. „Nein, Welpe“, murmelte er gegen das warme Fleisch seines Gefährten. „Ich bereite dir Lust.“ Während er sprach, rieb er über Wesleys Eichel und tauchte seinen Daumen in seinen weinenden Schlitz, bevor er das austretende Sperma in die breite Spitze massierte.

Wesley wimmerte laut. Er bog den Hals und bohrte

seinen Hinterkopf in Rowens Schlüsselbein. Nachdem er seinen Schwanz tiefer in Rowens Griff gedrückt hatte, schaukelte er zurück gegen seine Leistengegend. Er konnte sich nur etwa zwei Zentimeter weit bewegen, aber es schien genug, um ihn in Rowens Griff schaudern zu lassen.

„F-Folter", keuchte Wesley vorwurfsvoll.

Rowen fragte leise: „Soll ich aufhören?"

Wesley knurrte und sah ihn mit einer Grimasse über die Schulter hinweg an. „Wage es nicht, verdammt noch mal, oder ich schneide dir den Schwanz ab."

Rowen lachte. Er grinste seinen Geliebten an und stellte absichtlich das Reiben seines Schwanzes ein, während er die Brustwarze massierte, mit der er gespielt hatte. „Das würde dir auch nicht das einbringen, was du willst. Nicht wahr, Wes?" Er zwinkerte bei dem finsteren Gesichtsausdruck seines jungen Geliebten, beugte sich vor und biss seinem Gefährten in den Hals. Fest genug, um sicherlich spürbar zu sein, aber nicht genug, um die Haut zu durchbrechen.

Wesley zischte und biss die Zähne zusammen.

Rowen öffnete wieder den Mund und drängte: „Beantworte meine Frage, Wes", als er wieder anfing, ihn zu streicheln.

Wesley knurrte leise und befahl dann: „Fester. Und fick mich, verdammt."

Rowen lachte. „Nein, Welpe", flüsterte er in sein Ohr. „Mein Schwanz ist glücklich, genau dort, wo er ist." Er knabberte an seinem Ohrläppchen und flüsterte heiß: „Ich werde dich ficken, wenn ich es will, Wesley. Beantworte jetzt die gottverdammte Frage."

„Scheiße“, schnappte Wesley. „Ich habe über mein Alter gelogen, als ich sechzehn war und meine Brustwarzen piercen gelassen“, knurrte er. „Am folgenden Montag im Sportunterricht war dann ziemlich was los. Meine Eltern waren sauer, aber da war es bereits getan.“

Rowen leckte summend über seinen Hals und begann, seine Hüften zu bewegen. „Siehst du? War das so schwer?“

„Hm?“

Rowen sah zu, wie Wesley seinen Hals reckte und ihn verwirrt ansah. Er beugte sich vor und küsste seine Lippen. „Sex ist nicht immer hart und schnell, Liebster. Die langsame Steigerung gibt uns die Chance, einander kennenzulernen, während die Lust vor sich hin brodelt.“

„Brodelt“, antwortete Wesley zwischen zwei keuchenden Atemzügen. „Als du deinen Schwanz in mich gesteckt hast, war meine Lust schon am Kochen!“

„Wir müssen an deiner Ausdauer arbeiten, Welpe“, verkündete Rowen. Er verstärkte seinen Griff und beschleunigte seine Bewegungen. „Sag mir, wann du deinen Schwanz piercen gelassen hast, und ich gebe dir deinen Orgasmus.“

Wesley knurrte tief in seiner Kehle und sagte schließlich: „An dem Tag, als ich achtzehn wurde.“

„Ah, also vor nicht allzu langer Zeit“, flüsterte Rowen. Er hörte auf, Wesleys Schwanz zu wichsen, richtete seine vier Finger an jeder Kugel aus und begann, sie hintereinander zu massieren. Als er das tat, begann Rowen sich mit kurzen, rammelnden Stößen zu bewegen, und seine langjährige Erfahrung machte es ihm leicht, auf Wesleys Prostata zu zielen und sie immer und immer wieder zu treffen. „Komm."

Wesley versteifte sich, biss die Zähne zusammen und zuckte.

Als Rowen das sah, befahl er: „Lass mich dich hören."

Wesleys Muskeln umklammerten Rowens Penis, und Rowen spürte, wie seine Eier sich fest zusammenzogen. Sein Schwanz zuckte und schwoll an.

Plötzlich bockte Wesley und schrie seinen Namen. Der Klang purer Glückseligkeit traf Rowens Blut wie ein Blitzableiter. Er hörte auf zu schaukeln und vergrub seine Erektion so tief er konnte, als seine Eier ihren Samen herausschossen.

Rowen biss die Zähne zusammen und knurrte tief in seiner Brust. „Scheiße, ja. Nimm es." Er schaffte es gerade so, dieses Mal seine Zähne von Wesleys Hals fernzuhalten, als er sich in dessen zuckenden Kanal ergoss.

Das süße Wimmern und Stöhnen, das Wesleys Mund entschlüpfte, klang wie Musik in Rowens Ohren. Das Zittern und Beben des schweißnassen Körpers in seinen Armen brachte seine Eier dazu, einen letzten Schwall Samen auszustoßen, eine Reaktion der besten Art von Lustschmerz. Wesleys Duft, vermischt mit Schweiß und Sex, erfüllte das Schlafzimmer mit dem erstaunlichsten Aroma. Rowen wollte sich den ganzen Morgen mit seinem Menschen in seinem Bett wälzen … vorzugsweise mit seinem erschlaffenden Schwanz genau dort, wo er gerade war.

Als Wesley sich bewegte, als wolle er sich wegrollen, ließ Rowen dessen weichen Schwanz los und legte die Hand auf seinen Bauch. Er legte seine andere Hand um seinen

Oberkörper, hielt ihn fest und hinderte ihn, sich umzudrehen.

„Müssen uns noch nicht bewegen", beruhigte Rowen ihn. „Entspann dich einfach." Ein Gedanke kam ihm in den Sinn. Er rieb sanft Wesleys Bauch. „Es sei denn, du wirst irgendwo erwartet? Vielleicht wartet deine Familie auf dich?" Sein Schwanz schwoll schon wieder an, als er weiterhin Wesleys innere Muskeln spürte. Der Gedanke an Wesleys Familie, die auf ihn warten könnte, ließ ihn erkennen, dass er noch etwas anderes wissen musste. „Bist du out?"

Wesley erstarrte. Nach einigen langen Sekunden der Stille murmelte er: „Nicht wirklich. Ähm, nein, ich denke, die Antwort lautet Nein", fügte er hinzu. „Und ich werde nirgendwo erwartet. Ich bin einfach, äh …"

Rowen wartete, aber Wesley sagte nichts mehr. Er richtete seinen Blick auf die andere Seite des Raumes und blieb hartnäckig stumm. Rowen kämpfte gegen sein eigenes Stirnrunzeln an und erinnerte sich daran, dass sein Gefährte, obwohl er offensichtlich nicht unerfahren in Sachen Sex war, noch jung war. Er wiegte seine Hüften nach hinten und zog seinen Schwanz heraus. Er schob, rollte und zog, bis Wesley unter ihm lag und Rowen ausgestreckt über ihm, eingebettet in das V, das seine Schenkel formten.

„Du bist einfach was, Wesley?", drängte Rowen, schob die Arme unter den Rücken seines Geliebten und umfasste seinen Hals. Er konnte den Aufruhr in den Augen seines jungen Geliebten sehen, und das konnte er einfach nicht zulassen. „Sag mir, was dich stört."

„Kondome", platzte Wesley heraus. „Wir haben keine Kondome benutzt." Seine Augen weiteten sich. „Ich habe immer Kondome benutzt. Sicherheit beim Sex und so weiter. Wie kommt es …“ Er hielt inne und biss sich auf die Lippe. Seine Brauen zogen sich zusammen.

Rowen hätte sich in den Arsch treten können, weil er seinem Gefährten solche Sorgen bereitet hatte. Er massierte Wesleys Nacken und versicherte: „Ich habe nichts Ansteckendes.“ Da er sich dachte, dass er ihm noch nicht sagen sollte, dass er ein Wolfswandler war und keine menschlichen Krankheiten bekommen konnte, entschied er sich für: „Ich habe seit ein paar Jahren keinen Liebhaber mehr gehabt und wurde seither regelmäßig getestet. Ich kann es dir beweisen.“ Er hielt einige Sekunden inne, legte die Stirn auf Wesleys und hoffte, den Ernst seiner nächsten Worte zu vermitteln. „Du hast mir Treue versprochen, Wesley. Während wir zusammen sind, gibt es keinen anderen. Meintest du dein Versprechen ernst?“

Wesley leckte sich die Lippen. Er schluckte einmal, und seine Nervosität wurde von seinem Geruch und dem Hüpfen seines Adamsapfels verraten. Er warf einen Blick nach links und dann nach rechts, bevor er sich auf Rowen konzentrierte und seinen Blick direkt traf. Er leckte sich erneut die Lippen und flüsterte dann: „Ich, äh, in dem Moment nicht.“ Er hielt inne und kaute auf seiner Lippe, während sein Blick über Rowens Gesicht huschte. „Aber jetzt. Jetzt verspreche ich dir, solange du mich fickst, wird kein anderer gegen meinen Willen meinen Arsch kriegen.“

Rowen konnte nicht anders. Er knurrte. Der Gedanke, dass ein anderer seinen Gefährten – besonders gegen dessen Willen – berühren würde, machte ihn höllisch sauer. *Mein!*

Rasend schnell wurde sein Penis vollständig hart. Er benutzte seine Knie, um die Beine seines Gefährten zu spreizen, legte eine Hand auf seinen Hintern und bewegte ihn nach oben.

Mit einer schnellen Bewegung versenkte Rowen seinen Schwanz in Wesleys Arsch. Er bemerkte kaum das heiße, enge Klammern der Muskeln seines Gefährten, bevor er seinen Ständer herauszog und wieder eintauchte. Rowen schob eine Hand zwischen sie, packte Wesleys schnell anschwellenden Schwanz und rieb ihn im Takt mit seinen Stößen.

Innerhalb von zwei Minuten fühlte Rowen, wie sich seine Hoden zusammenzogen. Er drückte und liebkoste Wesleys Eier und schwelgte in dem wimmernden Stöhnen, das seinem Menschen entkam. Es war fast so erstaunlich wie das Gefühl von Wesleys warmem Samen, der über seine Hand und seinen Schwanz sprudelte.

„Du gehörst mir", flüsterte Rowen hart und keuchte gegen die Lippen seines Geliebten. „Wenn dir jemand Scherereien macht, lass es mich wissen. Ich werde ihn an seinen Platz verweisen."

Wesleys Brauen schossen hoch und der Ausdruck wurde eine Sekunde später durch ein entspanntes Lächeln ersetzt. Er rieb Rowens Rücken auf und ab, berührte und massierte ihn, als wäre es neu für ihn, den Rücken eines anderen zu berühren. Vielleicht war es das für ihn tatsächlich.

„Danke", flüsterte Wesley. Er schaute durch seine Wimpern zu ihm auf und sah plötzlich schüchtern aus. „Ich kann mir allerdings nicht vorstellen, wer mir solche Scherereien machen würde."

Rowen nickte langsam und bekam sich wieder unter

Kontrolle. Als er realisierte, dass sie beide eine Minute für sich brauchten, lockerte er seinen Griff. Nachdem er mehrere zarte Schmetterlingsküsse auf Wesleys Lippen gedrückt hatte, murmelte Rowen: „Ich werde pinkeln gehen und mir eine Hose schnappen. Lass dir Zeit. Geh duschen, wenn du willst. Ich weiß, dass ich dich öfter genommen habe, als ich hätte tun sollen.“ Er zuckte bei den Erinnerungen zusammen und fügte hinzu: „Wenn du ein Bad nehmen willst, bringe ich dir Frühstück. Oder wir können nachher zusammen baden. Ich würde es lieben, mich um dich zu kümmern.“

Wesleys Wangen röteten sich, aber er nickte, und sein Lächeln war süßer als jedes, das Rowen bisher bei seinem jungen Gefährten gesehen hatte. „Ich werde mich schnell waschen und dann runterkommen. Ich würde später gerne ein Bad nehmen.“

„Perfekt. Ich mache gleich Frühstück.“ Rowen beugte sich vor und küsste ihn erneut. „Ich habe gestern erst eine neue Zahnbürste gekauft, um meine eigene zu ersetzen, aber ich habe sie noch nicht geöffnet. Sie befindet sich in der linken Schublade“, sagte er. „Du kannst sie dir gern nehmen.“

Wesley nickte. „Vielen Dank.“

Als Rowen sich zurückzog und zur Kommode ging, versuchte er, die Veränderungen zu verdauen. Er musste nicht enthüllen, dass er ein Wolfswandler war, sondern auch geduldig darauf warten, dass sein junger Liebhaber bereit war, sich zu outen.

Er schnappte sich zwei Jogginghosen. Eine legte er für Wesley auf das Bett und zeigte dann auf eine größtenteils offene Tür, um ihm zu bedeuten, dass er das angeschlossene

Badezimmer benutzen konnte. Nachdem er sich einen Moment Zeit genommen hatte, um Wesleys schlanke, sommersprossige Gestalt zu bewundern, ging er ins Gästebad, um sich schnell zu waschen. Er lächelte, als ihm ein Gedanke kam.

Vielleicht nehme ich mir die Zeit, seine Sommersprossen zu zählen.

KAPITEL 6

Wesley sah zu, wie Rowen aus dem Schlafzimmer ging. Einen Moment später hörte er eine Toilettenspülung und Wasser laufen. Er rutschte aus dem Bett und ging in das angrenzende Badezimmer. Dort sah er sich um und pfiff leise.

Von außen sah Rowens Haus wie ein bescheidenes, zweistöckiges Blockhaus aus. Er musste es irgendwann renoviert haben, denn das Büro war überraschend klein gewesen, selbst für einen Raum, der ursprünglich ein Schlafzimmer aus den fünfziger Jahren gewesen war. Die Größe dieses Badezimmers erklärte diese Diskrepanz.

Hellbraune Fliesen bedeckten den Boden. Eine marmorierte, rostfarbene Granitplatte rahmte ein Doppelwaschbecken aus gebürstetem Zinn ein. Gegenüber dem Waschtisch befand sich eine gewaltige Dusche mit Doppelbrause und einem zusätzlichen Regen-Duschkopf an der Decke, zusammen mit einem separaten Eckchen für die Toilette. Eine Reihe von Regalen mit sorgfältig gefalteten Handtüchern und anderer Wäsche trennte die beiden Bereiche. Eine tiefe Whirlpoolbadewanne beherrschte die Ecke des Raumes. Sein Arschloch zog sich bei dem Anblick zusammen, und er freute sich auf das Bad, das Rowen versprochen hatte.

Wesleys knurrender Magen brachte ihn in Bewegung. Er

wusch sich schnell und fand die ungeöffnete Zahnbürste, die Rowen erwähnt hatte. Für eine Sekunde fragte er sich, ob die Bemerkung, dass er sie gerade erst gekauft hatte, um seine eigene zu ersetzen, wahr war. Wesley wurde genauso schnell klar, dass er kein Recht hatte, etwas zu sagen. Es war schließlich nicht so, als wäre er noch Jungfrau gewesen oder so.

Nach seiner Katzenwäsche kehrte Wesley ins Schlafzimmer zurück. Er zog die Jogginghose an. Als er die Kordel der zu großen Trainingshose festzog, spürte er ein seltsames Flattern im Bauch. Wesley brauchte eine Sekunde, um es zu erkennen.

Stolz? Nein, Zufriedenheit. Warum?

Die Antwort traf ihn. Er hatte noch nie zuvor die Kleidung eines Liebhabers getragen. Irgendwie gab es ihm das Gefühl … dem älteren Mann näher zu sein. Sollte man so einen Liebhaber behandeln? Ihm Kleidung geben und Frühstück machen?

Zur Hölle, Wesley wusste es nicht, aber er mochte es auf jeden Fall.

Wesley trat aus dem Schlafzimmer und roch den Duft von Speck. *Lecker!* Es war Monate her, seit er Speck gegessen hatte. Seine Großmutter weigerte sich, welchen im Haus zu haben und sagte, es sei ungesund für sie.

Wesley ging schnell den Flur entlang und sang *Speck, Speck, Speck* in seinen Gedanken. Erst als er auf halbem Weg die Treppe hinunter war, bemerkte er, dass er Stimmen von Männern hörte, die er nicht erkannte.

Wesley blieb ein paar Schritte vom Fuß der Treppe

entfernt stehen und lauschte. Er runzelte die Stirn bei der Unterhaltung, die er hörte und Verwirrung erfüllte ihn. Wie viele Männer waren hier?

„Also hast du beschlossen, ihn zu beanspruchen“, sagte eine tiefe Stimme mit irischem Akzent. „Und du hast es nicht erklärt.“

„Er ist in mein Haus eingebrochen“, gab Rowen schroff zu. „Ich habe mich, äh, ein wenig hinreißen lassen.“

Ein anderer Mann grunzte und grollte: „Kann man wohl sagen.“

„Oh, Injun“, schnurrte ein dritter Fremder. „Du hast dich bei mir auch hinreißen lassen.“

„Konzentrier dich, Jared“, befahl die Stimme mit irischem Akzent, die ein bisschen entnervt klang.

Ein leises Lachen erreichte Wesleys Ohren, und dieselbe amüsierte Tenorstimme sagte: „Dann sollten wir Wesley vielleicht zum Frühstück begrüßen. Er ist auf der Treppe.“

Wesleys Augen weiteten sich. *Wie zum Teufel?* Gleichzeitig hörte er das Tappen von Füßen. Als Rowen um die Ecke in Sicht kam, kämpfte Wesley gegen eine Woge von Hitze an … und verlor. Er wusste einfach, dass seine helle, zu Sommersprossen neigende Haut einen rosa Farbton annahm. Wesley hatte seinen Teint immer gehasst und war mehr als glücklich gewesen, drinnen bei seinen Computern zu bleiben. Keine Sonne hielt die Sommersprossen in Schach.

„Äh, ich wusste nicht, dass du Gesellschaft hast“, murmelte Wesley. Er verschränkte die Arme vor der Brust und wünschte sich plötzlich, er hätte sich ein paar Minuten genommen, um seinen Hoodie zu finden. „Ähm, willst du, dass ich gehe?“

Rowen griff nach Wesleys Oberarmen und hielt sie sanft fest. Er zog ihn sanft nach unten, so dass er auf der letzten Stufe stand. Rowen schlang die Arme um seinen Oberkörper und legte die Handflächen auf Wesleys Schulterblätter. Er benutzte den Griff und zog Wesley zu sich.

Auf der Treppe stehend war Wesley ungefähr einen Zentimeter größer als Rowen. Er faltete die Arme auseinander, legte seine Handflächen auf Rowens Brust und rieb unbewusst über das raue Haar, das die Brust seines Geliebten bedeckte.

„Ich möchte nicht, dass du gehst“, antwortete Rowen leise. „Ich möchte, dass du meine Freunde triffst und das Frühstück isst, das ich für dich zubereitet habe.“ Während er sprach, liebkoste Rowen Wesleys Lippen, was seine Worte gedämpft und unzusammenhängend klingen ließ.

Wesley lächelte und erwiderte die zarten Küsschen. „Okay“, flüsterte er und mochte es, dass sein Geliebter ihn so sehr küssen wollte, dass er nicht einmal aufhören konnte, während er redete. „Der Speck riecht unglaublich gut.“

Rowen wackelte mit den Brauen, als er sich aufrichtete. „Ich liebe Fleisch auch.“ Er ließ Wesleys rechten Arm los und trat einen Schritt zurück. Rowen ließ seine linke Hand nach unten gleiten und schob seine Finger in die von Wesleys rechter Hand. „Komm schon. Ich habe vergessen, dass meine Freunde kommen, aber sie werden nicht lange bleiben“, versicherte er.

„Worüber habt ihr gesprochen?“, flüsterte Wesley, ging die letzte Stufe hinunter und hielt sich dicht an seinem Geliebten. „Was hast du beansprucht?“

Rowen warf einen Blick auf ihn und schaute anerkennend auf Wesleys nackte Brust. „Es bedeutet, dass wir nicht herumspielen“, antwortete er. „Komm mit.“

Wesley war sich nicht sicher, was er mit dieser Antwort anfangen sollte, aber zu diesem Zeitpunkt gingen sie durch einen Bogen, der das Wohnzimmer und das Esszimmer voneinander trennte. Er sah sich im Raum um und entdeckte vier Männer. Zu seiner Überraschung saß ein gewaltiger Afroamerikaner auf einem Stuhl, und auf seinem Schoß ein zierlicher blonder Kaukasier. Ein weiterer Mann mit hellbraunem Haar und einem Grinsen auf den Lippen saß auf einem anderen Stuhl. Hinter ihm, eine große, bronzebraune Hand besitzergreifend auf der Schulter des sitzenden Mannes ruhen, stand ein großer Indianer. Es bestand kein Zweifel, dass es sich bei den vier Männern um Paare handelte.

Wesley starrte sie mit offenem Mund an. „I-ihr seid alle schwul?“

Der kleine Mann lachte. „Ich bin schwul“, erklärte er freimütig. Er deutete mit der Hand auf den Schoß des Mannes, auf dem er saß, und auf die beiden anderen Männer. „Ich würde die anderen als verliebt und ihren Partnern ergeben bezeichnen.“ Er lächelte süß. „Die zufälligerweise Männer sind.“ Er zuckte die Achseln. „Ich bin Lark Trystan. Mein Partner, Declan McIntire“, fügte er hinzu und zeigte auf den Mann, auf dessen Schoß er saß. „Willkommen in Stone Ridge. Ich habe gehört, du bist neu hier.“

„W –Wesley O'Connor“, antwortete er und ließ sich von Rowen auf einen Esszimmerstuhl schieben. „Du hast gehört … warum hast du von mir gehört?“

„Weil du versucht hast, dich in das Computersystem von Stone Ridge High zu hacken“, antwortete der schlanke, sitzende Mann. Er beugte sich vor und streckte die Hand aus. „Jared Templeton. Ich bin freiberuflicher IT-Berater. Ich habe deinen Hack gestoppt. Der besitzergreifende Kerl hinter mir ist Carson Angeni.“

Wesley spürte eine weitere Woge von Wärme in seiner Brust. Er vermisste jetzt wirklich seinen Hoodie. „Äh …“, murmelte er und griff über den Tisch hinweg, um Jareds Hand zu ergreifen.

Als sie sich kurz die Hand gaben, fuhr Jared fort: „Kein schlechter Hack. Mit ein wenig Anleitung könntest du ziemlich gut werden.“

Wesley hob die Brauen und lächelte. „Das denkst du?“

Jared nickte. Er griff hinter sich und zog seine Brieftasche heraus. „Hier“, sagte er, zog eine Karte heraus und hielt sie ihm hin. „Ruf mich nach deinem Abschluss an.“

Wesley nahm die Karte und sah sie sich an. Tanis IT Security. Jared Templeton. Geschäftsführer.“ Wesley riss die Augen auf und begegnete Jareds Blick. „Wow. Vielen Dank!“

Rowen kam mit ein paar gewaltigen Platten an, die er in die Mitte des Tisches stellte. Eine war mit mehr Speck beladen, als Wesley jemals zuvor gesehen hatte. Rührei füllte die andere. Wesley beugte sich vor und beäugte den flauschigen gelben Berg. Er entdeckte rote Paprika und Zwiebeln und dunklere gelbe Streifen, die er als Cheddar-Käse erkannte.

„Wow“, flüsterte Wesley.

Lark rutschte von Declans Schoß. „Ich hole die Teller und das Besteck.“

Wesley sah mit großen Augen zu, wie Rowen in seine Küche zurückkehrte, die durch eine große Arbeitsplatte aus Granit vom Esszimmer getrennt war. Er sah voller freudiger Erwartung zu, wie Rowen Rösti, Toast, eine Kanne Kaffee und einen Krug Orangensaft bereitstellte. Lark fügte Teller und Besteck hinzu.

Als Wesley seine Überraschung überwunden hatte, dass diese Männer nicht nur alle offen schwul waren und Rowen es irgendwie geschafft hatte, ein wahres Festmahl aufzutischen, bot er an, ihm zu helfen.

Rowen hörte auf, Essen auf den Tisch zu bringen, um ihm einen Kuss auf die Lippen zu geben und zu murmeln: „Entspann dich einfach und genieß es."

Wesley fand das fast so toll wie das fantastische Essen, das Rowen zubereitet hatte. Noch besser war jedoch die Tatsache, dass sein Geliebter sein Versprechen hielt.

Rowens Freunde gingen nach dem Essen und sagten höflich Dinge wie *Schön, dich kennenzulernen,* und *Ich freue mich darauf, dich wiederzusehen.* Ihrem Lächeln nach dachte Wesley, dass sie es auch so gemeint haben könnten.

Schließlich führte Rowen ihn zurück nach oben in das Hauptbadezimmer. Nachdem er das Wasser aufgedreht hatte, um die Badewanne zu füllen, wandte er sich wieder Wesley zu und legte ihm die Hände auf die Hüften. Rowen spielte mit seinem Hosenbund und schickte kribbelnde Empfindungen über Wesleys Haut, die direkt zu seinem Schwanz führten.

Rowens Ausdruck wurde ernst, als er Wesleys Blick hielt. „Es gibt eine Regel, Wesley."

Wesleys Herz klopfte wild in seiner Brust und Besorgnis

erfüllte ihn. Er wusste, dass das alles zu gut gewesen war, um wahr zu sein. „Welche?"

Rowen umfasste Wesleys Kiefer und neigte seinen Kopf wieder nach oben. Wesley war sich nicht einmal sicher, wann er seinen Blick gesenkt hatte. „Ich werde nicht leugnen, dass wir Liebhaber sind, wenn meine Freunde danach fragen, aber du bist immer noch mein Schüler, daher ist ein gewisses Maß an Diskretion erforderlich", warnte er. „Keine Interaktion auf dem Schulgelände. Kein Umarmen, Küssen, Händchenhalten." Seine Lippen verzogen sich zu einem reuevollen Lächeln. „Und hör auf, vor mir mit dem Arsch zu wackeln. Ich werde dich gerne so oft wie möglich um den Verstand vögeln, aber nicht auf dem Schulgelände. Verstehst du?"

Auch wenn das nicht das war, was er erwartet hatte, konnte Wesley nicht anders, als zu grinsen und zu antworten: „Also, keine Stelldicheins im Vorratsraum?" Genau diese Idee ließ seine Herzfrequenz in die Höhe schießen. Seine Stimme wurde atemlos, als er hinzufügte: „Wir könnten uns in der Mittagspause treffen. Ich wäre fertig gedehnt und bereit mit meinem Plug." Er sah ihn durch die Wimpern an und leckte sich über die Lippen. „Zieh das Ding raus und schieb deinen großen Schwanz in mich hinein. Es würde uns beiden eine Menge Spaß bereiten."

Rowen knurrte leise. „Luder", schnappte er. „Nein. Kein Sex in der Schule. Jetzt zieh dich aus und geh in die Wanne. Ich zeige dir was, das uns beiden Spaß bereitet."

Wesley zog sich schnell aus und stieg in die Wanne, begierig darauf, Rowens Vorstellung von Spaß zu erleben.

Wesley gab sein Bestes, um Rowens einzige Regel zu befolgen, und passte die Kleidung an, die er zur Schule trug. Am folgenden Montag ließ Wesley im Unterricht den Reißverschluss an seinem Hoodie oben. Er verzichtete auch darauf, seinen Butt Plug zu tragen. Sein Hintern brauchte tatsächlich mal eine Pause.

Wesley war auch am Samstagabend bei Rowen geblieben. Als der ältere Mann ihn gefragt hatte, ob er jemandem seinen Aufenthaltsort mitteilen müsste, hatte Wesley erklärt, dass er bei seiner Großmutter wohnte. Solange er keine laute Musik laufen ließ oder etwas tat, das sie für unangemessen hielt – er machte sich nicht die Mühe zu sagen, dass Schwulsein definitiv als solches eingestuft würde –, war es ihr egal, wo er war oder was er tat. Wesley freute sich nicht darauf, ihr zu sagen, dass er schwul war, denn dann würde er das Dach über dem Kopf verlieren.

Rowen hatte geknurrt, seine Augen vor offensichtlicher Wut gefunkelt, aber seine Worte waren mitfühlend gewesen. Er hatte Wesleys Wirbelsäule massiert und ein langsam brennendes Spiel der Verführung begonnen. Es war unglaublich gewesen.

In der Tat hatte Wesley am vergangenen Wochenende mehr Sex gehabt als zuvor in sechs Monaten. Die Aussicht, zu diesem trostlosen Leben zurückzukehren, gefiel ihm nicht, und je mehr Zeit er mit Rowen verbrachte, desto mehr fragte er sich, wie aufrichtig Jareds Angebot war. Würde Rowen wollen, dass er bei ihm blieb?

„Hey, alles in Ordnung?"

Wesley drehte sich um und stellte fest, dass Lilith sich

zu ihm beugte und die Brauen zusammenzog, als sie ihren Blick über ihn wandern ließ.

„Du siehst anders aus." Lilith legte den Kopf schief. „Ein bisschen rot", fügte sie hinzu und deutete auf ihr eigenes Gesicht. „Geht es dir gut?"

Es erforderte jedes bisschen von Wesleys Selbstbeherrschung, um zu verhindern, dass Verlegenheitsröte, die seine Wangen färbte, sein Gesicht noch dunkler machte. Als müsste er noch röter im Gesicht sein.

Wesley räusperte sich und zuckte mit den Schultern. Lilith hatte ihm in letzter Zeit ein wenig zu viel Aufmerksamkeit geschenkt, in den Gängen *Hallo* gesagt und war ihm zwischen den Kursen immer wieder irgendwie begegnet. Sie schien ein unheimliches Gespür dafür zu haben, wo er sein würde.

Leider bedeutete das auch, dass Dawson nicht weit weg war. Ihr immer-mal-wieder-Freund – den Gerüchten zufolge, die er gehört hatte, waren sie zur Zeit nicht zusammen – funkelte jeden Jungen wütend an, der sie länger als zwei Sekunden ansah. Der Typ war total irrational.

Idiot.

Trotzdem war Wesley bewusst, dass Dawson größer und breiter war als er. Er war nicht umsonst ein Lineman im Footballteam. Das bedeutete, dass, auch wenn Wesley Lilith zwar wirklich mochte – auf rein platonische Weise – er es nicht wirklich zeigen konnte.

„Muss mir am Wochenende eine Erkältung eingefangen haben oder was Ähnliches", murmelte Wesley. „Ich bin etwas müde."

In Wahrheit war Wesley müde, weil er ohne Rowens Arme, die um ihn geschlungen waren, in der Nacht zuvor nicht gut geschlafen hatte. Er hatte den warmen Körper vermisst, der sich an seinen Hintern presste. Zwei Tage und Wesley war süchtig danach, wie es sich anfühlte, von dem älteren Mann umarmt und festgehalten zu werden. Es ergab für ihn keinen Sinn.

„Oh, na ja, wir haben Grippemittel und so was zu Hause. Wenn du vorbeikommen willst …“, bot Lilith an. „Ich könnte dir was davon geben, dann könnten wir zusammen die Elementarmatheaufgaben machen.“

Elementarmathematik war der andere Kurs, den Wesley mit Lilith gemeinsam hatte. Zum Glück war Dawson nicht dabei. Wesley zögerte kurz. Er hatte Schwierigkeiten mit Mathe und könnte ihre Hilfe gut gebrauchen. Andererseits wollte er Dawson nicht verärgern.

Der Wunsch nach Hilfe siegte.

Wesley nickte. „Ja. Sicher.“ Aus den Augenwinkeln versuchte er, den gereizten Footballspieler zu ignorieren. „Wie viel Uhr?“

„Willst du mich von der Schule nach Hause begleiten?“

Wesley erkannte den koketten Ton in Liliths Stimme – verdammt, er war schwul und nicht tot – und wusste, dass er diese Idee, die sie da hatte, im Keim ersticken musste. Er hatte keinen Zweifel, dass sie ihn so sehr mochte, weil er der Neue an der Schule war. Wesley fragte sich, wie sie reagieren würde, wenn er ihr die Wahrheit sagte.

Rowen ermahnte zur Aufmerksamkeit. Wesley tat sein Bestes, sich zu konzentrieren, obwohl er sich häufiger bei

Gedanken an seinen nackten Lehrer ertappte, als er sollte. Jetzt, wo er den Mann gehabt hatte – oder genauer gesagt, der Mann ihn gehabt hatte – und er wusste, dass er Rowen wieder haben konnte, selbst mit einem wunden Hintern, wollte er, dass das so schnell wie möglich geschah.

Als Rowen seinen Namen bellte, wandte Wesley seinen Blick von seinem Text ab, den er nicht gelesen hatte. Er bemerkte, dass die Stunde vorbei war und fast alle anderen Schüler gegangen waren. Rowen ragte über seinem Schreibtisch auf.

„Alles in Ordnung, Wesley?“, fragte Rowen mit besorgter Stimme.

Wesley blickte zu seinem Liebhaber auf, und sein Mund wurde trocken. Wie zum Teufel sollte er das beantworten? Erst letzte Woche hätte er mit einem Scherz darüber geantwortet, dass er Fantasien von einem gewissen sexy Mann hegte, der seine Aufmerksamkeit auf sich gezogen hatte. Das konnte er jetzt allerdings nicht. Er hatte sein Wort gegeben.

„Es geht ihm einfach nicht gut, Mr. St. Paul“, mischte sich Lilith ein. „Machen Sie sich keine Sorgen. Ich gebe ihm etwas gegen Erkältungen.“ Sie lächelte breit. „Ich werde ein Auge auf ihn haben.“

Rowens Brauen zogen sich zusammen, die Frage in seinen dunklen Augen klar. Diesmal gelang es Wesley zu sagen: „Nur Kopfschmerzen. Es geht mir gut.“

Bei der Art und Weise, wie Rowens Augen sich verengten, wusste Wesley, dass er ihm nicht glaubte. Mehr konnte er nicht wirklich erklären, also griff er nach seinem Rucksack und schob sein Buch hinein. Als Wesley aufstand und seinen Rucksack über die Schulter warf, schenkte er Rowen ein beruhigendes Lächeln, bevor er Lilith aus dem Klassenzimmer folgte.

Wesley rief Lilith „Wir sehen uns später“ nach und ging dann in die entgegengesetzte Richtung zu seiner letzten Stunde des Tages. Er schlüpfte zwei Minuten vor dem zweiten Klingeln in den Umkleideraum. Der war schon größtenteils leer, also wählte er ein Schließfach, zog sich aus und streifte seine Shorts und ein T-Shirt über.

Da Wesley wusste, dass gleich das letzte Klingeln ertönen würde, hakte er sein Schloss ein, nahm seine Turnschuhe und lief zum Eingang der Turnhalle. Die Glocke läutete, als er eintrat. Er winkte Mister Cruner, dem Sportlehrer, mit seinen Turnschuhen zu und hüpfte dann auf der Stelle, als er sie an die Füße zog.

Mister Cruner hob eine Braue. Ein Winkel seines Mundes hob sich für einen Moment zu einem halben Lächeln, dann setzte er die Einteilung fort. Wesley fand den Sportunterricht nicht so schlimm. Mister Cruner duldete Mobbing nicht, und er stellte immer sicher, dass die Teams fair waren. In seinem Unterricht wurde niemand als Letzter gewählt.

Es war wirklich sehr erfrischend.

Nach dem Unterricht kehrte Wesley zu seinem Schließfach zurück und zog sich schnell wieder um. Er hatte gerade seine Jeans zugeknöpft, als ein Geräusch hinter ihm seine Aufmerksamkeit erregte. Wesley drehte sich gerade noch rechtzeitig um, um einen Schlag auf seine Seite zu bekommen, der seine Niere getroffen hätte, wenn er sich nicht bewegt hätte. So knallte er dennoch gegen die Schließfächer und scharfer Schmerz schoss durch seinen Oberarm.

Wesley duckte sich instinktiv, gerade schnell genug, um einem Schlag gegen seinen Kiefer auszuweichen. Stattdessen hörte er einen Schmerzensschrei, als jemand seine Faust gegen eine Spindtür rammte. Wesley trat einen Schritt zurück und richtete sich auf. Dawson rieb sich die Knöchel und grinste ihn abfällig an.

„Denkst wohl, du bist besonders gerissen, krank zu spielen, um die Aufmerksamkeit von meinem Mädchen zu kriegen", knurrte Dawson. „Von wegen. Wenn du –"

„Was ist hier los?", bellte Mister Cruner und schob sich zwischen den wenigen Schülern, die sich versammelt hatten, hindurch. „Dawson, was machst du hier? Das ist nicht dein Kurs."

Dawson lächelte und deutete zu seinem Kumpel Ryker, der den Kurs zusammen mit Wesley belegt hatte. „Ich treffe mich nur mit meinem Freund Ryker, Coach", sagte er locker und verriet seine Vertrautheit mit dem Mann, da Mister Cruner im Herbst das Footballteam trainierte.

Mister Cruners Augen verengten sich. Er sah Wesley an und schaute sich dann in der Menge um. „Ihr wisst, was ich von Streitereien halte", schnauzte er. „Wenn einer ein Problem mit jemandem hat, kommt er gefälligst zu mir."

„Oh, wir streiten uns nicht, Coach", versicherte Ryker und grinste schief. „Ich und Dawson haben uns nur herumgeschubst, das ist alles."

Coach sah sich wieder suchend in der Menge um. Die meisten Schüler senkten den Blick und begannen sich zu entfernen. Plötzlich holte der Coach tief Luft und seine Nasenflügel flatterten. Er wandte sich um, schaute Wesley an, und seine Augen verengten sich.

Ein seltsamer Ausdruck blitzte für einen Moment in Coach Cruners Gesicht auf, bevor er erneut seinen Blick über die Schüler in der Nähe schweifen ließ. „Okay, dann verschwindet von hier", befahl er und konzentrierte sich auf Dawson und Ryker. „Ich bin mir sicher, dass ihr woanders viel zu tun habt und es macht mich nicht froh, wenn ihr meine Schließfächer zerbeult."

Dawson sah zu Wesley. Seine Lippe kräuselte sich für einen Moment, sein Gesichtsausdruck war klar – *bleib weg von Lilith* –, dann nickte er und stupste Ryker an. „Komm schon, Ryker."

Nachdem sie gegangen waren und sich die meisten anderen auf ihre eigenen Schließfächer konzentrierten, warf Coach Cruner Wesley einen weiteren langsamen, prüfenden Blick zu. Dann nickte er einmal und ging den Weg zurück, den er gekommen war.

Wesley verschwendete keine Zeit damit, sein Zeug zusammenzusuchen und aus dem Umkleideraum zu kommen. Erst als er durch den Haupteingang trat und sah, dass Lilith wartete, erinnerte er sich an seine Pläne, mit ihr zu lernen.

Wesley fluchte leise und sah sich verstohlen um. Er versuchte seine schmerzende Seite diskret zu reiben, als er Liliths Geplapper zuhörte, während er neben ihr den Bürgersteig entlang zu ihrem Haus ging.

KAPITEL 7

Rowen lachte und schüttelte den Kopf. Er setzte sich auf den Stuhl an seinem Schreibtisch und betrachtete den sexy Bildschirmhintergrund seines Laptops.

„Oh, Gefährte“, murmelte er und umfasste seinen schnell anschwellenden Schwanz.

Endlich wusste er, was Wesley Freitagabend mit seinem Computer gemacht hatte. Über das Wochenende hatte er keinen Grund gehabt, danach zu sehen. In Wahrheit war er zu beschäftigt damit gewesen, jeden Zentimeter seines sexy Gefährten zu erkunden und ihn auf jeder verfügbaren Oberfläche zu ficken.

Nun saß Rowen an seinem Schreibtisch und plante, Noten einzugeben. Das Bild lenkte ihn ab. Wesley schien ein Selfie gemacht zu haben. Rowen vermutete, dass es in seinem eigenen Klassenzimmer aufgenommen worden war, den Rändern nach zu urteilen. Wesley lächelte spielerisch in die Kamera – oder ins Telefon – und lag nackt ausgestreckt auf seinem Schreibtisch. In seiner Hand hielt Wesley seinen aufrechten Schwanz, dessen pralle Spitze tiefrot war.

Rowen knurrte leise. „Verdammt sexy, ungezogener Gefährte“, grummelte er. Er schüttelte den Kopf und wusste, dass er sich nur auf seinen Schwanz konzentrieren konnte, bis er sich Erleichterung verschafft hatte. Er öffnete seine Hose, schob sie runter, bis er sie zusammen mit seinen Schuhen abstreifen konnte. Sein Blick war immer noch auf das Bild seines Geliebten gerichtet. Rowen ergriff seinen aufrechtstehenden Schaft, als er seine Beine spreizte. „Zu verdammt sexy, als gut für ihn ist."

Rowen verschwendete keine Zeit und fing langsam an zu wichsen. Er hielt seinen Blick auf das Bild seines Geliebten gerichtet und bewunderte die schlanken Linien seines Oberkörpers, die Krümmung seines muskulösen Unterarms und den Anblick der glänzenden Spitze seines Schwanzes. Wesley musste das Bild während einer Abwärtsbewegung aufgenommen haben, denn sein Schlitz war ein bisschen geweitet. Es gab sogar ein verräterisches Glitzern dort, das andeutete, dass gerade eine Perle Vorsperma dabei war, zu entkommen.

Rowen bemerkte, dass sein Blick auf diesen Punkt gerichtet war … die Eichel seines Geliebten. Wenn Wesley weiter wichsen könnte, würde sich dort bald eine Flüssigkeitsperle befinden? Wie würde sie schmecken?

Rowen hatte am Wochenende nicht das Sperma seines Geliebten gekostet. Er war zu beschäftigt damit gewesen, seinen jungen, geilen Liebhaber zu ficken. Der Arsch des Menschen war einfach zu unwiderstehlich gewesen, um es nicht zu tun. Jetzt brannte in ihm der Wunsch, zu wissen, wie sein Gefährte *überall* schmeckte.

Rowen hielt seinen Griff leicht und schaute auf seinen eigenen Schwanz hinunter. Er wusste, dass sein eigener Schaft etwas länger und viel dicker war, nachdem er sie beide gewichst hatte. Der Schwanz seines Gefährten hatte jedoch etwas an sich, etwas so Hübsches. Vielleicht waren es seine kurz geschorenen Schamhaare oder die Art und Weise, wie die dicke Vene an der Unterseite seines Schwanzes entlanglief.

Rowen konzentrierte sich wieder auf Wesleys Bild. Der Kopf seines Geliebten war nach hinten geworfen, so dass die Kamera aus ihrem Winkel nur einen Teil seines Gesichts eingefangen hatte. Trotzdem war es leicht zu sehen, dass er ein Funkeln in dem einen sichtbaren Auge hatte und eine verführerische Krümmung seine Lippen umspielte.

Wenn Rowen Wesley nicht vorher schon gefickt hätte, hätte ihm dies sicherlich seine Kontrolle entrissen. Er senkte die Augenlider auf Halbmast und lehnte sich in seinem Stuhl zurück, wobei er sich auf das Bild konzentrierte. Hätte er den Mann so sehr gewollt, dass er ihn aufgespürt hätte?

Könnte sein.

Rowen konnte sich das zumindest eingestehen. Zum Glück war es nicht dazu gekommen. Seine Hand hielt inne, als er an seine Interaktion mit Wesley an diesem Tag dachte. Er hatte verlangen wollen, zu erfahren, was los war. Die Antwort, sich nicht gut oder müde zu fühlen, war Unsinn gewesen. Dann zu erfahren, dass Lilith dachte, sie würde sich um ihn kümmern?

War Wesley wirklich zu ihr nach Hause gegangen? Warum?

Als Rowens Erektion zu welken begann, konzentrierte er sich wieder auf Wesleys Bild. Er verlangsamte seine Hand und stimulierte die faltige Haut unter seiner Eichel. Rowen erinnerte sich an den Geruch seines Gefährten und daran, wie er bei den leichtesten Berührungen stöhnte.

Rowen seufzte, wichste schneller und drückte mit dem Daumen in den Schlitz. Er wusste, dass er das Bild irgendwann von seinem Bildschirm entfernen musste – er machte sich eine Notiz, einen sicheren Ordner einzurichten, in dem er es speichern konnte –, aber das würde er später tun.

Seine Eier rollten in seinem Sack.

Viel später.

Rowen streckte die Hand aus, umfasste seine Hoden und drückte leicht. Er zog an ihnen und linderte sein steigendes Bedürfnis zu kommen. Bei der nächsten Aufwärtsbewegung tauchte Rowen seinen Daumennagel in den Schlitz und grunzte bei der schmerzhaft angenehmen Empfindung.

Das leise Geräusch eines sich drehenden Schlosses erregte seine Aufmerksamkeit und er hielt seine Hand ruhig. Er legte den Kopf schief und lauschte. Eine Sekunde später ließ ihn das leise Klicken einer sich schließenden Tür lächeln.

Rowen hatte Wesley einen Schlüssel für seine Hintertür gegeben. Er hatte nur nicht erwartet, dass er ihn so bald benutzen würde. Er drehte den Kopf und beobachtete die Bürotür. Sie war halb geöffnet und er wusste, wenn Wesley vorbeikam, würde er genau sehen, was er tat.

Das hinderte Rowen nicht daran, seinen Schwanz weiter zu streicheln, nur diesmal etwas langsamer. Es sah so aus, als könnte er doch noch seinen Wunsch erfüllt bekommen. Er warf einen Blick auf das Bild seines Gefährten und die Perle, die sich gerade in dem Schlitz bildete, und konzentrierte sich wieder auf die Tür.

„Rowen?"

Wesleys zögerlicher Ruf überraschte Rowen, nachdem er neulich nachts eingebrochen hatte. Er würde seinen Gefährten jedoch nicht enttäuschen.

„Im Büro", rief Rowen zurück.

Rowen hörte, wie Wesley die Treppe hinauf ging, dann sah er, wie die Tür aufging. „Hey, bist du … beschäftigt?", beendete Wesley, seine Stimme ein heiseres Flüstern. Sein Mund stand offen, als er seinen Blick über Rowens nackte Gestalt, die gespreizten Beine und die Hand auf seinem Schwanz schweifen ließ. „W-was machst du da?"

Rowen lachte und drehte seinen Stuhl so, dass er Wesley voll ins Gesicht blickte. „Nun", sagte er gedehnt. „Ich hatte geplant, etwas Arbeit zu erledigen, aber als ich meinen Laptop öffnete, fand ich eine kleine Überraschung."

Wesley hatte den Anstand, zu erröten. Die Röte, die sich an seinem Hals entlang bis zu seinem Gesicht ausbreitete, ließ seine Sommersprossen reizvoll hervortreten. Rowen wollte sie küssen und zählen.

Grinsend hob Rowen seine freie Hand und winkte seinen Geliebten nach vorne. „Komm her", befahl er. „Stell dich vor mich und zieh dich aus. Dann setz dich auf den Schreibtisch und leg dich hin wie auf dem Bild."

Für ein paar Sekunden warf Wesley einen Blick zwischen dem Bild und Rowens Gesicht hin und her. Seine Kiefermuskeln arbeiteten. Er nickte belustigt und trat langsam vorwärts.

Rowen wartete darauf, ob er wirklich gehorchen würde, entspannte sich auf seinem Stuhl und genoss es, den sexy jungen Mann vor sich zu beobachten und zu bewundern. Auch wenn Wesley jung und schlank war, konnte Rowen nicht anders, als die ihm innewohnende Kraft zu bewundern. Wesley wusste, was er wollte und machte es mit einer Beharrlichkeit, die man bei einem so jungen Mann selten fand. Rowen fragte sich, was in seinem kurzen Leben passiert war, um solch einen Ehrgeiz in ihm hervorzurufen.

Wesley öffnete seinen allgegenwärtigen Hoodie – hatte er keine Jacke? Wie konnte er nicht frieren? Nachdem er ihn ausgezogen und über die Armlehne eines leeren Stuhls gelegt hatte, zog Wesley sein T-Shirt aus, faltete es zusammen und legte es auf denselben Stuhl.

Dann hielt Wesley inne und lächelte Rowen schüchtern an. Er schwenkte seine Hüften aufreizend, als er seine Jeans mit einer lässigen Daumenbewegung aufknöpfte und den Reißverschluss langsam senkte. Zur gleichen Zeit spielte Wesley an einer seiner Brustwarzen herum und zog dann an dem Ring, bevor er mit den Fingerspitzen über seine Brust fuhr. Er stieß die Jeans beiseite und enthüllte die rote Spitze seines Schwanzes.

Rowen leckte sich die Lippen und summte. „Keine Unterwäsche. Sexy."

Süffisant lächelnd, schob Wesley seine Jeans halb über seine Hüften herunter. Er tauchte eine Hand in seinen Schritt, zog seine Eier heraus und rollte sie in seiner Handfläche, während er eine geschmeidige Bewegung aus der Hüfte machte, die die Jeans an seinen Oberschenkeln herunterrutschen ließ.

Rowen knurrte bei dem sexy Anblick und befahl rau:

„Zieh dich aus, Welpe. Will sehen, wie du für mich ausgestreckt daliegst.“ Sein Blut schoss durch seine Adern, als Wesley gehorchte und seine Jeans nach unten schob und auszog. Er drehte sich um, richtete seinen Hintern zu Rowen und bückte sich, um seine Jeans aufzuheben. Die Bewegung führte dazu, dass sich seine Pobacken teilten und sein enger, rosiger Stern Rowen verlockend zuzwinkerte.

Rowen packte seine Eier und zog kräftig an ihnen, um sie daran zu hindern, sich zusammenzuziehen. Sein sexy Gefährte brachte ihn so schnell an die Schwelle und drohte, ihm die Kontrolle zu entreißen. Er umklammerte mit der freien Hand die Armlehne seines Stuhls, kniff die Augen zusammen und zischte.

Wesley richtete sich auf und grinste ihn über die Schulter an.

Rowen wurde klar, dass der kleine Verführer genau wusste, was er tat. In ihm brannte der Drang, ihn auf den Schreibtisch zu werfen und über ihn herzufallen. Stattdessen stützte er sich auf jahrzehntelange Kontrolle und unterdrückte den Drang.

Rowen erwiderte Wesleys Lächeln mit einem Grinsen, hob eine Ferse auf seinen Schreibtisch und spreizte die Beine. Er packte seinen Schwanz und rieb ihn langsam, wobei er sich die Zeit nahm, bei jeder Aufwärtsbewegung über seine Eichel zu streichen. Rowen drückte seine Eier, um der Stimulation entgegenzuwirken, und richtete den Blick weiterhin auf Wesley, wartete auf dessen nächsten Schritt.

Wesley leckte sich die Lippen. Er stand halb umgedreht vor Rowen, und sein Körper schien erstarrt zu sein, als er auf

Rowens Hände schaute. Er umfasste die Basis seines eigenen Schwanzes und atmete mehrmals tief durch.

Rowen wichste sich weiter und genoss die offensichtliche Fixierung seines Geliebten. Er fügte bei der nächsten Bewegung nach unten ein kleines Rollen seiner Hüften hinzu, wohl wissend, dass der Zug seinen Schlitz zum Zwinkern brachte. Wesley keuchen zu sehen war fast so erfreulich wie die Stimulation seines Schwanzes und seiner Eier.

Nach einem Stöhnen kletterte Wesley auf den Schreibtisch. Der war bereits größtenteils frei, abgesehen von dem Laptop und einem Stapel Papiere, an denen Rowen hatte arbeiten wollen. Wesley beförderte den Papierkram schnell zu Boden, dann rutschte er auf dem Schreibtisch entlang und schob den Laptop zum anderen Ende. Sein Kopf ruhte direkt neben dem Gerät.

Wesley schaute mit lustvollen Augen zu ihm auf, ein eifriger Ausdruck auf seinem Gesicht. Er spreizte seine Beine und platzierte seine Fersen auf die Kante in der Nähe seines Arsches. Wesley griff nach seinem Schwanz und begann ihn zu streicheln.

Rowen grinste. „Gut so, Welpe“, gurrte er und senkte sein Bein, damit er sich aufrichten konnte. „Streichle dich weiter.“

Rowen konnte den Blick nicht von der sexy Vision vor sich abwenden und tastete blind nach dem Griff der nächsten Schreibtischschublade. Es gelang ihm, sie zu öffnen und eine kleine Tube Gleitmittel zu finden, als er eine Perle Vorsperma entdeckte, die aus dem Schwanz seines Geliebten sickerte. Als

Rowen die Kappe öffnete, beugte er sich vor, streckte die Zunge heraus und fuhr mit ihr über Wesleys geschwollene, triefende Eichel.

Wesley zuckte zusammen. „Oh“, keuchte er. „Was –“

Rowen lachte und hob den Kopf. „Mach weiter, Welpe. Ich will mehr von deinem Saft.“ Er schaute Wesley durch die Wimpern an, während er den Mund senkte, um erneut über den Ständer seines Geliebten zu lecken.

Sobald Wesley wieder anfing, seine Hand auf seinem Schwanz zu bewegen, hob Rowen seine Hand und drückte einen mit Gleitmittel geschmierten Finger auf den Bereich unter den Eiern seines Gefährten. Wesley zuckte zusammen, und seine Hand stieß ungeschickt gegen Rowens Kinn. Rowen gluckste und schluckte die Eichel seines Geliebten, zog sie in seinen Mund. Während er leicht saugte, drückte er seinen Finger tief in den Kanal seines Gefährten.

Wesley stöhnte. Seine Hand hielt in ihren Bewegungen inne und stieß erneut gegen Rowens Kinn. Den Kopf hebend verringerte Rowen die Stimulation von Wesleys Erektion bis nur noch seine Lippen gegen Wesleys gerötete Spitze drückten. Er schnippte mit der Zunge und zeichnete den Bereich nach, den seine Lippen nicht berührten.

Rowen spielte mit den Fingern weiter an Wesleys Arsch herum. Er lutschte den Schwanz seines Geliebten, tauchte seine Zunge immer wieder in den Schlitz seines süßen Menschen und genoss das Vorsperma, das aus ihm heraussickerte. Rowen beobachtete Wesley durch seine Wimpern und bewegte Mund und Finger schneller, als sein Gefährte die Kontrolle verlor.

Mit einem Heulen bäumte Wesley sich auf.

Rowen öffnete seinen Mund weiter und nahm den Schwanz seines Gefährten tief in den Mund. Warmer Samen bedeckte seine Zunge und er schluckte ihn schnell hinunter. Den zweiten Spritzer rollte er um die Zunge und genoss den salzigen Geschmack, bevor er diesen ebenfalls hinunterschluckte.

Bis Wesley fertig war, das Haus zusammenzubrüllen – und Rowens Wolf mit Zufriedenheit erfüllte, weil er seinem Gefährten so viel Vergnügen bereitete –, hatte Rowen drei Finger in seinen Arsch eingeführt.

Rowen ließ Wesleys Schwanz los und zog seine Finger heraus. Er summte und leckte sich über die Lippen. „Lecker", murmelte er. Da er seinen eigenen schmerzenden Schwanz nicht länger ignorieren konnte, brachte er seinen Schwanz in Position und glitt tief in seinen Geliebten.

Mit Rowens hämmerndem Schwanz und seinen Zähnen in Wesleys Hals, kam Wesley wieder und schrie Rowens Namen, als der die inneren Wände seines Gefährten mit seinem Sperma überzog.

KAPITEL 8

„Ich vermisse dich, Wesley“, murmelte Rowen. „Zweifle nie daran.“ Seine Stimme wurde heiser, als er hinzufügte: „Und es ist mehr als nur die Abwesenheit deines Hinterns um meinen Schwanz.“

Wesley wusste nicht, wie Rowen seine geheimen Gedanken so leicht erahnen konnte, aber verdammt. Er hielt das Telefon ans Ohr und seufzte. Einige Tage zuvor war er in den Frühlingsferien nach Hause zurückgekehrt, und sie hatten sich jeden Abend unterhalten und sogar mehrmals am Tag Textnachrichten ausgetauscht.

Erst ein paar Sekunden zuvor hatten sie über Wesleys schulische Fortschritte gesprochen … ob er nun seine Abschlussarbeit für seinen Englischunterricht angefangen hatte oder nicht. Im Laufe der Wochen mit seinem Geschichtslehrer als Liebhaber war Wesley zunehmend daran interessiert, sich akademisch zu beweisen. Er wollte beweisen, dass er nicht nur ein Hacker war, der sich um nichts anderes im Leben kümmerte. Rowen drückte immer seine Unterstützung aus und ermutigte ihn, auch wenn sie über Computer sprachen.

Als ihre Unterhaltung langsamer geworden war, hatte Wesley sich gefragt, ob sein Liebhaber ihn oder nur seinen Hintern vermisst hatte. Irgendwie hatte Rowen das gewusst.

Wesley warf den Kopf in sein Kissen und murmelte: „Ich weiß nicht, wie du das machst."

Rowen lachte leise. „Wie ich was mache? Die Zweifel ausdrücken, die ich auch fühle? Wir sind getrennt. Ich mache mir Sorgen, dass du mich nur wegen meiner tollen Sprudelwanne willst und meiner unglaublichen Fähigkeiten beim Ficken." Er summte und fügte dann hinzu: „Ich bin einige Jährchen älter als du."

„Ich mochte ältere Männer schon immer", gab Wesley zu. „Dieser Gedanke kam mir nicht mal in den Sinn."

„Gut zu wissen", murmelte Rowen. „Sehr gut zu wissen."

Als die Stille zwischen ihnen sich zu Minuten ausdehnte, festigte Wesley seinen Griff um sein Handy. Er murmelte: „Das hier ist persönlich so viel einfacher."

Rowen lachte rau. „Warum? Weil ich dich zwinge, deine Gefühle durch Sex mitzuteilen?"

Wesley schnaubte und nickte, obwohl er wusste, dass Rowen es nicht sehen konnte. „Ja. Ja. Ich kann nicht anders, als allen möglichen Scheiß auszuposaunen, wenn du drei Finger in meinem Arsch hast."

Rowens warmes, raues Lachen ertönte wieder in Wesleys Ohr. „Ich kann nichts dafür, dass du meine Finger so überzeugend findest", schnurrte er.

Wesley spürte, wie sich seine Wangen erhitzten, als sein Schwanz anschwoll. Er machte sich nicht die Mühe, seine Reaktion auf seinen Geliebten zu unterdrücken. Es würde sowieso nichts nützen. Alles an Rowen machte ihn an, von seinem großen, behaarten Körper über seine warme raue

Stimme bis zu seinem großen Schwanz. Zur Hölle, Wesley mochte sogar die Designerbrille, die Rowen gelegentlich trug, nur um hip zu sein. Laut Rowen fanden seine Schüler sie cool und das machte es einfacher, mit ihnen Kontakt aufzubauen und sie zu unterrichten.

Stattdessen lächelte Wesley und umfasste seinen Ständer in seiner abgeschnittenen Jogginghose. „Es gibt andere Teile von dir, die ich in meinem Arsch noch lieber mag", flüsterte er und erinnerte sich gerade noch rechtzeitig, seine Stimme leise zu halten. Seine Schlafzimmerwände waren verdammt dünn.

„Wie lange wirst du noch dort sein, Welpe?", fragte Rowen. Seine Stimme hatte sich vertieft und verriet seine Erregung.

Wesley wusste, warum er fragte. Aufgrund der Tatsache, dass die Türen – außer der zum Badezimmer – im Zuhause seiner Kindheit nicht abschließbar waren, hatte Wesley den Telefonsex mit einem Bann belegt. Sehr zur Enttäuschung seines Schwanzes war die einzige Gelegenheit, wenn er sich einen runterholen konnte, beim Duschen … nicht förderlich für ein Telefongespräch. Letzte Nacht war er verzweifelt genug gewesen, um die Autoschlüssel seiner Eltern zu stibitzen und eine nächtliche Fahrt zu unternehmen, nur damit er die Lust seines Geliebten hören und das Gefühl haben konnte, sich wieder mit ihm zu verbinden.

„Noch ein paar Tage", antwortete Wesley. „Ich werde Freitag zurück sein."

Seine Eltern wollten, dass er das Wochenende hatte, um sich auf den Unterricht vorzubereiten. Was auch immer. Sie wollten tatsächlich einfach nicht auf zwei ihrer üblichen Essen samstags im Country Club verzichten. Es war auch nicht so, als wollten sie ihn öfter als nötig mitnehmen … ihren jugendlichen kriminellen Sohn. Das war aber in Ordnung. Wesley hatte diese Leute sowieso nie gemocht.

„Ich komme um drei Uhr am Busbahnhof an."

Rowen summte. „Soll ich dich abholen?"

Wesley öffnete den Mund und wollte antworten, *verdammt ja*. Seine Eltern erwarteten jedoch, dass er ein Taxi zum Haus seiner Großmutter nehmen würde, da sie ihren erst wenige Jahre alten Mercedes nicht mehr fuhr. Das bedeutete natürlich nicht, dass sie Wesley erlauben würde, damit zu fahren.

Wenigstens war Stone Ridge ziemlich klein, und Wesley hatte ein anständiges Mountainbike.

„Ja", beschloss Wesley trotzdem zu antworten. „Das würde mir wirklich gut gefallen."

Wenn Fragen gestellt würden, könnte Wesley seinen Eltern sagen, dass sein Mathe-Lernpartner ihn abgeholt hatte. Für ein paar Sekunden hatten seine Eltern tatsächlich so getan, als wären sie stolz darauf, dass er seine Noten verbessert hatte. Natürlich sagte er ihnen nicht, dass er es nicht getan hatte, damit sie zufrieden mit ihm waren. Als sie gehört hatten, dass der Jemand, mit dem zusammen er für Mathe lernte, ein Mädchen war, hatten sie ihn gewarnt, sich nicht mit einem Kleinstadtflittchen einzulassen, da von ihm erwartet wurde, auf ein gutes College zu gehen … was bedeutete, eines das *sie* ausgesucht hatten.

Wesley hatte seine Beherrschung verloren und gefaucht, dass Lilith kein Flittchen war. Nur weil er das Mädchen nicht flachlegen wollte, hieß das noch lange nicht, dass er seine Image-ist-alles-Eltern schlecht über sie reden lassen würde. Er hatte für seine Mühen eine Ohrfeige von seinem Vater bekommen.

Toller Start in die Ferien.

„Dann werde ich da sein“, versicherte Rowen.

Wesley flüsterte seinen Dank in dem Wissen, dass er sich zumindest auf eine Person verlassen konnte. Nur wenige Wochen in einer Beziehung mit Rowen und Wesley vermisste ihn mehr, als er gedacht hätte, dass jemand eine andere Person vermissen könnte. Er war drei Tage zu Hause gewesen, sollte noch drei Tage dort sein, und alles, woran er denken konnte, war, nach Stone Ridge und zu Rowen zurückzukehren.

Wesley erinnerte sich an die langsame, süße Art, wie Rowen am Abend vor seiner Abreise aus Stone Ridge Liebe mit ihm gemacht hatte. Als Rowen ihn endlich hatte kommen lassen, war Wesley ein keuchendes, bettelndes Häufchen Erregung gewesen. Er war in Rowens Armen glückselig dahingeflogen und hätte vor Lust fast das Bewusstsein verloren.

In Erinnerung an Rowens leise geflüsterte Koseworte, lächelte Wesley. Rowen schien es so leicht zu fallen, seine Gefühle darüber auszudrücken, wie sehr er ihn vermissen würde. Wesley hatte einen Kloß in der Kehle bekommen. Er hatte sich an seinen Geliebten geklammert und den heißen Samen genossen, der sein Inneres füllte, als sie beide bebten und zuckten, einander auf dem Höhepunkt fest umklammerten.

„Hey, Wes!“

Wesley wandte seine Aufmerksamkeit von der Zimmerdecke ab. „Meine Schwester ruft“, erklärte er. „Ich muss aufhören.“

„Ich freue mich auf deinen nächsten Anruf“, sagte Rowen. „Du weißt, ich bin immer für dich erreichbar.“

Auch wenn Rowen ihm Textnachrichten schickte, rief er ihn nicht an. Wesley wusste, dass es seine Schuld war, da er bei seiner Familie nicht geoutet war. Rowen respektierte seine Privatsphäre.

„Ich weiß“, antwortete Wesley, überrascht, als er feststellte, dass er es tatsächlich glaubte. „Ich wünschte, du könntest mit mir zu diesem Essen gehen“, murmelte er und rieb sich die Stirn. „Meine Güte, der Aufruhr, den das verursachen würde.“

Rowen lachte leise. „Wenn du bereit für diesen Schritt bist, werde ich dich gerne auch dabei unterstützen.“ Er wurde ernst. „Was für ein Essen ist das?“

„Es ist so eine Veranstaltung in dem Country Club, zu dem meine Eltern gehören“, gab Wesley zu. „Wird reine Folter sein“, grummelte er, schwang seine Beine über die Bettkante und setzte sich. „Der Laden ist voller falscher Leute.“

„Hmm, tut mir leid, Welpe“, antwortete Rowen.

Wesley rieb sich erneut die Stirn und erinnerte sich, dass er noch herausfinden musste, warum Rowen ihn so nannte. Er hatte mehr als einmal gefragt, aber jedes Mal hatte sein Geliebter ihn nur raubtierhaft angegrinst und gemurmelt: „Weil du mein Welpe bist.“ Dann hatte Rowen ihn geküsst und ihn vor Geilheit um den Verstand gebracht.

„Wesley!“

Wesley musterte die Tür und flüsterte die Frage: „Du wirst mir irgendwann sagen, warum du diesen Spitznamen ausgewählt hast, oder?"

„Das werde ich", antwortete Rowen.

Wesleys Schlafzimmertür flog auf. „Hast du nicht gehört, wie ich dich gerufen habe?", fragte Cassandra und stürmte in sein Zimmer.

„Bin am Telefon", sagte Wesley und sah sie finster an.

Cassandra verschränkte die Arme und lehnte sich gegen den Türrahmen. Offensichtlich hatte sie nicht vor zu gehen.

Wesley biss die Zähne zusammen und funkelte sie an.

Offensichtlich hatte Rowen zumindest einen Teil davon gehört, denn er lachte leise und sagte: „Familie. Sie sind wichtig, Liebster. Wie auch immer", fuhr er fort. „Morgen Abend werde ich bei Yates sein, auf einer Party zum einundzwanzigsten Geburtstag eines gemeinsamen Freundes. Ich habe mein Handy bei mir, wenn du etwas brauchst." Seine Stimme wurde leiser und er fügte hinzu: „Wenn du hier wärst, hätte ich dich eingeladen."

„Wirklich?" Wesley konnte die Überraschung nicht aus seiner Stimme fernhalten. „Weiß er, ähm, es?" Er konnte nicht spezifischer sein, da Cassandra in seiner Tür stand und mit eifrigem Interesse zusah und lauschte.

„Ja", antwortete Rowen und wusste offensichtlich genau, was er meinte. „Yates ist ein guter Freund von mir und hat Veränderungen in meinem Verhalten bemerkt. Ich würde ihn nicht anlügen." Bevor Wesley überhaupt verarbeiten konnte, was er davon hielt, fuhr Rowen fort: „Er freut sich für mich, Welpe. Ich bin schon lange allein. Natürlich hat er erwähnt, dass er mir in den Arsch treten wird, wenn ich dich ausnütze."

Wesley rollte mit den Augen und schnaubte. „Ja, richtig. Hat er nicht." Er grinste, als er das amüsierte Lachen seines Geliebten hörte. Dann bemerkte er, wie Cassandra ihn mit einem Schimmer in den Augen anstarrte, als sie ihn angrinste.

Scheiße.

„Ich leg jetzt besser auf", murmelte Wesley.

„Ich freue mich darauf, wieder von dir zu hören, Wesley", antwortete Rowen. „Bis bald, mein Geliebter."

Es war Rowens üblicher Abschiedsgruß am Telefon. Das erste Mal, als er ihn gehört hatte, stand Wesley der Mund offen. Er hatte fünf Minuten gebraucht, um festzustellen, dass die Telefonleitung verstummt war. Selbst jetzt setzte sein Herz immer noch jedes Mal, wenn er es hörte, einen Schlag aus.

Hält Rowen mich wirklich für seinen Geliebten?

Wesley wünschte sich wirklich, dass es wahr wäre.

Nachdem Wesley das Telefon auf seinen Oberschenkel gelegt hatte, konzentrierte er sich auf Cassandra. „Was?"

„Deine Noten zu verbessern hat mit Sicherheit nicht das Gleiche für dein Benehmen getan", stichelte Cassandra hochmütig und klang genau wie seine Mutter. Obwohl sie nur anderthalb Jahre jünger als Wesley mit seinen achtzehn Jahren war, hätten sie nicht unterschiedlicher sein können. Cassandra ahmte ihre Mutter nach, war die perfekte Tochter. „Wer war das?", fragte sie und täuschte Desinteresse vor. „Dein *Lernpartner?*" Sie hob die Hände und machte Anführungszeichen in der Luft.

„Nein", antwortete Wesley wahrheitsgemäß. „Das war

mein Geschichtslehrer.“ Er stand auf und streckte die Arme über den Kopf, als würde es ihm nichts ausmachen, dass er gerade zugegeben hatte, in mehr als einem Fach Hilfe bekommen zu haben. „Was willst du?“

Cassandra kniff die Augen zusammen. „Schlag sie dir besser aus dem Kopf. Mom und Dad haben schon Colleges für dich ausgesucht.“ Sie hob das Kinn und hätte – wenn sie größer gewesen wäre – hochnäsig auf ihn herabgeschaut. „Sie haben Erwartungen, weißt du. Du solltest sie nicht noch einmal enttäuschen.“

Wesley waren die Erwartungen seiner Eltern völlig schnuppe. Trotzdem brauchte er sie, zumindest für die nächsten paar Tage. Wesley verschränkte die Arme vor der Brust und runzelte die Stirn.

„Nun? Was für eine spaßige Familienaktivität machen wir jetzt?“ Wesley wusste es bereits … Abendessen im Country Club – *Freude aller Freuden* –, aber er wusste auch, dass den Dummen zu spielen seine Schwester verärgern und ihn schneller von ihr befreien würde. Außerdem konnte er sich nur eine gewisse Anzahl von Malen vor etwas mit der Ausrede drücken, Schularbeiten machen zu wollen. Er musste seine Schlachten mit Bedacht wählen.

„Mama hat es dir beim Frühstück gesagt“, antwortete Cassandra mit einem Schniefen. „Vielleicht musst du besser aufpassen.“ Als Wesley sie nur verständnislos anstarrte, schnaubte sie: „Abendessen heute Abend im Country Club. Mom hat deinen Anzug. Du musst ihn dir holen und dich fertig machen.“ Sie verzog ihre Lippe und ließ ihren Blick über seine abgeschnittene, zerfranste Hose und sein verblasstes T-

Shirt schweifen. „Vergiss nicht zu duschen."

Bingo. Gereizte Schwester.

Wesley grinste, hob einen Arm und schnüffelte an seiner Achselhöhle. „Was denn", sagte er verständnislos. „Ich rieche gut."

Cassandra verzog das Gesicht. Sie drehte sich auf dem Absatz um und stolzierte davon.

Wesley verdrehte die Augen, schüttelte den Kopf, verließ sein Zimmer und schloss die Tür hinter sich. Er schob sein Handy in die Tasche und folgte, so sehr er es hasste, den Anweisungen seiner Schwester. Er machte sich auf die Suche nach seiner Mutter.

Wesley fuhr mit einem Finger an seinem Hals entlang und versuchte, seinen mit einer Krawatte umgebenen Kragen diskret von seiner Kehle wegzuziehen. Nachdem er sich ein wenig Luft verschafft hatte, theoretisch, schaute er verstohlen durch den Raum.

Es gab zugewiesene Sitzplätze für alle, das war also ein Segen. Seine eigene vierköpfige Familie saß mit einer anderen vierköpfigen Familie zusammen. Seine Eltern unterhielten sich mit den anderen Eltern, während seine Schwester mit der ebenso hochnäsigen Tochter des Paares flüsterte und sich mit ihr verschwor.

Somit unterhielt Wesley sich zum Zeitvertreib mit dem Sohn des anderen Paares, Colby. Wie sich herausstellte, war das gar nicht mal so schlecht. Wesley schätzte Colby auf dreizehn oder vierzehn. Sobald er erkannte, dass Colby ein heimlicher Schachspieler war – ein Schachgenie zu sein, war noch weniger wünschenswert als kein Footballspieler zu sein – war ihm klar, dass sie etwas gemeinsam hatten … keiner von ihnen war, was ihre Eltern wollten.

Zu diesem Zeitpunkt entdeckten Wesley und Colby nicht nur eine gemeinsame Liebe zu Schach und Computern, sondern Colby war auch ein Mathematik –Experte. Wesley begann mit ihm über Elementarmathematik zu diskutieren, und es war ziemlich traurig, dass der jüngere Teenager ein besseres Verständnis davon hatte als Wesley.

„Verdammt, Colby", stellte Wesley fest und hob die Brauen. „Wenn du mal etwas zusätzliches Geld brauchst, könntest du Nachhilfelehrer werden. Ich wette, Dutzende von Schülern würden dir eine Menge bezahlen."

Colby schnaubte. „Richtig. Du meinst, mir von Footballspielern in den Arsch treten zu lassen." Er verzog das Gesicht. „Ja, das hört sich nach Spaß an." Colby warf seinen Eltern einen Blick zu und fügte hinzu: „Außerdem wäre es kein angemessenes Verhalten für einen Waldron, anderen Nachhilfe zu geben."

Wesley grinste bei Colbys bissigem Ton und bot an: „Ich bin ein bisschen eingerostet, aber ich werde mit dir Schach spielen. Willst du dich morgen Nachmittag mit mir treffen?"

Colby nickte grinsend und zeigte seine Zahnspange. „Ja." Er schob seine Brille die Nase hoch. „Das wäre cool."

„Warum bist du nicht mit Whitney befreundet, Cassandra?", fragte Aletta laut und lenkte die Aufmerksamkeit aller auf sich.

Cassandra sah Whitney Stitcolm über die Schulter

hinweg an, die mit ihrer eigenen Familie am Tisch hinter ihnen saß. Das brünette Mädchen hatte krauses Haar, das jemand in einem Zopf zu zähmen versucht hatte. Sie hatte ein schmales Gesicht und das Make-up, das sie trug, wirkte selbst für Wesleys ungeübtes Auge … nun, ein wenig dunkel für ihre Gesichtszüge. Seiner Meinung nach wären Whitneys grüne Augen ihr auffälligstes Merkmal gewesen, wenn sie die erdigen Töne richtig eingesetzt hätte.

„Mom, Whitney ist nicht wirklich, nun ja …“, antwortete Cassandra langsam und wählte ihre Worte offensichtlich sorgfältig aus. Sie sah das andere Mädchen noch einmal an, bevor sie sich auf ihre Mutter konzentrierte und flüsterte: „Sie interessiert sich mehr für Bücher als für die Körperpflege. Es wäre nicht sehr gut für meinen Ruf, wenn ich mit ihr zusammen rumhängen würde.“

Auch wenn sie ihre Oberflächlichkeit demonstrierte, respektierte Wesley sie widerwillig für ihr Taktgefühl. Natürlich wusste er, dass sie so etwas … Diskretes in der Privatsphäre ihres Zuhauses nicht gesagt hätte, also hatte sie zumindest etwas Anstand gelernt.

„Nun, vielleicht könntest du ihr dabei helfen“, erwiderte Aletta großmütig. „Schließlich sind ihre Eltern Teilhaber des Clubs. Es wäre sehr vorteilhaft, sich mit ihr anzufreunden.“

Cassandra konzentrierte sich für ein paar Sekunden auf Whitney und schürzte die Lippen. Sie drehte sich zu Veronica um und sagte: „Ich wette, wir könnten sie unter unsere Fittiche nehmen, richtig, Vera? Diese Stylistin von *Roxi's Salon* kann Wunder bewirken.“

Veronica nickte, ein berechnender Schimmer in ihren

blauen Augen. „Und mit ein bisschen Make-up könnte sie wirklich hübsch sein.“

„Oh, Bruder“, murmelte Colby.

Wesley dachte genau dasselbe.

„Käuflich“, grummelte Wesley.

Colby nickte. Seine Augen erschienen weit weiser als seinen Jahren angemessen war. „Ich wünschte, jemand könnte sie warnen.“

Dieser Gedanke schwirrte den ganzen Abend durch Wesleys Kopf. Als das Tanzen begann, wusste er, dass er handeln musste. Auch wenn Wesley noch nie in seinem Leben mit jemandem hatte tanzen wollen – na ja, vielleicht mit Ausnahme von Rowen –, konnte er nicht dasitzen und zulassen, dass Whitney ein Experiment seiner Schwester und deren Freundin wurde.

Er drückte sich von der Wand weg, wo er Zuflucht gesucht hatte, dann bahnte Wesley sich seinen Weg um den Ballsaal. Er entdeckte Whitney, die neben ihren Eltern stand und sich unsicher umsah. Wesley rückte seine Krawatte zurecht und straffte seine Schultern.

Er blieb vor Whitney stehen und schenkte ihr ein Lächeln. Eine Hand ausgestreckt sagte er: „Es wäre mir eine Ehre, diesen Tanz zu bekommen, wenn du gestattest.“

Whitney wurde hübsch rot. Nach einem Blick auf ihre Mutter, die nickte und lächelte, nahm sie seine Hand und murmelte: „Okay, ähm, danke.“

Wesley zog sie auf die Tanzfläche und legte seinen Arm um sie. Ein Blick in die Runde zeigte ihm, dass die anderen einen Walzer tanzten. Okay, die Grundschritte waren einfach. Nach ein paar Sekunden fand er den Rhythmus und brachte sie in Bewegung.

Nach ein paar Minuten entspannte sich Whitney und folgte seiner Führung leicht. Wesley lächelte sie an. Die Nervosität ließ seinen Bauch verkrampfen. Er wusste, dass er ihr nichts vormachen durfte und beugte sich zu ihr, um seine Stimme leise halten zu können.

„Whitney, ich bin Wesley O'Connor, Cassandras Bruder. Kennst du sie?", fragte er.

Whitneys Gesichtsausdruck konnte nur als verwirrt bezeichnet werden, als sie knapp nickte.

Seufzend blickte Wesley in ihre jadefarbenen Augen und murmelte: „Hör zu. Ich möchte nicht wie ein Arschloch aussehen, aber na ja, du scheinst ein nettes Mädchen zu sein, und ich möchte nicht, dass du manipuliert wirst."

Whitneys Brauen zogen sich zusammen. „Wovon redest du?", fragte sie steif.

„Gott, ich kann nicht glauben, dass ich das tue", murmelte Wesley und bekam einen vorsichtigen Blick von Whitney. Seufzend beugte er sich vor und erklärte: „Meine Schwester ist eine oberflächliche Zicke. Ich weiß, dass jeder in die beliebte Clique aufgenommen werden möchte, aber lass dich nicht von ihr ändern."

Whitney erstarrte und verfehlte einen Schritt. Wesley stolperte, dann fing er sich und brachte sie beide wieder in Bewegung.

„Was sagst du da?", fragte Whitney und ihre Augen füllten sich mit Enttäuschung.

Wesley drückte leicht ihre Hand und versuchte, Sympathie oder Ermutigung zu vermitteln. „Ich sage, dass ich sie und ihre Freundin belauscht habe, wie sie darüber geredet haben, sich mit dir anzufreunden und dich zu verändern, damit sie sich mit dir gut stellen können, weil deine Eltern reich sind.“

„W-was?“, quietschte sie.

Oh Scheiße. Das hatte in meinem Kopf nicht so hart geklungen.

„Es tut mir leid“, entschuldigte sich Wesley schnell. „Das war eine dumme Art, es zu sagen.“ Er verzog das Gesicht und führte Whitney zur Seite der Tanzfläche. Dort drehte er sich zu ihr um, ließ sie los und fuhr sich mit der Hand durch die Haare. „Ich will kein Arschloch sein“, wiederholte er. „Ich habe nur ...“ Er verzog das Gesicht und entschied sich dann für Direktheit. „Ich möchte nicht, dass du verletzt wirst, weil meine Schwester eine egozentrische, manipulative Ziege ist.“

Ihr Rücken steif, schaute Whitney an Wesley vorbei, als sie sich auf die Lippe biss. Nach einer Weile seufzte sie und begegnete seinem Blick. „Du versuchst mir auf deine eigene ungeschickte, merkwürdige Art zu helfen, oder?“

Wesley nickte ruckartig. „Merkwürdig ist richtig“, stimmte er zu und verzog das Gesicht. Er zuckte die Achseln, als er ihrem Blick begegnete. „Ich bin nicht sonderlich gut darin, nicht wahr?“

Zu Wesleys Überraschung lachte Whitney. Sie lächelte und schüttelte den Kopf. „Das war nett von dir, Wesley“, sagte sie. „Wirklich nett von dir.“ Mit einem verschmitzten fügte sie hinzu: „Aber meine Eltern haben mich immer ermutigt, ich selbst zu sein und auch wenn sie mich durchaus ermutigen, neue Freunde zu finden, warnen sie mich auch, vorsichtig zu sein, was die Absichten anderer Leute angeht.“ Mit verengten Augen erklärte Whitney: „Ich wette, dass ich einen Blender weit besser erkennen kann als du, aber danke für die Warnung.“ Kopfschüttelnd fügte sie hinzu: „Nichts für ungut, aber ich wusste schon, dass deine Schwester eine Ziege ist, und ich bin froh sagen zu können, dass du überhaupt nicht bist wie sie.“

Wesley grinste. „Das ist das beste Kompliment, das ich seit Tagen erhalten habe“, sagte er.

Whitney lachte und es erhellte ihre Augen.

Ja, sie wird mit diesem Lächeln umwerfend sein, sobald sie soweit ist.

Wieder streckte Wesley seine Hand aus und fragte: „Möchtest du weiter tanzen?“ Mit einem Lächeln nahm Whitney seine Hand, und er führte sie zurück auf die Tanzfläche.

KAPITEL 9

Rowen gluckste und beobachtete, wie Toby die Nase kraus zog und die Lippen in einer saure-Zitronen-Miene zusammenkniff, als er den Drink probierte, den Lark für ihn gemacht hatte. Der Gefährte des Alphas bereitete verschiedene Mixgetränke für den gerade erst einundzwanzig Jahre alt gewordenen Menschen zu. Es schien, als würde Toby das, was Lark kreiert hatte, nicht besonders mögen.

„Pass besser auf“, rief Yates Tullion zu, Tobys Vampirgefährten … oder seinem Geliebten, wie ein Vampir es bezeichnete. „Geh es mit Toby lieber langsamer an, oder ihm wird am Ende noch schlecht.“

Tullion grinste von seinem Platz ein paar Meter entfernt aus. „Gehört das nicht zur Tradition, wenn man einundzwanzig wird? Kotzen müssen, wenn man das erste Mal trinkt?“

„Das muss es nicht, wenn man Freunde hat, die auf einen aufpassen“, betonte Rowen. „Außerdem, willst du wirklich seine Haare halten, während er zum Porzellangott betet?“, neckte er und zwinkerte.

Lark kam mit einem Glas in der Hand in Sicht, das eine blasse, rosa-gelbe Flüssigkeit enthielt. Mit finsterem Blick sagte er: „Als ob ich zulassen würde, dass Toby sich übergeben muss. Was für ein Freund wäre ich dann, hm?" Seine Ermahnung hätte sich überzeugender angehört, wenn er seine Worte nicht ein bisschen lallend ausgesprochen hätte.

Der Wolfswandler Rainy McDougal legte seinen Arm über Larks Schulter. „Na, na, mein Freund", neckte er mit leicht verstärktem irischem Akzent, wahrscheinlich aufgrund der reichlichen Mengen Bier, die er getrunken hatte. „St. Patrick's Day-Kater sind eine irische Tradition!"

Wandler konnten betrunken werden. Es erforderte einfach verdammt viel mehr Alkohol, um das zu erreichen. Rainy klang, als sei er auf dem besten Weg.

Rainys menschlicher Gefährte Travis lachte, als er sich neben ihn schob und seinen Arm um seine Taille schlang. Er löste ihn vorsichtig von Lark und drängte Rainy zum Sofa.

„Toby ist kein Ire, sexy Wolf", sagte Travis. „Und wir sind keine Wandler, deshalb sind Kater für uns noch schlimmer." Dann sah er sich mit einem Grinsen im Gesicht um und flüsterte laut: „Und heute ist nicht St. Patrick's Day."

„Ist es nicht?", murmelte Rainy und runzelte die Brauen.

Travis schüttelte den Kopf. „Wir feiern Tobys einundzwanzigsten Geburtstag."

Rainy drehte sich um und drückte einen Kuss auf Travis' Schläfe. „Na gut, Schatz. Du bist so ein guter Mann. Passt immer auf andere auf." Er drehte sich um und ließ sich auf einem Sofa nieder, grabschte Travis' Arm und zerrte ihn auf seinen Schoß. Rainy umfasste den Kiefer seines Gefährten und verwickelte ihn in ein wildes Lippengefecht.

Natürlich schien Rainy seinem Freund Grady Stryker in nichts nachzustehen. Der große Katzenwandler lag ausgestreckt auf einer riesigen Liege und schaute anzüglich zu seinem Gefährten auf, einem Elefantenwandler namens Gordon. Grady war ein Detective, und es kam nicht oft vor, dass er seine Wachsamkeit so weit sinken ließ, dass er sich mit seinen Freunden wirklich entspannte.

Derzeit hielt Gordon Gradys Handgelenke mit seinen eigenen großen Händen und widerstand dem Drängen des Tigerwandlers, sich rittlings auf seinen Schoß zu setzen. Gerade als es den Anschein hatte, als hätte Gordon seinen deutlich betrunkenen Gefährten einigermaßen zur Vernunft gebracht, sprang Grady von seinem Sitz und rang kurz mit seinem Geliebten. Innerhalb von Sekunden hatte Grady Gordon an die Wand gedrückt, und sein großer Körper verbarg die etwas kräftige Form des anderen Wandlers.

Gordons Arme hoben sich und umfassten Gradys Schädel. Er schob seine Finger in die kurzen blonden Haare des großen Raubkatzenwandlers, als er in dessen Ohr flüsterte. Grady knurrte leise über das, was er sagte.

Als das Paar anfing, süße Schmetterlingsküsse auszutauschen, hörte Rowen auf zu starren und konzentrierte sich auf Yates. Obwohl Aryen sich buchstäblich auf seinem Schoß zusammenrollte, blieb der kleine Dingowandler schüchtern, doch freundlich. Yates legte eine Hand auf den Nacken seines Gefährten, massierte die Sehnen und half dem kleinen Wandler, entspannt zu bleiben.

Hin und wieder schlüpfte Aryen von Yates' Schoß. Er huschte von Raum zu Raum und vergewisserte sich, dass jeder alles hatte, was er brauchte. Dann kehrte er mit Essen oder Getränken zu Yates zurück, je nachdem, was zuvor von dem flüsternden Paar ausgemacht worden war.

„Wann hast du vor, Wesley dem Rudel vorzustellen?“, fragte Yates, nachdem Aryen erneut von seinem Schoß gerutscht war.

Rowen schaute durch den Raum auf seine feiernden Freunde. Als er seinen Fokus wieder auf Yates richtete, gab er zu: „Ich hatte eigentlich gehofft, dass er schon zurück in der Stadt sein würde, um sich uns anzuschließen, aber er ist immer noch bei seinen Eltern.“ Schnaubend ließ er seinen Blick erneut durch den Raum schweifen, betrachtete die offen homosexuellen Paare und deren beschwipsten Possen. „Ich kann tatsächlich ein paar Vor- und Nachteile daran sehen, dass er nicht hier ist“, fügte er hinzu. „Er ist noch nicht so weit, sich unseren ausgelassenen Freunden wirklich bei ihren Mätzchen anzuschließen“, erklärte er Yates. Dann überlegte er: „Es könnte ihm aber guttun, zu sehen, wie andere schwule Männer ihre Sexualität annehmen und von anderen akzeptiert werden.“

Yates lachte und nickte. „Einundzwanzigste Geburtstagsfeiern scheinen … etwas exzessiv“, antwortete er. Er lächelte amüsiert, als sein Blick über die Feier in seinem Haus wanderte. „Ich bin überrascht, dass Aryen von meiner Seite gewichen ist, aber er genießt es sehr, den Gastgeber zu spielen.“ Yates’ Lächeln wurde liebevoll, als er beobachtete, wie Aryen um Paare und Gruppen von Leuten herum huschte. Er bot Krüge mit Bier an und bereitete Mixgetränke nach Wunsch zu. „Ich bin sehr stolz auf ihn.“

Rowen nickte. „Aryen hat sich sehr gut entwickelt“, kommentierte er und erinnerte sich kurz an den schüchternen, schreckhaften, ängstlichen Wandler, den Yates mit nach Hause gebracht hatte.

Aryen, ein Dingowandler, war von seinem vorherigen Rudel sowohl körperlich als auch geistig missbraucht worden. Yates hatte ihm alles beigebracht, angefangen bei Selbstwertgefühl über die Fähigkeit zur Verwandlung bis hin zum Lesen, hatte seinen Gefährten stets geduldig angeleitet.

Zu dem Zeitpunkt hatte Rowen seinen Freund dafür beneidet, dass er seinen Gefährten gefunden hatte, während er sich gleichzeitig bei seiner Glücksfee bedankte, dass er sich nicht mit Aryens Problemen befassen musste. Interessanterweise stellte Rowen jetzt jedoch fest, dass er sich mit etwas Ähnlichem befasste. Nachdem Declan sich mit seinem Gefährten Lark verbunden hatte, gaben viele Wölfe zu, bisexuell zu sein. Rowen war einer von ihnen.

Nun beschäftigte sich Rowen erneut mit einem Coming Out und den damit verbundenen Problemen. Er hatte alles getan, um Wesley zu unterstützen, während er Zuneigung zeigte, und ihm erlaubt, das Tempo vorzugeben, um mit Worten und Taten zu beweisen, dass er zu ihm hielt.

Rowen wartete darauf, dass Wesley erkannte, dass er in allen Dingen hinter ihm stand. Da sein junger Geliebter jegliche Unterhaltung über seine Familie vermied, fragte er sich, wie Wesleys Leben zuhause wohl war. Er hatte überhaupt nicht glücklich darüber gewirkt, nach Hause zu gehen, was viel sagte.

Aryen kehrte zurück und zog Rowens Aufmerksamkeit auf sich. Er nahm das frische Bier von dem Dingowandler entgegen und konzentrierte sich dann auf Yates, lächelte seinen

Freund an und nickte.

„Ihr solltet beide stolz sein", sagte Rowen leise. Er hob sein Bier und prostete Aryen zu. „Vielen Dank."

Aryen, der sich wieder auf Yates' Schoß niedergelassen hatte, lächelte Rowen an, antwortete aber nicht.

„Wesley ist nicht geoutet, oder?", fragte Yates. „Deshalb denkst du, dass diese Art von Zusammentreffen gut für ihn wäre? Zu sehen, wie schwule Männer entspannt dabei sind, ihre Sexualität auszudrücken?"

„Das ist richtig", stimmte Rowen zu. „Er ist offen in Bezug auf das, was er will, aber ich glaube nicht, dass er es jemals jemandem erzählt hat." Er verzog das Gesicht und grollte dann gereizt. „Zumindest nicht, wenn er nicht vorhatte, von demjenigen gefickt zu werden."

Yates schnaubte und grinste schief. „Als ob du die Klappe aufreißen dürftest. Mit wie vielen Leuten warst du denn in fast zweihundert Jahren zusammen?", neckte Yates. „Selbst mit durchschnittlich nur ein paar Liebhabern pro Jahr wären das … was? Fast vierhundert?"

Rowen knurrte und kniff die Augen zusammen. „Sei kein Arsch. Ich war nicht mit so vielen zusammen", protestierte er. „Ich hatte mich ein paar Jahre lang nicht einmal mit einem Liebhaber abgegeben, bevor ich Wesley getroffen habe", gab er zu. „Zu viel Mühe, um für eine Nummer für eine Nacht in die Stadt zu gehen."

Yates schnaubte und grinste breit. „Dann ist es gut, dass du jemanden getroffen hast, der noch so jung ist." Er zwinkerte. „Und das erklärt auch, warum du dich so rar gemacht hast. Du warst wohl damit beschäftigt, die verpassten

Jahre nachzuholen, oder?“

Rowen lachte leise und zuckte die Achseln. Lächelnd dachte er an Wesley. An seinen schlanken Körper, seine lebhaften Mätzchen, sein unendliches Verlangen nach Rowens Berührung und Aufmerksamkeit … alles an Wesley war perfekt.

„Wir haben so viel Zeit zusammen verbracht, wie unsere Zeitpläne erlaubten“, antwortete Rowen. „Er muss zur Schule, weißt du, und ich unterrichte dort. Das schafft eine ziemlich prekäre Situation, meinst du nicht?“

„Hmm.“ Yates nickte. „Und du hast bereits Vorkehrungen für diese Art Komplikation getroffen. Deshalb bewerte ich seine Hausaufgaben für dich.“ Yates strich über Aryens Haare und bekam dafür einen liebevollen Blick von seinem Geliebten. „Ich hätte nie gewusst, dass Aryen so gerne recherchiert, wenn wir diese Aufgabe nicht zusammen hätten.“

„Ich bin froh, dass meine Komplikationen euch helfen können, Zeit miteinander zu verbringen“, neckte Rowen. „Eure Hilfe war natürlich von unschätzbarem Wert für mich.“

Yates traf Rowens Blick und gab zu: „Aryen überprüft die Namen und Daten in Wesleys schriftlichen Arbeiten. Es ist immer alles korrekt, das sollte dich also erfreuen.“

„Das tut es“, murmelte Rowen. „Mein Gefährte erfreut mich sehr.“

Rowen nahm einen Schluck von seinem Bier, schluckte und dachte daran, wie er mit seinem Gefährten ein paar Tage zuvor langsam und süß Liebe gemacht hatte. Er hatte jeden Zentimeter des Körpers seines Gefährten geküsst und geleckt. In einer Kombination aus Verzweiflung und Not hatte Rowen

Wesley daran erinnern wollen, dass sein Körper ihm gehörte und dass Rowen gerne die Ewigkeit damit verbringen würde, ihn anzubeten. Wesleys Betteln um Erfüllung war wunderbar gewesen.

Yates lachte in sich hinein. „Oh, ich kenne diesen Blick." Er schüttelte den Kopf und grinste breit. „Du denkst daran, Wesley zu ficken."

Rowen lachte. „Er ist nicht in meinen Armen. Natürlich denke ich daran, ihn zu finden und meinen Gefährten zu beanspruchen." Er tippte gegen seine Bierflasche und runzelte die Stirn. „Kann nicht anders, weißt du?"

Yates schnaubte. „Hast du eine Ahnung, wie schwer es ist, ihn in der Turnhalle beim Sportunterricht anzusehen, wenn ich weiß, dass er dein Gefährte ist?"

Rowen legte verwirrt den Kopf schief. „Damit kann ich dir nicht helfen."

„Es wäre einfacher, wenn ich nicht weiter um die Tatsache herumreden würde, dass ich weiß, dass er eine Beziehung mit dir hat", sagte Yates. „Ich fühle mich, als würde ich jedes Mal lügen, wenn ich die Tatsache ignoriere, dass er dein Liebhaber ist."

„Warum macht das einen Unterschied im Unterricht?"

„Weil ich Dawson nach dem Unterricht immer wieder aus dem Umkleideraum werfen muss", sagte Yates. „Ich sehe dadurch aus wie ein Stalker, der in der Umkleidekabine herumhängt und die Teenager im Auge behält, wenn sie sich umziehen." Er schüttelte den Kopf. „Es wäre so viel einfacher, wenn ich Wesley einfach sagen könnte, dass ich weiß, dass er dein Liebhaber ist, und wenn Dawson ihm immer wieder

Ärger macht, er uns informieren soll. Wir beschützen unsere Leute."

„Er weiß noch nicht, dass ich ein Wandler bin", gab Rowen zu.

Yates' Brauen schossen nach oben, als seine Augen sich weiteten. „Was?"

Rowen hob die Hand und stöhnte. „Ich weiß, ich weiß. Ich hätte es ihm sagen sollen, aber …" Er hielt inne und verzog das Gesicht. „Er ist jung und noch nicht geoutet. Das ist schon schwer genug. Ich wollte ihn nicht mit noch etwas anderem belasten."

„Aber du hast ihn beansprucht", schnappte Yates und starrte ihn an. „Ich habe dein Mal gesehen. Dein Duft ist überall an ihm! Wenn ihn jemand aus dem Rudel in der Stadt sieht und mit ihm reden will …"

„Ich weiß, ich weiß", rief Rowen. Er rieb sich die Stirn. „Wenn er zurückkommt, ist es das Erste, was auf meiner Liste steht, okay? Ich will nur …" Er knurrte. „Ich will, dass er mir vertraut, dass er genug an unsere Beziehung glaubt, um, na ja …"

„Sei kein Arsch", murmelte Yates. „Du hast einfach Angst. Vertraue auf eure Bindung."

Rowen seufzte und sah ihn finster an. Er wusste, dass sein Freund recht hatte, aber das machte es nicht einfacher, es zuzugeben. „Verdammt", grummelte er. Er sah Yates finster an. „Scheißer. Du musst auch immer recht haben."

„Nur hierbei, mein Freund", antwortete Yates. „Außerdem haben schon viele von uns genau das durchgemacht, also hast du jede Menge Hilfe." Er schenkte ihm ein grimmiges Lächeln. „Du bist nicht allein.“

„Ich weiß“, antwortete Rowen. Er schnaubte. „Und ich habe Wesley schon gesagt, dass du es weißt.“

Ihm mitzuteilen, dass Yates von ihrer Beziehung wusste, war ein kalkuliertes Risiko gewesen, da Wesley ihn tatsächlich kannte. Er hatte warten wollen, bis Wesley erkannte, dass er hinter ihm stand.

„Gut“, kommentierte Yates. „Das ist ein erster Schritt.“

Als er an Yates' Worte dachte, erinnerte Rowen sich an die erbosten Blicke, die Dawson auf Lilith und Wesley geworfen hatte. Er hatte gedacht, sie seien an seine Ex-Freundin gerichtet, weil sie mit ihm Schluss gemacht hatte. Waren sie tatsächlich gegen Wesley gerichtet?

„Was hat Dawson gegen Wesley?“, fragte er.

Yates schüttelte den Kopf und sein Blick verengte sich. „Dieser Kerl ist jung, unreif und er hat Probleme mit Eifersucht“, erklärte er. „Er betrachtet Lilith als sein Eigentum und jeder, der sie länger als fünf Sekunden ansieht, vergreift sich an seinem Eigentum.“ Mit gerunzelter Stirn fügte er hinzu: „Das könnte ihn eines Tages in echte Schwierigkeiten bringen. Wir sollten ein Auge auf ihn haben.“

„Gute Idee.“

Vor allem, falls er seinem Gefährten Ärger machen würde.

KAPITEL 10

„Du hast also mit Whitney getanzt", sagte Aletta und stellte den Teller mit den gefüllten Eiern in die Mitte des Tisches. „Das war lieb von dir."

Wesley blickte von dem Geschichtsbuch auf, das er gelesen hatte. Zu seiner großen Überraschung fand er die Informationen über den Holocaust interessanter als den Umgang mit seiner Familie. Er hatte es geschafft, sie den größten Teil des Tages zu meiden – Schach mit Colby im Park hatte Spaß gemacht, wenn es auch kalt gewesen war –, aber seine Mutter hatte ihn zu einem frühen Abendessen nach unten gerufen.

Gott, es ist, als wäre ich wieder zwölf.

„Äh, ja", antwortete Wesley und sah, wie der Blick seines Vaters mit einem abschätzenden Ausdruck auf seinem Gesicht auf ihn gerichtet war. „Nettes Mädchen."

Cassandra starrte ihn ebenfalls an und grinste, als wüsste sie genau, was er getan hatte.

Wesley war sich ziemlich sicher, dass sie es nicht wusste. Cassandra würde niemals glauben, dass jemand gegen ihre Idee vorgehen würde, sich mit jemandem anzufreunden. Sie *half* schließlich.

Lächerlich.

Sein Vater räusperte sich und senkte die Zeitung, die er gelesen hatte, faltete sie langsam und vorsichtig entlang der Knicke zusammen. „Nun, das ist keine schlechte Idee“, sagte William. „Jemanden mit Geld zu heiraten ist viel einfacher, als einen Notgroschen wegzulegen, um mit dem Aktienhandel zu beginnen.“ Er nickte nachdenklich, konzentrierte sich dann auf Wesley und sagte: „Wir finden für dich einen ausgezeichneten Kurs für den Aktienhandel. Ich will doch nicht das Geld verlieren.“ Er lachte trocken.

Wesley schaffte es gerade so, nicht mit offenem Mund zu glotzen. Sein Vater sah tatsächlich … beeindruckt aus. Wann war das letzte Mal passiert? Allerdings hatte Wesley nicht die Absicht, ein Mädchen zu heiraten, sei es wegen ihres Geldes oder sonst etwas.

„Warte“, begann Wesley. „Wir haben nur getanzt. Ich …“ Er hielt inne und runzelte die Stirn. „Sie ist erst sechzehn.“

„Es ist nie zu früh, das Mädchen zu umwerben“, kommentierte William.

„Ja, Wes“, ermutigte Cassandra sie vorsichtig. „Krieg jetzt einen Fuß in die Tür, bevor irgendjemand anders an dem krausen Haar und der braunen Paste vorbeischaut, die sie als Make-up bezeichnet.“ Sie schnaubte.

Wesley starrte sie an. „Gott, du bist so eine Zicke“, schnappte er.

„Wesley, Wortwahl“, tadelte Aletta ohne Groll. Sie stellte einen Krug Eistee auf den Tisch, stemmte die Hände in die Hüften und sah Cassandra stirnrunzelnd an. „Und du, junge Dame. Hüte deine Zunge. Vor allem wenn es um die neue Freundin deines Bruders geht.“

Dann klatschte Wesleys Mutter in die Hände und grinste ihn an. „Sollen wir also ihre Familie morgen Abend zum Essen einladen?“ Sie wandte sich wieder der Theke zu und nahm die Platte mit dem Schinken, brachte ihn zum Tisch und stellte ihn vor William. „Ich weiß, dass es sehr kurzfristig ist“, fuhr sie fort, „aber da du übermorgen abreist, denke ich, dass man darüber hinwegsehen kann, nicht wahr?“

„Wir haben doch nur getanzt“, sagte Wesley ungläubig. Er versuchte erneut zu protestieren und fügte hinzu: „Keiner von uns ist bereit, über Ehe nachzudenken. Wir haben noch nicht …“

„Natürlich bist du zu jung für eine Ehe“, stimmte William zu. Sein Vater legte die gefaltete Zeitung beiseite und sah ihn ernst an. „Deshalb gehst du für einige Jahre aufs College. Nimm dir die Zeit, um dir die Hörner abzustoßen.“ Er lächelte dünn. „Dann kommst du nach Hause, heiratest und wirst ein angesehenes Mitglied der Gesellschaft.“

Wesley spürte, wie das Blut aus seinem Gesicht floss, und begriff, dass er niemals die Zustimmung seines Vaters erhalten würde. Hatte er immer noch danach gestrebt? Wesley hatte es nicht gedacht, aber als er spürte, wie sich das leere Gefühl in seiner Magengrube ausbreitete, bemerkte er, dass er es – irgendwo – tief in seinem Unterbewusstsein getan hatte.

Wesley hatte das Gefühl, als würde ihm gleich übel. Er sprang auf die Füße und schaffte es gerade noch, seinen Stuhl aufzufangen, bevor er umkippte. Wesley wusste, dass er die Aufmerksamkeit aller im Raum hatte und suchte rasch eine Erklärung.

„Äh, ich habe nur vergessen, meine Hände zu waschen", murmelte er.

Bevor jemand mehr sagen konnte, drehte sich Wesley um und ging zügig aus dem Raum. Er schaffte es ins Badezimmer, knallte die Tür zu und packte die Ränder des Waschbeckens. Mit hängendem Kopf bemühte Wesley sich, zu atmen, während das Blut brüllend durch seine Ohren schoss.

Wesley fand nur einen Gedanken in seinem Kopf. Er wollte nur eines … Rowens Stimme hören. Sein Geliebter wusste immer genau, was er sagen musste, um ihn zu beruhigen.

Wesley zog sein Handy aus der Tasche und drückte die Neun auf der Kurzwahl. Als er sie abgespeichert hatte, hatte Rowen ihn danach gefragt. Wesley hatte ihm neckend erzählt, dass er jedes Mal, wenn er ihn anrief, an die Neunundsechzig mit ihm denken wollte.

„Hallo?"

Der Klang der Stimme seines Geliebten, selbst das einzelne Wort, ließ die Spannung in seinen Schultern nachlassen.

Wesley schloss die Augen und konzentrierte sich auf seinen Geliebten am anderen Ende der Leitung. „Hi, Prof", flüsterte er.

„Geht es dir gut, mein Liebster?", antwortete Rowen sofort. Er musste Wesleys Anspannung bemerkt haben. „Sprich mit mir, Wes", drängte er. „Was auch immer es ist, ich werde versuchen zu helfen."

Wesley lächelte und ließ sich vom Klang der Stimme seines Geliebten beruhigen. Er vermutete, dass Rowen irgendein Kauderwelsch vor sich hinplappern könnte und der Ton seiner Stimme ihn dennoch beruhigen würde. Er schnaubte bei diesem Gedanken.

Verdammt, das klang so verdammt mädchenhaft.

Das passiert, wenn man jemanden liebt.

Wesley erstarrte bei dieser Idee für einen Moment und schob sie dann beiseite. Er würde ein andermal darüber nachdenken müssen. Rowen sprach mit ihm … und bat ihn, mit ihm zu sprechen, sagte ihm, dass er auf jede erdenkliche Weise helfen würde, aber er solle ihm sagen, was los war.

„Entschuldigung, ich …“ Wesley hielt inne und presste die Augen fester zusammen. *Scheiße, spuck es einfach aus.* Nachdem er schwer geschluckt hatte, gab er zu: „Ich musste nur deine Stimme hören.“

Ein oder zwei Herzschläge herrschte Stille, dann fragte Rowen leise: „Harter Tag?“

Wesley wollte abfällig schnauben. Er wollte knurren. Verdammt, weinen klang auch gut. „Ja“, war alles, was er sagte, denn wenn er weitersprechen würde, würde er zugeben, mit seinem Geliebten ins Bett schlüpfen zu wollen, damit er einfach festgehalten werden konnte.

„Es tut mir leid, mein Schatz“, murmelte Rowen. Nach einigen Sekunden der Stille murmelte er: „Du kommst übermorgen zurück, damit haben wir das Wochenende, um gemeinsam zu entspannen. Wie wäre es mit einem Ausflug in die Berge? Ich habe einen Freund, dem eine Blockhütte gehört, und wir werden zusammen dort verkriechen und wieder miteinander vertraut machen.“ Rowen senkte seine Stimme, als er fortfuhr: „Du und ich, allein in der Natur. Es soll ziemlich warm werden, also können wir eine kurze Wanderung mit einem Picknick auf einer Decke machen. Dann gönnen wir uns Nachtisch, Himbeeren mit Schokoladenüberzug, Schlagsahne und Sex unter der Sonne."

Als Rowen aufhörte zu sprechen, drückte Wesleys Schwanz fest gegen seinen Reißverschluss. Er stöhnte.

Rowen lachte. „Oh, das ist ein angenehmer Laut. Wirst du den für mich aufsparen?"

„J-ja. Ich –"

„Wes, was machst du? Das Essen wird kalt!"

Wesley verzog das Gesicht, als er Cassandras Ruf durch die Badezimmertür hörte. Sie klopfte an. Zumindest beseitigte das seine Erektion. Er seufzte und schüttelte den Kopf.

„Es tut mir leid", flüsterte Wesley. „Ich muss auflegen. Ich erkläre dir alles, wenn ich nach Hause komme, okay?"

„Sicher, Welpe", murmelte Rowen. „Geht es dir jetzt besser?"

Wesley lächelte. „Ja. Vielen Dank."

„Du weißt, dass du immer nach allem fragen kannst, richtig?", erinnerte Rowen ihn. „Ich werde immer für dich da sein, mein Geliebter."

Wesley ignorierte Cassandras erneutes Klopfen, als er die Worte seines Geliebten hörte. „Das meinst du wirklich so. Nicht wahr?" Wesley liebte das Kosewort und hatte gleichzeitig Angst davor, aber nach seiner eigenen Erkenntnis … nun … etwas in der heiseren Stimme des Mannes erregte seine Aufmerksamkeit. Er wollte, nein, *musste* es wissen. „Mein Geliebter?"

Rowen gluckste rau. „Natürlich liebe ich dich. Ich sage

keine Sachen, die ich nicht meine, Wesley“, erklärte er. „Ich dachte, du wüsstest das schon.“

„Ja“, bestätigte Wesley. „Ja.“

Cassandras Klopfen verwandelte sich in Hämmern. „Wes?“

Rowen lachte. „Du wirst gerufen, mein Liebster. Ich habe mein Handy zur Hand, falls du etwas brauchst. Pass auf dich auf.“

„Vielen Dank. Tschüss“, antwortete Wesley.

Nachdem er den Hörer aufgelegt hatte, schob Wesley das Gerät in seine Tasche, ließ den Wasserhahn laufen und spritzte sich Wasser ins Gesicht. Er ignorierte Cassandra weiterhin. Verdammt, er hatte vergessen, dass sie hartnäckig sein konnte.

Schließlich riss Wesley die Tür auf und vergewisserte sich, dass er sich nicht in Reichweite ihrer Handflächen befand. „Was zum Teufel, Cass“, knurrte er. „Kann ein Kerl nicht mal in Ruhe pissen?“

Cassandra kräuselte die Lippe. „Als hättest du gepinkelt“, zischte sie. „Mit wem hast du gesprochen? Deinem Flittchen in Stone Ridge?“

Wesley wollte ihr die Faust ins Gesicht schlagen, aber selbst er wusste, dass er niemals ein Mädchen schlagen sollte, auch wenn es seine Zicke von Schwester war. Außerdem war er besser als das. Rowen war es wert, besser zu sein.

„Gott, du verstehst es einfach nicht, oder?“, antwortete Wesley grinsend. „Kannst den Wald vor lauter Bäumen nicht sehen.“

Wesley schob sich an ihr vorbei, ging den Flur hinunter

und zurück ins Esszimmer. Er setzte sich zurück auf seinen Platz, nahm sein Geschichtsbuch vom Tisch und legte es auf die Anrichte hinter ihm. Da er feststellte, dass sein Vater bereits Schinken auf seinem Teller hatte, nahm Wesley sich mehrere Stücke.

„Geht es dir gut, Sohn?“

Scheiße! Wann hatte William ihn das letzte Mal *Sohn* genannt?

Schade, dass es nicht mehr den gleichen Effekt hatte wie früher.

Wesley sah seinen Vater an und nickte. Er rollte mit einer Schulter, hob sein Messer auf und fing an, sein Fleisch zu schneiden, als er antwortete: „Ja. Alles ist gut. Keine Bange.“

Einige Stunden später warf Wesley sein Geschichtsbuch auf das Bett und rieb sich die müden Augen. Er konnte nicht ewig lesen, um seiner Familie auszuweichen, und er hatte keinen Laptop mehr. Jep, den hatte sein Vater in seinen Safe gesperrt, nachdem Wesley beim Hacken des Schulsystems erwischt worden war, was total lächerlich war.

Wesley griff zum Telefon und spielte mit dem Gedanken, Rowen erneut anzurufen, aber er hörte sich nicht gern wie ein klammernder Freund an.

Guter Gott. Bin ich sein Freund? Er lächelte. *Ja. Rowen ist mein Freund.*

Darüber freute er sich außerordentlich. Seiner Meinung nach gab es nichts Besseres, als in den Armen seines Geliebten zusammengerollt zu sein. Dann traf es Wesley wie ein Vorschlaghammer ins Gehirn. Rowen hatte ihm dasselbe erzählt.

Mit freundlichen Worten, Kosenamen und Ermutigungen hatte Rowen Wesley subtil und konsequent erklärt, wie viel er ihm bedeutete.

Wesley lächelte. Plötzlich schien in Stone Ridge zu bleiben und einen Job bei diesem Jared anzunehmen, doch nicht so beängstigend. Rowen wollte ihn bei sich haben. Selbst der Altersunterschied schien Rowen nicht wirklich zu stören, außer dass er sicherstellen wollte, dass Wesley nicht belästigt wurde.

Ein leises Klopfen an seiner Tür riss Wesley aus seiner realitätsschockbedingten Starre. Meine Güte, er vermisste tatsächlich die Einsamkeit bei seiner Großmutter. Zumindest wurde er dort nie gestört.

Wesley stand auf und rieb sich die Augen, als er zur Tür ging. Nur noch ein paar Tage, erinnerte er sich. Er öffnete die Tür und fand seine Mutter dort stehend. Sie faltete die Hände vor dem Bauch und wirkte unsicher.

„Stimmt etwas nicht, Mom?“

„Nun, es ist ein junger Mann hier, der dich sehen will“, antwortete sie. „Er ist, ähm …“ Ihre Brauen zogen sich zusammen.

„Was? Wer ist es?“ Unbehagen lief über seinen Rücken.

„Nun, er ist ein junger Mann, den ich nicht erkenne. Vielleicht jemand von deiner Schule?“

Wesley runzelte die Stirn. Niemand von seiner alten Schule sollte ihn besuchen. Er hatte sich absichtlich zurückgehalten, um nicht von jemandem aus seiner Vergangenheit belästigt zu werden. Als Wesley sich daran erinnerte, dass er mehrere Stunden im Park verbracht hatte, wurde ihm klar, dass ihn jemand erkannt haben musste.

Nicht gut.

„Ich werde mit ihm reden“, sagte Wesley leise. „Danke, Mom.“

Wesley ging an Aletta vorbei zur Haustür. Er nahm seinen Hoodie von der Garderobe und zog ihn an, da er nicht die Absicht hatte, seinen Gast ins Haus zu lassen. Nachdem Wesley den Reißverschluss hochgezogen hatte, öffnete er die Vordertür und betrat die kleine Veranda.

Wesley suchte in der Dunkelheit und entdeckte schließlich die Gestalt die Treppe hinunter. Anstatt in diese Richtung zu gehen, trat er zur Seite – weiter in das Licht der Veranda hinein – und runzelte die Stirn in Richtung Dunkelheit.

„Wer ist da?“, rief Wesley.

Aus der Dunkelheit erschien eine große, geschmeidige Gestalt. Ein junger Mann mit gemischter hispanischer und afroamerikanischer Abstammung erschien, gekleidet in lässige Jeans und ein dickes Sweatshirt. Er grinste Wesley an, als er näherkam.

„Hallo! Wesseylein! Willkommen zurück. Wir haben dich vermisst.“

Wesley biss die Zähne zusammen, als er Lonnie Henley ansah. Der Zweite in der Rangfolge der örtlichen Gang mit dem anschaulichen Namen die Arschtreter.

Was auch immer.

„Ich bin nicht zurück, Lonnie“, sagte Wesley gleichgültig. „Ich bin wegen der Frühlingsferien hier. Morgen reise ich wieder ab."

Wesley legte eine Hand auf das Geländer der Veranda und starrte auf den anderen, etwas älteren, Mann. Er wartete und ahnte schon, was kommen würde. Lonnie wäre nicht bei ihm vorbeigekommen, wenn er nicht etwas gewollt hätte.

Es dauerte nur ein paar Sekunden, bis sich Lonnies Zunge löste.

Schnaubend packte Lonnie das Geländer, das etwa auf der gleichen Höhe wie sein Kopf war und beugte sich zu Wesley, seine Augen verengt. „Wir haben deine Fähigkeiten vermisst, Wesseylein. Es hat uns nicht gefallen, dass du aus der Stadt geschickt wurdest."

Seltsam, da es das Beste war, was ihm jemals widerfahren war. Er dachte an Rowen und seine Fürsorge und Aufmerksamkeit, vielleicht sogar an Liebe. Er erinnerte sich an Declan und Lark, und obwohl Carson nicht viel gesagt hatte, hatte dessen Freund Jared ihm einen Job angeboten. Ja, definitiv war es das Beste, was ihm je passiert war.

Wesley schüttelte den Kopf. „Nicht mein Problem, Lonnie." Er lehnte sich gegen das Geländer und verschränkte die Arme vor der Brust. Es war wahrscheinlich nicht die beste Idee, und er war sich nicht einmal sicher, woher sein neu entdeckter Mut stammte, aber er erkannte, dass Lonnies Meinung für ihn keine Rolle mehr spielte.

Lonnie starrte ihn an. „Denkst du, du kannst einfach von uns weggehen, Wesseylein?", knurrte er. „So einfach ist das nicht. Wir wissen Dinge, erinnerst du dich?"

„Ich erinnere mich", antwortete Wesley leise. Er kniff die Augen zusammen und grinste. „Ich erinnere mich, dass du entdeckt hast, dass ich schwul bin und das benutzt hast, um mich dazu zu bringen, für dich zu hacken. Das läuft nicht mehr."

Lonnie schnaubte und sah ihn von oben bis unten an. „Hat sich etwas geändert, als du weg warst? Hast du plötzlich deinen Schwanz entdeckt und herausgefunden, dass er zum Ficken von Muschis gemacht ist?" Er kräuselte seine Lippe. „Ich bezweifle das. Du bist immer noch eine genauso große Schwuchtel wie zuvor."

„Ja", schoss Wesley zurück. „Ich bin ein Schwuler, eine Schwuchtel, ein Hinterlader und lasse mich in den Hintern ficken." Er faltete die Arme auseinander, legte seine Hände auf das Geländer und beugte sich darüber zu seinem Besucher. „Folgendes hat sich geändert, Lonnielein. Es ist mir egal, wer es weiß." Er grinste, schürzte die Lippen und gab dem anderen Mann einen Luftkuss. „Geh und erzähl es aller Welt, ist mir egal, Arschloch."

Lonnie zuckte zurück, zischte leise. Er kniff die Augen zusammen und knurrte: „Du kannst es dir heute Abend noch anders überlegen, Wesseylein." Er hob seine Hand und zeigte mit einem Finger auf ihn. „Ich kenne die Art von Männern, die du magst, und ich bezweifle, dass du willst, dass *das* rauskommt."

Das hatte sich auch nicht geändert. Wesley hatte ältere Männer immer gemocht. Was sich geändert hatte, war, dass er jetzt eine monogame Beziehung hatte. Eine Beziehung, bei der er sich geschätzt, sicher und geliebt fühlte.

Verdammt, mich hat es ganz schön heftig erwischt.

Wesley grinste breit. „Erzähle, was immer du willst,

Lonnie. Ist mir scheißegal."

Damit wandte sich Wesley ab und ging zurück ins Haus. Bevor er die Tür schloss, hörte er Lonnie schreien: „Du wirst es bereuen, Schwuchtel!"

Nachdem Wesley die Tür geschlossen hatte, drehte er sich um und stellte fest, dass sein Vater ein paar Meter entfernt stand. Seinem finsteren Gesichtsausdruck nach brauchte es kein Genie, um zu begreifen, dass er den Austausch mitgehört hatte.

„Worum ging es denn da, Wesley?"

Da man nichts auf morgen verschieben sollte – und er seine Verbindung mit Rowen nicht mehr leugnen wollte, nahm Wesley einen tiefen Atemzug und erklärte dann: „Erinnerst du dich daran, dass ich mich in das Schulsystem gehackt habe, um meine Noten zu ändern?"

Williams Augen verengten sich. Er verschränkte die Arme vor der Brust. „Ja", antwortete er, das eine Wort knapp.

„Ich habe es nicht getan, um *meine* Note zu ändern", gab Wesley zu. Er räusperte sich und fuhr fort: „Ich habe es getan, um Lucas Costas Note zu verbessern, und ich wurde absichtlich erwischt." Er lachte und verschränkte die Arme vor der Brust, was die Haltung seines Vaters widerspiegelte. „Ich musste mich nicht erwischen lassen."

„Warum dann?", knurrte sein Vater.

Wesley leckte sich die Lippen und antwortete: „Weil ich schwul bin. Lonnie und ein paar andere Arschlöcher der Arschtreter-Gang haben davon erfahren und es als Druckmittel genutzt, um mich dazu zu bringen, mich für sie dort reinzuhacken." Er bemerkte, dass sich die Lippen seines

Vaters zusammenzogen, sprach aber trotzdem weiter. „Ich habe Lonnie gerade gesagt, dass er sich verpissen soll, weil ich schwul bin und es mir egal ist, wer es weiß."

William nickte langsam. „Du bist homosexuell?"

Die Kälte in Williams Stimme verstärkte den Knoten in seinem Bauch, aber Wesley wollte jetzt nicht zurückweichen. Er nickte. „Das bin ich. Ich habe einen Liebhaber, und ich bin in ihn verliebt. Ich glaube, er liebt mich auch."

Heilige Scheiße! Habe ich das gerade laut zugegeben?

Wesley hatte keine Zeit, sich an seiner Leistung zu erfreuen. William kniff die Augen zusammen und fragte: „Bedeutet das, dass du nicht vorhast, dies unter Verschluss zu halten und Whitney zu heiraten?"

„Das ist richtig."

„Ich verstehe." William holte tief Luft, seine Brust dehnte sich aus und zog sich zusammen. Dann kreuzte er die Arme, zog seine Brieftasche aus der Gesäßtasche und holte ein Bündel Geldscheine heraus. „Nimm das, sammle deine Sachen zusammen und geh, wohin du willst. Du bist nicht mehr mein Sohn."

Wesley starrte ihn an. Ohne wirklich zu verarbeiten, was er tat, streckte er die Hand aus und nahm das dicke Bündel Geldscheine.

William steckte seine Brieftasche in die Hosentasche. „Und so schnell, wie du kannst." Er drehte sich um und verließ den Raum.

Scheiße!

KAPITEL 11

Rowen grunzte, als er sich umdrehte und nach seinem Handy griff. Er öffnete ein Augenlid und bemerkte, dass es immer noch dunkel war. Er warf einen Blick auf seinen Wecker und stöhnte.

Heilige Scheiße! Fünf Uhr morgens. Wer zum Teufel ist das?

Als Rowen endlich sein Handy gefunden hatte, zog er seinen Arm zurück und schaute auf das Display. Er runzelte die Stirn. Besorgt hob er sein Handy an sein Ohr, schluckte einmal und sagte dann: „Hey, Wes. Bist du okay?"

„Nicht deine normale Begrüßung", flüsterte Wesley.

Sofort war Rowen in Alarmbereitschaft. Er schob sich in eine sitzende Position, hielt ein Gähnen zurück und antwortete: „Dies ist kein normaler Anruf. Ich glaube, das wissen wir beide." Er hielt inne und lauschte der Stille am anderen Ende des Telefons. Tatsächlich war es zu leise. „Willst du mir sagen, was los ist, mein Geliebter?"

Wesley seufzte. Schnell wich die Anspannung aus seiner Stimme. „Kommst du mich abholen? Ich bin beim Diner in der Stadt."

„Ich wusste gar nicht, dass es die ganze Nacht geöffnet hat", murmelte Rowen und schwang bereits seine Beine aus dem Bett. Er stand auf und sagte: „Ich bin schon auf dem

Weg."

„Danke, und es ist nicht offen", gab Wesley leise zu. „Ich sitze auf der Treppe am Eingang."

Rowen runzelte die Stirn. Er wusste nicht, was zum Teufel sein Liebhaber in der Stadt tat, ganz zu schweigen von mitten in der Nacht, aber zur Hölle, er würde ihn nicht dort sitzenlassen. Rowen würde seinen Gefährten niemals im Stich lassen, wenn er ihm helfen konnte.

Rowen entschied sich für Eile und zog Jeans und ein T-Shirt an. Die Socken ließ er weg, eilte die Treppe zur Garagentür hinunter und schob seine nackten Füße in die Stiefel, während er seine Motorradjacke anzog. Gleichzeitig schnappte er sich für alle Fälle eine Ersatzjacke für Wesley, bevor er in die Garage ging.

Nachdem Rowen den Knopf neben der Innentür gedrückt hatte, um das Garagentor zu öffnen, ging er zu seinem Motorrad und schwang sich darauf. Er zog seinen Helm an, verschloss ihn, dann wippte er zurück und rollte das Motorrad aus der Garage.

Mit heulendem Motor machte Rowen sich auf den Weg zum Diner. Er wusste, dass er zu schnell fuhr, aber es war ihm egal. Sein Gefährte war zu früh in der Stadt angekommen und er wollte – musste – wissen warum. Das und er wollte, dass sein Gefährte sicher und wohlbehalten in seinen Armen war.

Rowen erreichte das Restaurant und blieb stehen. Er entdeckte Wesley und zog seinen Helm von seinem Kopf. „Wes", rief er und winkte.

Wesley erhob sich und seine Augen weiteten sich für eine Sekunde, bevor er Rowen erkannte. Er warf sich einen

Rucksack über die Schulter und nahm einen Koffer. Als er hinüberkam, betrachtete er das Motorrad und stellte sein Gepäck neben seine Füße.

Rowen stellte das Motorrad auf den Ständer und schwang sich hinunter. Ihm war egal, wo sie sich befanden, er zog Wesley in seine Arme und hielt ihn fest. Er umfasste Wesleys Kiefer und neigte sein Gesicht nach oben, senkte dann seinen eigenen Kopf und presste seine Lippen auf die des viel jüngeren Menschen.

Sofort schmolz Wesley gegen ihn, neigte seinen Kopf mehr nach oben und bot sich an, öffnete den Mund und erlaubte Rowen, ihn tief zu erobern. Rowen tat genau das und verschwendete keine Zeit, ehe er seine Zunge hineinschob und mit Wesleys tanzen ließ.

Nach einigen Sekunden erinnerte sich Rowen an ihre Umgebung. Er beendete den Kuss und drückte seine Stirn an die seines Gefährten. Rowen rieb mit den Daumen über Wesleys Kiefer und lächelte auf seinen Menschen hinunter.

„Ich habe dich vermisst", flüsterte Rowen. „Willkommen zurück."

„Danke", antwortete Wesley leise.

„Kann ich dich mit nach Hause nehmen?", fragte Rowen. Dann zwang er sich zu fragen: „Oder gibt es irgendeinen anderen Ort, wo du hinmusst?"

Wesley zog sich zurück und sah ein bisschen bedrückt aus. „Ähm, eigentlich hatte ich gehofft, mit zu dir kommen zu können. Ich, äh …" Er seufzte und blickte dann durch seine Wimpern zu Rowen auf. „Ich habe mich bei meiner Familie geoutet, und mein Vater hat mich verstoßen, und meine

Großmutter wird mich nicht mehr in ihr Haus lassen." Er schlang die Arme um seinen Bauch und murmelte: „Offenbar bin ich eine Missgeburt, und sie will keine Missgeburt in ihrem Haus."

„Es tut mir leid, mein Liebster", antwortete Rowen sofort. Er schaffte es gerade so, den Zorn aus seiner Stimme zu verbannen und fuhr fort: „Du bist *keine* Missgeburt, und ich würde mich freuen, wenn du bei mir bleibst." Er verstärkte seinen Griff und drückte seinen Gefährten fest an sich. Rowen flüsterte ihm ins Ohr und fügte hinzu: „Ich überzeuge dich, für immer zu bleiben, wenn du es zulässt."

„Ja, bitte."

Wesleys Worte waren so leise, dass Rowen über das Brummen des Motorradmotors hinweg fast nicht in der Lage gewesen wäre, ihn zu hören.

Gottseidank für das Gehör eines Wandlers.

Rowen küsste seinen Gefährten auf die Lippen und lockerte dann seinen Griff. „Komm schon. Ich könnte noch ein paar Stunden Schlaf vertragen, und wenn man die Ringe unter deinen Augen so betrachtet, du wahrscheinlich auch."

Rowen holte seinen Ersatzhelm aus einer Satteltasche und reichte ihn Wesley. Während sein Gefährte ihn festschnallte, hob er den Koffer seines Geliebten hoch. Er schnappte sich ein paar elastische Gepäckseile aus der offenen Satteltasche und schnallte den Koffer direkt hinter dem kleinen Tussisitz an das Motorrad. Schließlich stopfte er den Rucksack seines Lovers in die Satteltasche und schloss sie. Er richtete sich auf und bemerkte, dass Wesley ihn unschlüssig ansah.

„Wir sind nicht weit von zu Hause entfernt", sagte

Rowen. Verdammt, er dachte wirklich gern, das sein Zuhause jetzt das von ihnen beiden war. „Glaubst du, du brauchst eine Jacke? Ich habe extra eine mitgebracht.“ Rowen bot ihm die zusätzliche Lederjacke an, die er aus der Satteltasche gezogen hatte, um Platz für den Rucksack zu schaffen. „Zieh das an, mein Geliebter“, drängte er. „Ich will nicht, dass dir kalt wird.“

Wesley gehorchte ohne Frage. Als er seine alte Lederjacke an seinem Gefährten sah, beschleunigte Rowens Puls und Blut schoss in seinen Schwanz. Vielleicht war es die Reaktion eines Höhlenmannes, aber er liebte es, seinen Gefährten in seinen alten Klamotten zu sehen, auch wenn die Jacke ihm zu groß war.

Rowen nahm sich vor, Wesley eine Lederjacke zu kaufen.

Rowen schwang sich zurück auf sein Motorrad und stellte die Maschine wieder auf. Er streckte Wesley die Hand entgegen. Nachdem sein Liebhaber sie ergriffen hatte, schwang er sich auf die Maschine. Es war keine echte Rückenlehne vorhanden, aber Rowen wusste, dass Wesleys angebundener Koffer ihm ein wenig Stabilität verleihen würde. Trotzdem drängte Rowen Wesley, die Arme um seine Taille zu legen.

In wenigen Minuten hatte Rowen sie nach Hause gefahren. Er fuhr zurück in die noch offene Garage und parkte sein Motorrad. Rowen schwang sich von seinem Motorrad und zog den Helm vom Kopf. Er legte ihn beiseite, dann half er Wesley von der Maschine, zog ihm den Helm vom Kopf und legte ihn ebenfalls beiseite. Rowen wusste, dass sein Geliebter Ruhe brauchte, sowohl geistig als auch körperlich.

„Ich kümmere mich um dein Gepäck“, sagte Rowen.

„Warum gehst du nicht schon rauf und legst dich ins Bett?"

Für eine Sekunde schien es, als würde Wesley anbieten, zu helfen. Dann nickte er. „Danke", flüsterte er. Er berührte Rowens Wange. „Für alles."

Rowen drehte den Kopf und drückte Wesley einen Kuss auf die Fingerspitzen. „Immer." Er beobachtete, wie sein Gefährte nickte, bevor er ins Haus ging.

Rowen wollte mit seinem sichtlich aufgewühlten Gefährten zusammen sein, also nahm er schnell das Gepäck und eilte hinter ihm her. Er ging in sein Zimmer und stellte fest, dass Wesley sich bereits unter der Decke zusammengerollt hatte. Rowen zog sich aus, schlüpfte hinter ihm unter die Decke und zog ihn in die Arme.

Wesley rollte sich herum und legte sich halb auf ihn, sein Gesicht gegen Rowens Hals geschmiegt. „Du riechst immer so gut", murmelte er.

Rowen lächelte. Es war die perfekte Eröffnung, um die Anziehungskraft zwischen Gefährten zu erklären. Er überlegte im Geiste, ob Wesley damit umgehen konnte oder nicht. Wesleys leises Schnarchen nahm ihm die Entscheidung ab.

Rowen hielt Wesley sicher in seinen Armen und folgte ihm in den Schlaf.

„Wie weit ist dieser Ort entfernt?"

Rowen drückte Wesleys Hand und grinste zu ihm hinüber. „Nur noch einen Kilometer oder so", sagte er. Er hob ihre verbundenen Hände, brachte Wesleys Finger an seine Lippen und küsste sie leicht. „Dann haben wir ein paar Dinge zu besprechen."

Wesley nickte. „Ich weiß. Du verdienst eine Erklärung."

„Du kannst mir alles über deine Familie erzählen oder nichts", sagte Rowen zu ihm. „Ich habe tatsächlich über mich gesprochen." Er zwinkerte. „Ich habe dir etwas über mich zu erzählen."

Rowen betete, dass Wesley seinen Wolf akzeptieren konnte. Er wusste durch den Geruch, dass mehrere Wandler in der Gegend waren, darunter Yates und Aryen, die in der Nähe blieben, um bei Bedarf Unterstützung zu leisten. Rowen schätzte ihre Hilfsbereitschaft.

„Was? Du hast doch keine Frau und Kinder, die irgendwo versteckt sind, oder?" Wesleys Ton war neckend, aber sein Geruch ließ seine Besorgnis erkennen.

Rowen lachte grinsend. „Nein. Absolut nicht."

„Dann was?"

Rowen entschied, dass es jetzt oder nie war und begann langsam: „Erinnerst du dich an die letzte Nacht?" Er schnaubte. „Heute Morgen, besser gesagt. Als du sagtest, du magst immer, wie ich rieche?"

Wesleys Gesicht wurde rot und betonte seine Sommersprossen. „Ja."

„Nun, der Grund dafür ist …"

„Dass ihr beide krank im Kopf seid", knurrte eine männliche Stimme, die Rowen nicht erkannte. Er erkannte den Typ auch nicht, als er aus den Bäumen hervortrat. „Aber ich und die Jungs werden euch beiden helfen, das wieder in Ordnung zu bringen."

Rowen kniff die Augen zusammen, als er sah, wie ein halbes Dutzend junger Männer zu dem Ersten traten. Sie breiteten sich um den ersten Kerl herum auf. „Hab dir gesagt, dass es Konsequenzen geben würde, Wesseylein."

Rowen griff nach Wesleys Hand und zog seinen Gefährten näher zu sich. „Kennst du diese Typen, Wesley?", fragte er.

„Leider", murmelte Wesley. „Das wäre Teil der Erklärung gewesen." Er funkelte die Gruppe an. „Was machst du hier, Lonnie? Und wie zum Teufel hast du uns gefunden?"

„Wesseylein", antwortete Lonnie mit einem Grinsen. „Du hast nicht sehr viele Freunde gefunden." Er kräuselte seine Lippe und sah zu den Bäumen. „Tatsächlich hast du jemanden sehr unglücklich gemacht, als du dich an sein Mädchen rangeschmissen und versucht hast, sie als Tarnung zu benutzen."

Dawson tauchte hinter einem Baum auf, die Arme vor der Brust verschränkt. Er grinste. „Ich war heute Morgen auf dem Heimweg von einer kleinen Muschi und stell dir mal meine Überraschung vor, als ich Mr. St. Paul sah, wie er mit dir vor dem Diner rumknutschte." Er schnaubte. „Als ich hörte, dass einer der Einheimischen sagte, ihr wärt auf dem Weg zu einer Hütte, war es nicht schwer herauszufinden, zu welcher ihr gehen würdet. Dann haben diese Leute nach dir gefragt, und ich war nur zu gerne bereit, ihnen zu helfen, dich zu finden."

„Also, Wesseylein, hast du es dir schon anders überlegt?", fragte Lonnie.

Wesleys Griff um Rowens Finger wurde fester. „Nein. Ich mache deine Drecksarbeit nicht für dich", murmelte er. „Ich bin raus. Das habe ich dir schon gesagt."

Einer der Männer hob den Baseballschläger, den er hielt und schlug ihn gegen seine Handfläche. „Scheint, dass er ein wenig Überzeugungsarbeit braucht, Lon."

„Ja", stimmte Lonnie zu. „Warum machst du das nicht, Brick?"

Rowen legte seine Hand um Wesleys Taille und trat einen Schritt zurück. „Ihr macht einen Fehler", warnte er. Obwohl er sich nicht in seinen Wolf verwandeln konnte, um gegen sie zu kämpfen, wusste er, dass seine Freunde in der Nähe waren. „Wir sind hier draußen nicht allein."

Lonnie, der offensichtliche Rädelsführer, sah sich um und breitete die Arme aus. „Ja wirklich? Ihr sehr für mich allein aus."

„Yates, ein bisschen Hilfe", rief Rowen, ohne den Blick von der vorrückenden Gruppe abzuwenden.

„Der Coach ist hier draußen?", murmelte Dawson. „Scheiße. Ich bin hier raus." Dawson drehte sich um und floh in die Bäume.

„Eine Person wird keinen Unterschied machen", sagte Lonnie. „Auf sie."

Als die Gruppe von Männern vorrückte, hörte Rowen die ersten Geräusche von Yates und dem halben Dutzend Wandler bei ihm. Sie heulten und kläfften, zerbrachen Zweige und raschelten durch Blätter. Wesley drückte sich an ihn, als die anderen anhielten und sich verwirrt ansahen.

Rowen rieb Wesleys Arm und flüsterte: „Versuche dich zu entspannen. Sie werden dich nicht verletzen."

Wesley sah ihn verwirrt an, sein Mund öffnete und schloss sich, aber es kamen keine Worte heraus. Sechs Wölfe brachen zusammen mit einem Dingo und einem Tiger aus dem Unterholz. Während der Dingo – Aryen – herüberkam und sich neben Rowen setzte, umkreisten die Wölfe die Gruppe von sieben jungen Männern.

Der größte braune Wolf, von dem Rowen wusste, dass er Declan war, sah Rowen und Wesley an. Rowen erklärte: „Sie scheinen zu glauben, sie könnten Wesley dazu zwingen, etwas für sie zu tun." Rowen konzentrierte sich auf Wesley. „Etwas Illegales?"

Wesley sah ihn mit offenem Mund an, die Augen groß in seinem blassen Gesicht. „J-j-j –"

Rowen legte seine zweite Hand unter Wesleys Kinn und schloss seinen Mund. Er sah zu Declan, der bereits mit den anderen Wandlern zusammengearbeitet hatte, um die jungen Männer zu versammeln und sie den Pfad entlangzutreiben. Rowen wusste, dass sein Alpha mit ihnen beiden über ihre Angreifer sprechen musste, aber das konnte warten, bis er Wesley alles über Wandler und Gefährten erklärt hatte.

Als er Wesley weiter den Berg hinaufführte, schaute Rowen in schreckgeweitete Augen. „Atme ein paar Mal tief durch, Wesley", drängte er. „Es ist alles in Ordnung. Du bist sicher."

„W-wir sollten weg", murmelte Wesley, als er schließlich seine Zunge fand. „Während die Tiere beschäftigt sind."

„Das sind nicht nur Tiere", sagte Rowen leise. „Das sind Gestaltwandler, und einige von ihnen hast du bereits getroffen. Erinnerst du dich an Declan McIntire?" Als Wesley nickte, fuhr er fort: „Er ist der große Wolf da hinten. Er ist der Anführer unseres Rudels." Rowen schluckte hart und wagte den Sprung. „Wesley, ich bin ein Wandler, genau wie sie. Ich teile meinen Geist mit einem Wolf. Ich wollte es dir in der Hütte sagen, aber da es sich jetzt so ergeben hat …“ Er hielt inne und winkte der Gruppe von Männern zu, die jetzt flohen, und den Wölfen, die sie anknurrten und nach ihnen schnappten. „Sie werden dir in keiner Weise schaden.“

Wesley blinzelte. Er runzelte die Stirn und schüttelte den Kopf. „Bist du krank? Was ist los mit dir?“ Er sah wieder zu den Männern und Wandlern, dann klappte sein Mund auf. „Oh mein Gott, oh mein Gott, oh mein Gott.“

Rowen sah auch in diese Richtung, gerade rechtzeitig, um zu sehen, wie Grady mit dem Verwandeln fertig wurde. Er begrüßte Rowen mit einem Wink und wandte sich dann an Declan. „Ich gehe zur Station und erzähle Lyle, was passiert ist. Wenn du sie bis in die Stadt verfolgen willst, sorge ich dafür, dass sie gleich weiterziehen.“

Declan nickte, drehte sich dann um und ging auf die Bäume zu, vermutlich, um den sieben jungen Männern zu folgen, da sie nicht mehr in Sicht waren. Die meisten der Wölfe verfolgten bereits die Menschen, so dass Yates’ Wolf und Aryens Dingo zurückblieben.

Grady sah Rowen und Wesley an. „Ich werde dafür sorgen, dass sie die Stadt verlassen, macht euch keine Sorgen.“ Er grinste. „Ich bin sicher, dass Jared danach Spaß daran haben wird, etwas Schmutz auszugraben, um sie für immer verhaften zu lassen.“

Damit zwinkerte Grady ihm zu und verwandelte sich wieder in seinen bengalischen Tiger.

„Wie … warum …“ Wesley konzentrierte sich wieder

auf Rowen. „Warum erzählst du mir das?“

„Weißt du noch, dass ich immer so gut rieche? Es ist, weil du mein Gefährte bist. Das Schicksal hat uns gesegnet“, fuhr er fort und fragte sich, ob sein Geliebter, der ihn noch immer mit großen Augen ansah, nicht nur verstand, sondern auch akzeptierte. „Wir sind Seelengefährten, die das Schicksal füreinander geschaffen hat.“

„Beweise es.“

Rowen zögerte. „Bist du sicher?“

„Ich glaube, du erzählst mir Scheiße, und ich habe gerade vor Dehydration halluziniert“, sagte Wesley. „Also, äh, ja, ich brauche etwas, das es mir beweist.“

„Okay“, antwortete Rowen. „Das kann ich machen.“

Rowen trat ein paar Schritte zurück und begann, an seiner Kleidung herumzufummeln. Er dachte nicht, dass dies das Beste war, aber er konnte es seinem Gefährten nicht verwehren. Sehen bedeutete schließlich glauben. Er hoffe nur, dass sein Gefährte nicht allzu sehr ausflippen würde.

„Denk dran“, sagte Rowen, als er nackt vor Wesley stand. „Ich verwandle mich in einen Wolf, aber ich bin immer noch ich. Ich werde dich nicht verletzen.“

Rowen griff mental nach seinem Wolf. Seine Knochen knackten und Muskeln verzogen sich, als sein Körper sich verformte. Sein Gesicht zwickte und ziepte, als es sich streckte, um seine Hundeschnauze auszubilden, und sein Arsch kribbelte, als seine Rute wuchs. Es dauerte weniger als dreißig Sekunden, dann stand Rowen auf allen vieren vor seinem Gefährten und blickte mit den Augen eines Wolfes zu seinem Geliebten auf.

Wesleys Geruch roch scharf nach Panik, als er flüsterte: „Wolf. Es ist ein Wolf." Langsam wich er zurück und sein Blick huschte von Rowen zu den Wäldern um ihn herum und zurück.

Rowen fragte sich, ob er sich zurückverwandeln und versuchen sollte, seinen offensichtlich panischen Gefährten zu beruhigen. Gerade als er kurz davor war, drehte sich Wesley um und rannte davon.

Rowen trat sich selbst in den Hintern, weil er das nicht in der Hütte getan hatte, und folgte ihm.

KAPITEL 12

Wahnsinnig. Unmöglich. Verrückt. Wahnhaft.

Wesley rannte so schnell er konnte weg vor … was auch immer zum Teufel gerade passiert war. Vielleicht würde er aufwachen. Das war doch ein Traum. Das war's. Er würde aufwachen und immer noch sicher und warm in Rowens Armen liegen.

Ein Ast schlug Wesley ins Gesicht und stach scharf in sein Fleisch. Seine Aufmerksamkeit war wieder geschärft, er warf einen Blick hinter sich und wäre fast hingefallen vor Schreck. Da war ein Wolf hinter ihm. Er war braun und schlank, und seine Zunge hing heraus, als würde durch den Wald hinter einem Menschen herzujagen großen Spaß machen.

Der Wolf kläffte und sprang, schloss die Lücke zwischen ihnen.

Wesley quietschte und versuchte schneller zu rennen. Er konzentrierte sich gerade noch rechtzeitig wieder nach vorne, um über einen Strauch zu stolpern und Hals über Kopf auf eine kleine, grasbewachsene Lichtung zu stürzen. Sofort rappelte sich Wesley auf, um wieder auf seine Füße zu kommen.

Der Wolf landete direkt auf seinem Rücken.

Wesley erstarrte, atmete flach, während Angst seine

Gliedmaßen lähmte. Er versuchte sich zu erinnern, ob er jemals gehört hatte, was man in einer solchen Situation tun sollte. Richtig. Als würde sowas jemals in seinen Lehrbüchern auftauchen.

Folgendes soll man tun, wenn man jemals von einem Wolf angegriffen wird.

Nein, definitiv nicht.

Wesley drehte leicht den Kopf und versuchte zu sehen, was das Tier tat. Eine lange, feuchte Zunge glitt über die Seite seines Gesichts. Instinktiv rollte Wesley mit der Schulter und wischte sich das Gesicht daran ab.

„Ihh", murmelte er.

Das Tier gab ein Geräusch von sich, als würde es über ihn lachen. Dann die charakteristischen Geräusche von brechenden Knochen und knackenden Sehnen …

Wesley zuckte zusammen. „Oh Gott", murmelte er. „Das klingt so schmerzhaft."

„Ist es nicht wirklich", antwortete Rowen leise. „Es tut nicht mehr weh als wenn man sich wirklich gut streckt, nachdem man zu lange in einer Position gesessen hat."

„Du bist ein Wolf geworden", flüsterte Wesley.

Vielleicht wäre es sinnvoller, wenn er es laut aussprach.

„Das bin ich", stimmte Rowen zu. „Ich kann mich nach Belieben in einen Wolf verwandeln. Es ist ein Teil von mir. Bitte sag es niemandem."

„Nein, nein, natürlich nicht", murmelte Wesley. „Ich … ich würde nie."

Plötzlich fiel ihm Rowens dicke Erektion auf.

„Du bist hart."

„Das bin ich“, stimmte Rowen erneut zu. „Ich habe gerade meinen Gefährten gejagt und gefangen. Ich habe vor, dich hier zu ficken. Ich werde dich daran erinnern, wie sehr du meinen Schwanz in deinem Arsch liebst.“ Seine Stimme vertiefte sich und rumpelte rau. „Ich werde beweisen, dass wir zusammengehören.“

Wesleys Arsch krampfte sich zusammen, sein Körper schien einen eigenen Verstand zu haben. Natürlich war Sex für sie nie ein Problem gewesen. Bis vor ein paar Tagen hätte Wesley gesagt, es sei der beste Teil ihres … Arrangements.

„Fick mich“, bat Wesley. „Dann sag mir, was zum Teufel los ist.“

„Ich habe es dir schon gesagt“, antwortete Rowen, als er unter Wesley griff und seine Jeans öffnete. Während er sie über seine Hüften zog, fuhr Rowen fort: „Aber ich werde deine Fragen beantworten, mein Liebster.“ Er biss leicht in Wesleys rechte Pobacke, dann kitzelte er die empfindliche Hautstelle am Ansatz seiner Ritze mit der Zunge. „Wenn mein Schwanz in deinem Arsch ist.“

Wesley schnappte nach Luft und wölbte sich Rowens Berührungen entgegen. Die Tatsache, dass sie draußen waren und jederzeit jemand vorbeikommen konnte, spielte keine Rolle mehr. Das einzige, was Wesley interessierte, war, die Hände, Lippen und Zunge seines Geliebten weiter zu fühlen.

Rowen packte seine linke Arschbacke mit seiner Handfläche und zog seine Backen auseinander. Als etwas Nasses und Bewegliches über Wesleys Loch glitt, stöhnte er und bemerkte, dass sein Geliebter ihn leckte. Das hatte noch nie jemand mit ihm gemacht, und jetzt, da er erlebt hatte, wie die Zunge seines Geliebten seine intimsten Stellen leckte und massierte, wusste er, dass er es lieben würde.

„R-Rowen!", rief er. „Oh Gott, oh Gott!"

„Ja", murmelte Rowen gegen seine Haut. „Schrei für mich. Lass mich hören, wie sehr ich dich errege."

Wesley hätte nicht einmal schweigen können, wenn er es versucht hätte. Er plapperte über Rowens erstaunliche Zunge und liebte das Gefühl, wie sie gegen sein Loch stieß, so anders als ein Finger oder ein Schwanz. Dann schob Rowen Wesleys Hose über seine Beine, griff unter ihn und umfasste seine Erektion. Gleichzeitig drückte er seine Zunge nach vorne und versenkte sie in Wesleys Loch.

Heulend zuckte Wesleys Körper zusammen. Sein Kanal verkrampfte sich um Rowens eindringende Zunge. Wesley fing an, seine Hüften zu schaukeln und die Hand seines Geliebten zu ficken, bevor er nach seiner Zunge suchte, damit sie ihn wieder aufspießte.

Plötzlich sank etwas viel Größeres in Wesleys Kanal und traf auf seine Prostata.

„Oh", keuchte Wesley.

Rowen lachte rau. „Hab das Gleitmittel in deiner Tasche gefunden, Welpe." Er küsste den Ansatz seines Rückgrats und arbeitete sich dann hoch, als er mit einem zweiten Finger in ihn drang. „Ich liebe es, wie du vorausplanst."

„Liebe deinen Schwanz in meinem Arsch", gab Wesley zu.

„Und ich liebe es, ihn dort drin zu haben", antwortete Rowen. „Ich werde dich jetzt ficken, Wes."

Rowen zog seine Finger heraus und stützte sich über

Wesley. Als er fühlte, wie die Eichel seines Geliebten seinen Eingang anstupste, neigte Wesley die Hüften und versuchte, rückwärts zu schaukeln. Rowen grunzte und stieß dann zu. Er drückte weiter und versenkte seinen Schwanz bis zu den Eiern in einem langen, sanften Gleiten.

Wesleys Kanal dehnte sich, um den Schaft seines Geliebten aufzunehmen. Das milde Brennen in Kombination mit dem Gras unter seinen Handflächen und Knien verstärkte das erotische Gefühl.

Rowen zog sich fast vollständig zurück und die breite Kuppe zerrte an dem Muskelring. Als sein Geliebter wieder in ihn stieß, stöhnte Wesley und wiegte sich in der Bewegung. Rowen fing an ihn zu ficken, und Wesley begegnete jedem Stoß.

Er genoss es, genommen zu werden, und fühlte, wie die verschwitzte Handfläche seines Geliebten über seine Brust glitt, um seine gepiercten Brustwarzen zu zwicken. Rowen zog und drehte sie und arbeitete an den empfindlichen Knospen. Wesley stöhnte bei dem Vergnügungsschmerz, der über seinen Nabel hinunter zu seinem Schwanz schoss.

Rowen bewegte seine Hand von der Stelle, an der er sich abgestützt hatte, und lehnte sein ganzes Gewicht auf Wesley, wodurch er ihn auf seine Ellbogen zwang. Seine Stöße beschleunigten und er hämmerte mit wenig Finesse in Wesley. Er griff nach Wesleys Schwanz und wichste ihn mit der gleichen Geschwindigkeit.

Rowen legte seine Stirn an Wesleys Schulter und murmelte immer wieder dasselbe Wort. „Mein, mein, mein.“

Wesleys innere Muskeln sangen bei der Stimulation. Sein

Schwanz schmerzte, und seine Eier waren straff zusammengezogen. Wesley stöhnte bei der rauen Behandlung, fuhr mit den Fingern durch das Gras und hielt sich fest, während Rowen seinen Arsch rannahm, als würde er ihm gehören.

Mit plötzlicher Klarheit erkannte Wesley, dass es auch so war.

Es war egal, dass sein Liebhaber sich in einen Wolf verwandelte. Alles, was zählte, war hier, genau jetzt. Ihre Verbindung. Darauf kam es an. Wesley fühlte sich mit Rowen nicht nur körperlich, sondern auch emotional verbunden.

„Ich gehöre dir", flüsterte Wesley.

Das schien alles zu sein, was Rowen hören musste. Eine Sekunde später ließ er seinen Schwanz tief hineinsinken und brüllte. Sein Ständer schwoll an und pulsierte in Wesleys gut geficktem Inneren. Heißer Samen pulsierten aus Rowen, tränkte Wesleys Kanal und wärmte ihn von innen heraus.

Wesley spürte, wie Rowens Mund sich auf seine Schulter senkte. Er erinnerte sich an ihre erste gemeinsame Nacht und legte den Kopf schief, bereit für das, von dem er wusste, dass Rowen im Begriff war, es zu tun. Jetzt ergab das Beißen einen Sinn, aber Wesley öffnete dennoch den Mund mit einem schmerzerfüllten Keuchen, als die Zähne seines Geliebten in sein Fleisch eindrangen.

Dann rollte, wie zuvor, eine Welle der Lust, die an Schmerz grenzte, durch seinen Körper. Seine Eier zogen sich schneller zusammen als je zuvor. Sein Schwanz pulsierte und spritzte und bekleckerte das Gras mit milchig-weißem Sperma. Glückseligkeit schoss durch seinen Körper und trug ihn auf berauschenden Endorphinen davon.

Wesley kehrte zu sich zurück, als er spürte, wie Rowen an der Stelle leckte, an der er ihn gebissen hatte. Zitternd seufzte er und legte seine Stirn auf das Gras. Sein Körper fühlte sich befriedigt und entspannt an, wie er es immer nur bei diesem Mann erlebt hatte.

„Das bedeutet etwas“, murmelte Wesley abwesend. „Oder?“

„Was bedeutet etwas?“, fragte Rowen und klang genauso entspannt.

„Mich beißen.“

„Ja“, antwortete Rowen leise.

Anstatt seinen erweichenden Penis zurückzuziehen, schlang Rowen seine Arme um Wesleys Torso und schaukelte nach hinten. Wesley quietschte und schlug mit den Armen, aber Rowen hielt ihn leicht fest. Er befand sich ausgestreckt auf Rowens Schoß, als der Mann seinen Hintern auf die Fersen platzierte.

Wesley lehnte sich gegen seinen Geliebten, legte den Kopf schief und blickte zu Rowen auf. „Was heißt es?“

Rowen legte einen Arm um Wesleys Hüfte und bedeckte die empfindliche Haut zwischen Bauchnabel und Schwanz. Rowen rieb ihm mit der anderen Hand sanft über die Brust.

„Ein Wandler beansprucht seinen Gefährten, indem er ihn beißt“, murmelte Rowen in sein Ohr. „Ich hätte um Erlaubnis bitten sollen, aber nachdem ich wochenlang gesehen habe, wie du deinen Arsch, die Wölbung deines Schwanzes in deiner Leistengegend und die Kurve deines Halses zeigst …“

Rowen knurrte. „Ich konnte nicht widerstehen, zuzubeißen."

„Es sorgt für einen fantastischen Orgasmus", murmelte Wesley und sah Rowen an. Dann, als er seinen besorgten Ausdruck sah, versicherte er: „Es tut mir nicht leid, dass du es getan hast." Wesley grinste. „Ich hätte früher in dein Haus einbrechen sollen."

Rowen schnaubte. „Götter, du wirst mir unendlich viel Ärger bereiten, nicht wahr?"

„Nun, du bist derjenige, der seinen Schwanz immer noch in meinem Arsch hat", sagte Wesley und zappelte ein bisschen.

„Ich habe gerne meinen Schwanz in deinem Arsch", antwortete Rowen grinsend. „Ich dachte, ich hätte dir das schon gesagt."

Wesley schnaubte. „Und hast du keine Bedenken, dass jemand vorbeigehen und uns sehen könnte?" Er wackelte mit den Brauen. „In solch einer kompromittierenden Position."

Rowen hob seine Hand von Wesleys Brust und fuhr über Wesleys Kinn. „Yates und Aryen befinden sich auf der anderen Seite dieser Büsche in einer sehr ähnlichen kompromittierenden Position", sagte er und zeigte mit dem Kinn nach links.

Wesley riss die Augen auf. „Ach wirklich?"

„Ja, wirklich." Rowen zwinkerte. „Yates war einer der Wölfe, die deine Angreifer verjagt haben. Wie du schon weißt, wird Detective Grady dafür sorgen, dass wir die Arschlöcher für immer loswerden." Er kicherte. „Ich gehe davon aus, dass Yates beschlossen hat, sein übermäßiges Adrenalin mit Sex abzubauen. Sein Partner Aryen war der Dingo, der in unserer

Nähe saß.“

„Wow, ich muss noch so viel lernen“, flüsterte Wesley. „Ich dachte, das wäre ein Hund.“ Dann kam ihm ein anderer Gedanke. „Also, ähm, du hast mich gebissen, heißt das, dass ich mich auch in einen Wolf verwandle?“

Rowen schüttelte den Kopf und kuschelte sich dann an Wesleys Hals. „Nein. Ich kann dich nicht mit meinem Biss in einen Wandler verwandeln. Du wirst immer ein Mensch sein. Es gibt aber ein paar Vorteile, sich mit einem Wandler zu verbinden. Willst du sie hören?“

Wesley zitterte, als Rowen gegen seinen Hals atmete. Er legte den Kopf schief und gab ihm mehr Platz. „J-ja. Das wäre gut zu wissen.“

„Du wirst weiter altern, bis du in deinem besten Alter bist … vielleicht fünfundzwanzig oder dreißig, dann wird sich dein Alterungsprozess verlangsamen, bis er meinem entspricht“, erklärte Rowen. „Ich bin mehr als zweihundert Jahre alt, und wir werden noch einige Jahrhunderte zusammen leben.“ Er zwinkerte. „Du hast doch gesagt, dass du ältere Männer magst, oder?“

„Heilige Scheiße! Du wirst mehrere hundert Jahre alt?“, flüsterte Wesley voller Ehrfurcht. „Wow.“

Rowen lachte. „Gleichzeitig beschleunigt sich deine Heilung und du wirst ein bisschen stärker.“ Er knabberte an dem Hals seines Geliebten und murmelte dann heiser: „Und mein Biss wird dich immer zum Abspritzen bringen.“

Wesley zitterte. „Ich mag diesen Teil am besten.“

Rowen lachte und verstärkte seinen Griff. Sein Schwanz begann sich in Wesleys Körper zu verhärten. „Gut, weil Sex mit dir für die nächsten paar hundert Jahre fantastisch sein wird." Er saugte an Wesleys Ohrläppchen und fügte dann hinzu: „Oh, und ich gehöre dir, Welpe. Ich kann nicht fremdgehen. Mein Schwanz wird nur auf dich reagieren." Er zog seinen Schwanz halb aus Wesleys Körper und stieß dann wieder in ihn hinein. „Wenn ein anderer seine Hand an dich legt, werde ich ihn töten. Dawson wird dich nicht mehr belästigen", knurrte er. „Ja, Yates hat mir von ihm erzählt. Wir werden uns um ihn kümmern."

„Ich wollte dir keine Probleme bereiten", gab Wesley zu. „Dein Job und so."

„Du wirst nur noch ein paar Monate zur Schule gehen, dann wirst du deinen Abschluss machen." Rowen rieb mit dem Daumen wieder über Wesleys Kiefer und spielte mit seinen Mundwinkeln. „Außerdem habe ich Yates deine Schularbeiten bewerten lassen. Wenn ich meinen Job verliere, ist es viel mehr wert, dich zu gewinnen."

„Ich liebe dich", platzte Wesley heraus, unfähig die Worte zurückzuhalten. Sein Herz schlug wild in seiner Brust. „Ich liebe dich."

Rowen rieb das Gesicht an Wesleys Wange und küsste ihn dann auf den Mundwinkel. „Ich liebe dich auch, Welpe", antwortete Rowen. „Du bist das größte Geschenk, das ich je erhalten habe. Du gehörst mir, Wesley", verkündete er. „So wie ich dir gehöre. Gemeinsam werden wir uns den Problemen stellen, die uns die Stadt bereitet. Du bist die Mühe mehr als wert."

Wesleys Herz schwoll vor Liebe zu Rowen an. Er grinste ihn an und zog seine inneren Muskeln zusammen.

„Gut. Ich bin es definitiv wert.“

Rowen lachte. „Das bist du, mein Geliebter.“

Veränderung auf leisen Pfoten

KAPITEL 1

„Wir werden dieses Wochenende eure Verlobung bekannt geben."

Derek Sommers starrte seinen Vater Forest an. Sicherlich hatte der nicht gesagt, was er gehört zu haben glaubte. Sein Vater konnte nicht wirklich erwarten, dass er Jennifer Davidson heiratete. Derek hatte sie zweimal getroffen und jedes Treffen hatte einen bitteren Geschmack in seinem Mund hinterlassen.

Auch wenn die Frau mit ihrem herzförmigen Gesicht, dem wallenden blonden Haar und der perfekten Sanduhrfigur, für die die meisten Frauen wahrscheinlich töten würden, auffallend schön zu sein schien, war sie auch egozentrisch und manipulativ.

Vielleicht mochte sein Vater sie deshalb so sehr.

Derek hatte sie zum ersten Mal getroffen, als er ein halbes Jahr zuvor eine Dinner-Veranstaltung im Country Club besucht hatte. Nachdem Dereks Mutter Sophia Jennifer vorgestellt hatte, war die Blondine wie ein Seeigel mit seinen Stacheln an Dereks Seite hängengeblieben. Obwohl er Meeresfrüchte liebte und seine erste Neigung darin bestanden hatte, Jennifer mit nach Hause zu nehmen und es ihr zu zeigen, war er ihrer Persönlichkeit schnell überdrüssig geworden. Gutes Aussehen war offenbar wirklich nicht alles.

Als Derek sie Lindsey, seiner alten Highschool-Freundin, vorstellte, schüttelte Jennifer pflichtbewusst ihre Hand. Dann, nachdem sie Lindseys Finger losgelassen hatte, hielt Jennifer ihre eigene Hand direkt unter ihren Hals und ließ ihren Blick über Lindseys in ein gelb-blaues Kleid gehüllte Gestalt schweifen. Sie lächelte und sagte: „Du siehst wirklich hübsch aus, Lindsey. Die Mode des letzten Jahres steht dir wunderbar."

Mit einem unsicheren Gesichtsausdruck antwortete Lindsey: „Äh … danke." Dann entschuldigte Lindsey sich und ging weg.

Derek hätte es darauf geschoben, dass Jennifer nicht richtig nachgedacht hatte, bevor sie sprach, aber sie machte den größten Teil des Abends mit solchen Kommentaren weiter. Immer wieder sagte sie etwas, das sich wie ein Kompliment anhörte, tatsächlich aber eine Beleidigung war. Nur weil Dereks Schwanz sie irgendwie interessant fand, bedeutete das nicht, dass er von diesem gesteuert wurde. Er war immer stolz darauf gewesen, seinen Kopf zu benutzen, und sein Verstand befahl ihm, sich so weit wie möglich von Jennifer fern zu halten.

Nachdem er nach ihrer Telefonnummer gefragt hatte, log Derek und sagte ihr, dass er früh morgens zu einer Besprechung musste, für die er seine Berichte noch einmal überprüfen sollte. Ihre Nummer löschte er von seinem Handy, sobald er in sein Auto gestiegen war. Leider hielt das seine Mutter nicht davon ab, Jennifer sowie ihren Bruder Wayne und ihre Eltern zu einer Dinnerparty einzuladen.

Derek war äußerst irritiert, als er herausfand, dass seine Mutter ihnen Plätze zugewiesen hatte, so dass er neben Jennifer saß. Er verbrachte das ganze Abendessen damit, seine Zähne zusammenzubeißen und ihr zuzuhören, wie sie alles über sich selbst erzählte, an welchen Wohltätigkeitsorganisationen sie beteiligt war, dass sie ihr Geld spendete – oder besser gesagt, das Geld ihres Vaters – und dass sie ihre freie Zeit damit verbrachte, in einem Krankenhaus Kindern auf der Krebsstation Geschichten vorzulesen.

Okay, Letzteres war wirklich verdammt bewundernswert.

Trotzdem wollte Derek nicht mit ihr zusammen sein. Es gab zu viele freundlich gesagte, aber abfällige Kommentare darüber, wie die Kleider, die andere Frauen trugen, sie aussehen ließen, oder auch dass die Manschettenknöpfe eines Mannes schön waren, aber nicht zu seiner Krawatte passten. Es war lächerlich und oberflächlich. Derek verstand es überhaupt nicht.

Er wollte es auch nicht verstehen. Derek wollte nichts mit Jennifer zu tun haben. Er strengte sich an, das ganze

Abendessen über höflich zu sein, dann entschuldigte er sich bei seiner Mutter und ging nach Hause. Den missbilligenden Ausdruck seines Vaters übersah er nicht, aber das hielt ihn nicht auf.

Dass sein Vater offenbar seine Verlobung buchstäblich für ihn arrangiert hatte, als ob sie im sechzehnten Jahrhundert lebten, haute Derek glatt um.

„Also komm nicht zu spät."

Forests Worte rissen Derek aus seinen Gedanken. Offensichtlich hatte sein Vater, während Dereks Verstand vor Schock erstarrt war, weitergeredet. Derek hatte absolut keine Ahnung, was sein Vater gesagt hatte. In Wahrheit war es ihm auch egal.

„Verstanden?"

Derek hob seinen Blick von der Stelle, an der er Forests Schreibtisch blicklos angestarrt hatte. Er begegnete dem Blick seines Vaters und bemerkte die zusammengekniffenen Augen und das hervorstehende Kinn des Mannes. Es war der gleiche Blick, den Forest den Rechtsassistenten zuwarf, wenn er dachte, sie würden schlampige Arbeit verrichten. Der Mann erwartete Gehorsam.

„Ich verstehe", antwortete Derek. Als er die Worte sagte, verengte sich seine Brust. Irgendwie musste er einen Ausweg finden. „Ich muss den Anderson-Bericht noch beenden, bevor ich gehe", erklärte er. „Gibt es noch etwas? Oder kann ich gehen?" Auch wenn Derek die Worte knurren wollte, hielt er seine Stimme ruhig und respektvoll.

Forest lehnte sich in seinem Stuhl zurück. Nachsichtig lächelnd winkte er mit der Hand. „Geh nur. Sende mir den

Bericht per E-Mail, bevor du heute Feierabend machst."

Derek drehte sich auf dem Absatz um und ging aus dem Raum. Er biss den Kiefer zusammen und knirschte mit den Zähnen. Wut durchströmte ihn.

Eine Entscheidung hatte diesen Zustand ausgelöst, dass Forest sein Leben kontrollierte. Derek hatte so sehr die Zustimmung seines Vaters behalten wollen. Als er in der Highschool Football gespielt hatte, war er mit der Head-Cheerleaderin ausgegangen. Forest hatte ihn mit Lob überschüttet.

Derek hatte das genossen.

Nachdem Derek die Highschool abgeschlossen hatte, hatte er sich von der Freundin getrennt und war auf die juristische Fakultät gegangen. Er hatte geglaubt, sein Vater würde es wollen, dass er seine ganze Aufmerksamkeit auf sein Studium richtete. Seine einzige außerschulische Tätigkeit bestand darin, Zeit mit seinem Bruder Deke zu verbringen.

Leider hatte Derek mehr als ein Gespräch zwischen seinen Eltern mitgehört darüber, wie man Deke helfen könnte, als wäre Schwulsein eine Art Krankheit, die geheilt werden könnte. Derek war damit nicht einverstanden, aber er hatte aus Angst vor Repressalien auch nie etwas gesagt. Es hatte Derek umgehauen, als Forest Deke endlich ein Ultimatum gestellt hatte: hör auf, schwul zu sein, oder werde verstoßen. Er hatte geschockt dagesessen, als Deke würdevoll aufgestanden war und das Haus verlassen hatte.

Derek vermisste die Zeit mit seinem Bruder, aber er hatte jahrelang an der Entscheidung seines Vaters festgehalten. Schließlich hatte er seinen Kopf aus seinem Hintern gezogen und beschlossen, mit seinem Bruder zu sprechen, um sich bei ihm zu entschuldigen. Derek hatte Deke aufgespürt und ihn einige Monate lang beobachtet, während er versuchte, Mut zu fassen. Leider war sein Bruder, bevor Derek herausfinden konnte, wie er sich ihm am besten nähern konnte, umgezogen und verschwunden. Dekes neuer Lover war schließlich mit seinen Freunden aufgetaucht, um seine Sachen abzuholen.

Als Derek auf sie gestoßen war, hatte er gefragt, was sie taten. Er hatte Luther, den neuen Partner seines Bruders, und einige seiner Freunde getroffen. Derek hatte erfahren, dass Michael jetzt Dekes Ex-Freund war – er betrachtete das als eine gute Entwicklung – und etwas in Luthers Augen und der Härte in seiner Stimme sagte Derek, wie sehr sich der Mann um seinen Bruder sorgte.

Bei dieser Begegnung hatte Derek auch gesehen, wie ein großer Indianer und ein schlanker Kaukasier praktisch übereinander herfielen. Er musste zugeben, dass sein Schwanz sich verdickt hatte, als er zusah, wie das Paar rummachte. Die aggressive Interaktion zwischen den beiden war verdammt heiß.

Derek erreichte seinen Schreibtisch und bemerkte, dass er sich nicht an den Weg zurück in sein Büro erinnern konnte. Seufzend schüttelte er den Kopf. Er ließ sich auf seinem Platz nieder, stützte die Ellbogen auf den Schreibtisch und rieb sich die Schläfen. Wann war sein Leben so kompliziert geworden?

Ganz einfach. Als ich zugelassen habe, dass meinen Vater zufrieden zu stellen mein ganzer Lebensinhalt ist. Wann habe ich aufgehört, mich um meine eigenen Bedürfnisse zu kümmern?

Derek knurrte leise vor sich hin und grummelte: „Zeit,

mir mein verdammtes Leben zurückzuholen."

Derek nahm den Hörer ab, drückte die Taste, um eine Amtsleitung zu bekommen, und rief dann seine Mutter an. Wenn ihm jemand sagen konnte, wie lange diese blöden Hochzeitspläne schon in Arbeit waren, dann war es seine Mutter.

„Hallo, Liebes", begrüßte Sophia ihn. „Wie geht es meinem Baby heute?"

Derek kniff die Augen zusammen und starrte die gegenüberliegende Wand an. Er erinnerte sich, dass sie Deke früher so genannt hatte. „Mir geht es gut, Mutter", antwortete Derek. „Ich hatte gerade ein verstörendes Gespräch mit Dad und dachte, du könntest mir vielleicht helfen."

„Natürlich, Liebes", stimmte Sophia zu. „Was ist los?"

Derek beschloss, direkt zu sein. Wenn er klug gewesen wäre … und geduldig genug … wäre er zu seinen Eltern nach Hause gegangen und hätte sie persönlich gefragt. Jetzt musste Derek sich auf die Hinweise in ihrem Ton verlassen.

„Warum plant Dad eine Verlobungsfeier für mich und Jennifer Davidson?"

„Oh, ich bin so glücklich, Derek", quietschte Sophia und klang wie ein aufgeregtes Schulmädchen. „Ich habe jahrelang auf diesen Tag gewartet, Süßer. Ich gebe zu, ich war etwas besorgt, als du unsere Dinnerparty vorzeitig verlassen hast, aber als Forest von Raymond hörte, der sagte, Jennifer hätte ihm den Ring gezeigt? Oh", keuchte sie glücklich. „Nun gut", sagte sie in tadelndem Ton. „Du hast die Dinge immer gerne unter Verschluss gehalten. Das solltest du wirklich nicht tun, weißt du?"

„Jennifer hat was getan?“ Derek schluckte schwer. Wenn er nicht gesessen hätte, wäre er zusammengebrochen, da seine Knie plötzlich schwach waren. „Warum?“

Sophia klickte mit der Zunge. „Glaubst du wirklich, deine Verlobte könnte so etwas geheim halten? Besonders vor unserer Familie?“ Seine Mutter schnaubte. „Ich habe lange darauf gewartet. Ich hasse es, zu sehen, dass du allein bist“, fuhr Sophia fort. „Du bist mein einziges Kind, Liebling. Ich möchte nur, dass du glücklich bist. Dich niederlässt. Versorgt bist.“

Derek holte tief Luft und atmete langsam aus. Er hatte noch nie viel getrunken, aber in diesem Moment klang ein Whisky wie eine verdammt gute Idee. Vielleicht konnte er ohnmächtig werden, aufwachen und herausfinden, dass dies alles ein böser Traum gewesen war.

Derek schloss die Augen und rieb sich die Stirn, bemühte sich, etwas, irgendetwas zu sagen. Es traf ihn mehr, als er zugeben wollte, dass seine Mutter Deke so leicht verstieß. Er war ihr Kind. Wie konnte eine Mutter so etwas tun?

„Ich muss auflegen“, flüsterte Derek. „Ich –ich rufe dich morgen an.“

„Oh, sei Jennifer nicht böse“, rief Sophia. „Sie war nur aufgeregt.“ Sie lachte und fügte dann hinzu: „Wie könnte eine so fabelhafte Frau wie Jennifer nicht begeistert sein, einen so guten Fang wie meinen wundervollen Jungen zu machen?“

„Ich bin nicht böse“, murmelte Derek. „Ich werde mich bald bei dir melden.“

Derek legte auf, bevor seine Mutter noch etwas sagen

konnte. Dann rief er seine Empfangssekretärin an und trug ihr auf, keine Anrufe durchzustellen. Er legte gerade auf, als sein Handy klingelte. Er zog es aus der Innenseite seiner Jacke und überprüfte die Nummer.

Meine Mutter.

Kopfschüttelnd schaltete Derek auch sein Handy aus.

Er vergrub sich in seiner Arbeit. Er hatte den Bericht, von dem er gesagt hatte, er müsse ihn fertig machen, bereits abgeschlossen, also arbeitete er an anderen Sachen. Schließlich zog ein leises Klopfen an seiner Tür seine Aufmerksamkeit auf sich.

Derek schaute auf die Uhr und erkannte, dass es fast halb sieben war. „Herein", rief er. Als er sein E-Mail-Programm öffnete und die gewünschte Datei an eine Nachricht an seinen Vater anhängte, sah er Tiffany eintreten. Derek zwang sich zu einem Lächeln und fragte: „Was machen Sie noch hier, Tiffany? Sollten Sie nicht vor einer halben Stunde gegangen sein?"

Tiffany kam zu seinem Schreibtisch und straffte ihre Schultern. Sie legte einen Umschlag auf den Schreibtisch. Derek sah, dass *Mr. Sommers* darauf geschrieben war.

Derek legte die Fingerspitzen auf den Umschlag und zog ihn auf sich zu. „Was ist das?"

„Meine Kündigung."

Derek hob den Kopf, um Tiffanys entschlossenen Gesichtsausdruck zu sehen. „Ich wusste nicht, dass Sie hier unglücklich sind, Tiffany. Liegt es an etwas, was ich getan habe? Belästigt Sie jemand?"

„Nicht jemand aus der Firma, nein", sagte Tiffany zu

ihm. Sie richtete ihren Blick auf Dereks Augen, dann hob sie das Kinn und konzentrierte sich auf die Fenster hinter seinem Schreibtisch. „Ich habe von Ihrer bevorstehenden Hochzeit gehört. Ich möchte gratulieren, aber ich kann nicht. Ich bin nicht sicher, was ich getan habe, aber Jennifer hat klargestellt, dass sie mich entlassen wird, sobald Sie beide verheiratet sind."

Derek runzelte die Stirn. „Was? Warum?" Dann hob er die Hand, stand auf und hielt ihre Antwort auf. „Hören Sie. Es spielt keine Rolle." Er sah, wie sie rot wurde, und erkannte, wie diese Worte klangen. Er schüttelte den Kopf und hob den Umschlag auf. „Ich akzeptiere das nicht." Er riss ihn in zwei Stücke.

„W-was machen Sie da?", schrie Tiffany.

Derek legte seine linke Hand auf den Schreibtisch, hielt die beiden Umschlagteile in der anderen Hand und schwenkte sie in die Luft. Er beugte sich zu ihr und erklärte grimmig: „Hören Sie zu. Ich werde Jennifer nicht heiraten." Als Derek sah, dass Tiffany ihn anstarrte, fuhr er fort: „Ich mag die Frau nicht einmal. Ich weiß nicht, warum mein Vater Gerüchte verbreitet, dass wir heiraten würden."

Derek warf den zerrissenen Umschlag in den Müll und richtete sich auf. „Nehmen Sie sich morgen frei", befahl er und warf ihr einen ernsten Blick zu. „Ich werde das klären, und ich möchte nicht, dass Sie ins Kreuzfeuer geraten. Okay?"

Tiffany nickte langsam. „Okay", murmelte sie und ihre Verwirrung war deutlich auf ihrem Gesicht zu sehen. „Warum sollte …" Sie hielt inne und schaute nach links, in die Richtung von Forests Büro. „Warum?"

Für einen Moment hatte Derek sich das Gleiche gefragt.

Er hatte nicht lange darüber nachdenken müssen. „Mein Vater ist ein Kontrollfreak, der das Leben seiner Mitmenschen regeln will."

Tiffany schnappte nach Luft. Ihre Augen weiteten sich, als ihr Gesicht erblasste. „Mister Sommers", flüsterte sie deutlich geschockt. Sie sah sich um, als könnte Forest plötzlich auftauchen. „Sie sollten solche Dinge nicht über Ihren Vater sagen."

Derek schnaubte. Er ließ sich auf seinem Platz nieder und fuhr fort: „Es ist Donnerstag, Tiffany. Ich gebe Ihnen morgen frei. Kommen Sie nicht zur Arbeit", sagte er noch einmal.

Nachdem er alle Geräte abgestellt hatte, stand Derek auf und lächelte sie an, als er sein Handy und seine Aktentasche nahm. „Ich werde auch nicht hier sein."

Dann ging Derek an ihr vorbei aus dem Büro. Er schlüpfte in das Büro seines Vaters, setzte sich an den Schreibtisch des Mannes und holte einen Schreibblock heraus. Nach einem Moment des Nachdenkens schrieb Derek seinem Vater eine Notiz und ließ sie auf seinem Schreibtisch liegen.

Als er mit dem Aufzug zur Parkebene fuhr, fragte er sich, wohin er gehen sollte. Plötzlich erinnerte er sich an die Visitenkarte, die Luther ihm gegeben hatte.

Wäre Deke wirklich daran interessiert, ihn zu sehen?

KAPITEL 2

Dillan Shoreman fuhr langsam mit seinem Motorrad die kurvenreiche Bergstraße entlang. Er schaute nach links und rechts und genoss die schöne Aussicht auf Kiefern und Bäche, während er den sauberen, frischen Duft in seine Lunge zog. Seine Raubkatze schnurrte in seinem Hinterkopf.

Lächelnd stimmte Dillan seiner anderen Hälfte zu. Er freute sich darauf, inmitten der Kiefern zu rennen, auf Bäume zu klettern und ein Reh zu erbeuten. Es war viel zu lange her, seit er seine Katze spielen gelassen hatte. Er war zu lange in der Stadt gefangen gewesen.

Jetzt jedoch überkam ihn eine Aufregung anderer Art.

Dillan verlangsamte sein Motorrad und betrachtete die Adresse, die auf einem Brett stand, das an einen Baum genagelt war. Er überprüfte die Nummer und bog mit dem Motorrad in die Schotterauffahrt ein, die in den Wald führte. Sein Motorrad vibrierte zwischen seinen Schenkeln und er rumpelte den Weg entlang.

Dillan lächelte, als er das große Gebäude zwischen den Bäumen sah. Er betrachtete das Haus, das auf einer großen Lichtung stand, und bewunderte die dunkelbraunen und tiefgrünen Wände. Es hatte ein rotes Schindeldach und eine riesige Veranda, die vor dem Haus beginnend um die linke

Seite des Gebäudes lief.

Er hielt sein Motorrad drei Meter vor dem Garagentor an, schob den Ständer in Position und lehnte sein Motorrad darauf. Nachdem er seinen Helm vom Kopf genommen hatte, bewunderte er die Gegend erneut. Sein Patensohn hatte es gut getroffen.

Als Edwin Aldridge seine Absicht erklärt hatte, mit der Central Intelligence Agency zusammenzuarbeiten, hatte Dillan beinahe einen Herzinfarkt erlitten. Sein Patensohn arbeitete seit Jahren mit seinem Blut. Er wollte einen Weg finden, die Heilungsfähigkeit eines Wandlers zu nutzen, um die Heilung bei Menschen zu beschleunigen.

Edwin hatte entdeckt, dass Dillan sich in einen Puma oder Berglöwen, wie viele sie nannten, verwandeln konnte, als er vierzehn Jahre alt war. Dillan hatte sich mit ihrem Deutschen Schäferhund Congo im Hinterhof entspannt und dabei vergessen, dass Edwin wegen eines Lehrermeetings früher nach Hause kam.

Als Edwin damals die Glasschiebetür geöffnet hatte, war er noch nicht einmal ganz auf die Veranda getreten. Vor Schreck quietschend, ließ er sein Glas Eistee fallen, zog sich zurück ins Haus und schlug die Glasschiebetür hinter sich zu. Edwin verschwand, dann tauchte er mit dem Telefon in der Hand wieder aufgetaucht und starrte ihn an.

Zu Dillans ewiger Dankbarkeit presste Edwin sein Gesicht und seine Hände – das Telefon in seiner linken – an das Glas und sah ihn mit großen Augen an. In dem Moment, als Edwin die Tür geöffnet hatte, war Congo aufgesprungen und aufgeregt bellend, weil er sein anderes Herrchen sah, zum

Haus gelaufen. Der Hund stand winselnd an der Schiebetür und zappelte, bettelte seinen Menschen an, die Tür zu öffnen und ihn zum Begrüßen hineinzulassen.

Edwin sah auf das Tier hinunter. Er sprach mit Congo, aber Dillan konnte die Worte seines Patensohns durch das Glas nicht erkennen.

Dillan nutzte die Ablenkung und verwandelte sich. Seinen Hinterhof umgaben dichte und weit über zwei Meter hohe Hecken, um seine Privatsphäre zu schützen. Darüber hinaus lag sein Haus mit der Rückseite an einem privaten Wildgehege, und seine Nachbarn zu beiden Seiten waren meilenweit von ihm weit entfernt. Es war der Grund, warum er sich in erster Linie entschieden hatte, das Haus zu kaufen.

Nach jahrhundertelanger Übung verwandelte Dillan sich nahtlos von einer Raubkatze zu einem Menschen. Sein Berglöwe murrte ein wenig in seinen Gedanken, da er mit seinem menschlichen Patensohn spielen wollte. Dillan hatte den Wunsch verdrängt und seinem Tier versprochen, sie einander bald vorzustellen.

Dillan erhob sich zu seiner vollen Größe von über eins achtzig und ging auf die Tür zu. Nachdem er Edwins Blick getroffen hatte und sein Patensohn ein paar Mal kurz nach unten schaute, erinnerte er sich schließlich daran, dass er nackt war. Verdammt, Wandler kümmerten sich unter normalen Umständen nicht wirklich darum.

„Edwin“, rief Dillan und griff nach der Jogginghose, die er über dem Geländer seiner hinteren Veranda zurückgelassen hatte. Er wickelte sie um seine Taille. „Lass mich rein, mein Sohn. Lass es mich erklären.“

Sofort riss Edwin die Tür auf, packte Dillan und zerrte ihn ins Haus. Obwohl Dillan sich hätte widersetzen können, ließ er sich von seinem Patensohn in den Raum manövrieren. Sekunden später hörte er, wie die Glasschiebetür zugeschlagen wurde und das Schloss einrastete.

„Hast du ihn gesehen?“, flüsterte Edwin und klang eher aufgeregt als ängstlich. „Ist er noch da draußen?“

„Nein, Edwin“, antwortete Dillan sanft. „Er ist nicht da draußen. Er ist hier drin.“ Als Edwin sich umdrehte und ihn entsetzt anstarrte, lächelte Dillan. Er streckte die Hände aus und hielt seinen Patensohn an den Schultern. „So viele Male habe ich versucht, einen Weg zu finden, es dir zu erklären.“ Er zuckte mit den Schultern. „Ich bin ein Wandler. Ich teile meinen Geist mit einem Berglöwen.“

Auf diese Enthüllung folgten viele Fragen, viele Erklärungen, eine Reihe von Änderungen und viel Angst, Keuchen und schließlich … Akzeptanz.

Dillan war erleichtert, dass die größte Hürde diese ganze Sache mit der Heilung war.

Edwins Eltern waren bei einem Verkehrsunfall mit einem betrunkenen Fahrer ums Leben gekommen. Auch wenn sein Patensohn erkannte, dass selbst eine Infusion mit Dillans Blut sie nicht gerettet hätte, war Edwin dennoch besessen davon, herauszufinden, ob das Blut von Wandlern irgendwelche allgemeinen Heilungsfähigkeiten besaß.

Lächelnd schüttelte Dillan den Kopf, als er die Erinnerungen beiseiteschob. Es war Jahre her, seit er Edwin gesehen hatte, aber er schickte seinem Patensohn alle paar Monate frische Blutproben.

Dillan hatte gemischte Gefühle darüber, dass Edwin sich mit der Regierung einließ, aber er hatte ihm erlauben müssen, seinen eigenen Weg zu wählen. Als er entdeckte, dass ein Wolfswandler seinen Patensohn beansprucht hatte, musste er denselben Glauben haben. Edwin war mit einem Wandler aufgewachsen und wusste über Gefährten Bescheid. Dillan vertraute darauf, dass Edwin auf sich selbst aufpassen konnte.

Das bedeutete nicht, dass Dillan den fraglichen Wolfswandler und sein Rudel, bei dem Edwin sich niedergelassen hatte, nicht überprüft hätte.

Nach fast fünf Jahren hielt Dillan es endgültig für sicher, in den Bundesstaat Colorado zurückzukehren. Da er für Edwin gesorgt hatte, nachdem dessen Eltern gestorben waren, war er viel zu lange in der Gegend geblieben, und die Leute hatten gemerkt, dass er nie zu altern schien. Jetzt, wo graue Strähnen sein frisch geschnittenes Haar durchzogen und ein dünner Spitzbart Lippen und Kinn umrahmte, würden ihn nur wenige aus seinem alten Kreis wiedererkennen.

Dillan verdrängte seine Erinnerungen, schwang sich von seinem Motorrad und legte seinen Helm auf den Benzintank. Dillan fuhr sich mit den Fingern durch die Haare und schritt auf die Veranda zu. Er stieg die paar Stufen auf die Veranda hoch und klingelte. Dann trat er ein paar Schritte zurück, lehnte seinen Hintern an das Geländer der Veranda und wartete.

Nach ein paar Sekunden nahm Dillans sensibles Gehör das Geräusch von Schritten im Inneren wahr. Er lächelte, als er sich Edwins Reaktion ausmalte. Er hatte seinem Patensohn nicht gesagt, dass er kommen würde, wollte, dass es eine

Überraschung war.

Als sich die Tür öffnete, nahm Dillan den schweren Geruch von Wolf wahr. Seine Nackenhaare sträubten sich sofort, aber er verdrängte die Reaktion. Anstatt Edwin, tauchte vor ihm ein großer, massiger Afroamerikaner auf, der ihn anstarrte.

„Wer sind Sie?“, brummte der Wolfswandler. Er schnupperte in der Luft, und ein leises Knurren drang aus seiner Kehle. „Was willst du hier, Katze?“

Dillan wurde klar, dass dies Byron Ziegler sein musste, Edwins Wolfswandlergefährte. Er blieb, wo er war, lehnte sich weiter gegen das Geländer. Auch wenn die Position ein Nachteil für ihn war, musste er den Wandler überzeugen, dass er keine Bedrohung war.

Dillan zwang sich zu einem Lächeln und sagte zu ihm: „Ich bin Dillan Shoreman, Edwins Patenonkel. Du musst Byron sein.“

Byrons leises Knurren verstummte, aber seine Haltung blieb angespannt. „Ja, ich bin Byron“, bestätigte er. „Edwin hat nichts darüber gesagt, dass du uns besucht kommst. Weiß Alpha Declan, dass du dich in seinem Territorium befindest?“

„Tatsächlich weiß er das“, antwortete Dillan. „Ich habe deinen Alpha gebeten, die Information für sich zu behalten, da ich nicht wusste, wann ich hier sein würde.“ Er grinste und streckte die Arme aus. „Und ich wollte, dass es eine Überraschung ist.“

„Byron, wer ist an der Tür?“, rief Edwin aus dem Haus. „Wen knurrst du an?“

„Ein unerwarteter Gast“, grollte Byron mit leiser

Stimme. „Es ist für dich."

Anstatt zurückzutreten und Dillan ins Haus zu lassen, trat Byron auf die Veranda. Sein Gesichtsausdruck blieb misstrauisch, seine Augen verengten sich und er beobachtete jede Bewegung, die Dillan machte.

„Du weißt, dass ich ihn großgezogen habe, oder?", fragte Dillan leise und stellte sicher, dass seine Stimme nicht zu Edwin drang. An den Schritten seines Patensohns erkannte er, dass er sich näherte. „Ich würde ihm niemals auch nur ein Haar krümmen."

„Das macht zwei von uns", grummelte Byron. „Und ich werde es erst glauben, wenn Edwin es bestätigt."

Dillan zuckte die Achseln. Es war ihm egal. Er hoffte, wenigstens mit dem Wolf auszukommen, um Edwins willen, wenn sonst nichts. Zumindest bestätigte ihm dies, dass sein Patensohn immer in Sicherheit sein würde.

Edwin erschien in der Tür. „Wer ist – Dillan!" Er schrie auf. „Du bist hier!"

Dillan öffnete die Arme und fing Edwin auf, als sein Patensohn sich auf ihn stürzte. Er nutzte seine Wandlerkraft, um ihn zu halten und fest zu umarmen, so wie er es getan hatte, als Edwin ein Kind war. Fast sofort erreichte ein leises Knurren Dillans Ohren, und er stellte Edwin gleich wieder auf den Boden. Sein Patensohn wurde sofort aus seinen Armen gezogen.

Edwin lachte. Er grinste breit, als er über die Schulter zu einem finsteren Byron blickte. Er tätschelte den Arm um seine Taille und konzentrierte sich wieder auf Dillan.

„Ich wusste nicht, dass du kommst! Es ist so schön,

dich zu sehen. Wie lange kannst du bleiben?“, fragte Edwin. „Wir haben ein Gästezimmer, das du benutzen kannst. Ich muss nur die Laken wechseln.“

Dillan wusste, dass Edwin das finstere Gesicht von Byron nicht sehen konnte, aber *er* konnte es auf jeden Fall. Kopfschüttelnd grinste er breit und antwortete: „Nein, Edwin. Ich brauche kein Zimmer. Ich habe eine Hütte im Wald gemietet.“ In der Hoffnung, den plötzlichen Ausdruck der Enttäuschung, den er auf Edwins Gesicht sah, zu vertreiben, fügte Dillan mit einem Augenzwinkern hinzu: „Ich war in Arizona, also ist es schon eine Ewigkeit her, seit ich auf einen richtigen Baum geklettert bin.“

Nach ein paar Sekunden lächelte Edwin wieder. „Nun, komm herein und ich stelle dir Diana vor, Byrons Halbschwester. Sie bleibt während der Frühlingsferien bei uns“, sagte Edwin zu ihm. „Wir haben uns gerade darauf vorbereitet, in die Stadt zu fahren und uns mit ein paar anderen in einem Diner zu treffen. Bist du hungrig?“

„Ah, das erklärt Byrons übertrieben beschützendes Knurren“, antwortete Dillan mit einem Lachen. „Und ja. Ich könnte was essen.“ Er grinste Byron an. „Wenn dein Wolf mich ins Haus lässt, würde ich gerne eine Tasse Kaffee trinken, während ihr euch fertig macht. Es war eine lange Reise.“

„Natürlich lässt Byron dich rein“, antwortete Edwin sofort und lachte. Dann wurde er nüchtern und sah über die Schulter zu seinem Wolfswandlerliebhaber. „Das ist Dillan, mein Patenonkel. Er würde mich oder irgendjemand anderen niemals verletzen.“

Byron schnaubte. „Ich bezweifle die Wahrheit dieser

Aussage sehr, mein Liebster“, antwortete er. Byron legte eine Hand auf Edwins Taille und drängte ihn, sich zu ihm umzudrehen. Er umfasste Edwins Kiefer mit seiner anderen Hand. „Ich vertraue jedoch darauf, dass er *uns* nichts antun *wird*.“

Dillan sah von seiner Position neben den beiden aus, wie Edwin die Brauen runzelte. Sein Patensohn öffnete den Mund, wahrscheinlich, um ihm zu widersprechen.

Da er Edwin nicht mit seinem Gefährte über etwas so Lächerliches streiten sehen wollte … und da Byron recht hatte, trat Dillan vor. Er tätschelte seinem Patensohn die Schulter und erlangte seine Aufmerksamkeit. Dillan lächelte den Mann liebevoll an, den er als seinen eigenen Sohn großgezogen hatte.

„Byron hat recht, Edwin“, gab Dillan leise zu. „Ich habe getötet. Zur Selbstverteidigung gegen andere Wandler. Im Kampf.“ Er zuckte die Achseln, als er Edwins überraschten Gesichtsausdruck sah. „Ich werde mir eine Tasse Kaffee machen.“

„Oh“, antwortete Edwin und zog die Brauen zusammen. „Wieso wusste ich das nicht?“

Dillan verzog das Gesicht. „Es ist nicht etwas, das in normalen Gesprächen aufkommen würde“, enthüllte er. „Ich war jung, dachte, ich sei unbesiegbar, und es war der Bürgerkrieg.“ Er zwang sich bei Edwins schockiertem Gesichtsausdruck zu einem ironischen Lächeln und fügte hinzu: „Es ist nicht wirklich etwas, worüber ich gerne rede.“

„Oh“, flüsterte Edwin erneut.

Dillan nickte, wandte sich ab und ging ins Haus. Er sah sich interessiert um und nahm das rustikale Dekor und den Stil der amerikanischen Ureinwohner auf. Die Wände waren mittelbraun, ein Ton, der wahrscheinlich einen farbenfrohen exotischen Namen trug. Die Zimmer waren mit Hartholzböden ausgelegt, so weit er sehen konnte, und durch den offenen Grundriss war das sehr viel.

Dillan konnte Edwins leise Schritte hören und das zarte Rascheln, das nur ein weiterer Wandler sein konnte, der sich über Holz bewegte, was ihm verriet, dass das Paar folgte. Er tat sein Bestes, um zu ignorieren, wie die Haare in seinem Nacken zu Berge standen. Es war viel zu lange her, seit er auf dem Land eines Rudels gewesen war … sowohl Katzen als auch Wölfe. Dillan rief sich in Erinnerung, dass er die Erlaubnis von Alpha Declan McIntire hatte.

Der große irische Afroamerikaner war verständlicherweise vorsichtig gewesen, da sein Gefährte und seine Adoptivtochter in seinem Haus gewesen waren. Sobald sein Beta, Shane Alvaro und der Vollstrecker Carson Angeni dazu gekommen waren, war er überraschend warmherzig geworden. Er hatte sogar seinen menschlichen Gefährten Lark und ihre Tochter Sara vorgestellt, bevor sie losfuhren, um den Teenager zur Schule zu bringen.

„Ihr habt ein wunderschönes Zuhause“, gratulierte Dillan, ging in die Küche und nahm sich von dem Kaffee, den er in einer Glaskaraffe sah. „Ist das die schwache Brühe, die du immer gemacht hast?“, fragte er, drehte sich und grinste Edwin an.

„Wie auch immer“, grummelte Edwin, als er einen Flur entlangging und außer Sichtweite.

Byron lachte. „Ich bin froh, dass ich nicht der einzige

bin, der Edwins Kaffee nicht ausstehen kann“, sagte er. „Nein, ich koche den Kaffee. Es wird dir Haare auf der Brust wachsen lassen.“

„Deshalb trinke ich ihn nicht“, sagte eine junge Frau, als sie in den Raum trat. Mit mokkafarbener Haut und tiefgrünen Augen schien sie von gemischter afroamerikanischer und kaukasischer Abstammung zu sein. Sie ging zur Küchentheke und setzte sich auf einen Barhocker. Dann streckte sie Dillan die Hand über die Theke entgegen. „Ich bin Diana Ziegler, Byrons Schwester.“

„Freut mich, dich kennenzulernen“, sagte Dillan und nahm ihre Hand. Er schüttelte sie kurz, bevor er sie losließ und sich darauf konzentrierte, einen Becher von einem der Haken über der Spüle zu nehmen. Nachdem er sich einen Becher eingegossen hatte, konzentrierte er sich wieder auf sie und grinste. „Ich bin Dillan Shoreman.“

„Edwins Patenonkel, oder?“, antwortete Diana nickend. Sie legte den Kopf schief und schnupperte in der Luft. „Katzenwandler. Welche Art?“

„Diana“, schimpfte Byron. „Du weißt es doch besser, als so zu fragen.“

Diana runzelte die Stirn. „Was denn? Es ist nicht so, als ob ich nicht einfach Edwin fragen könnte. Was ist das Problem?“ Sie konzentrierte sich auf Dillan, hob eine Braue und grinste. „Ist es ein Geheimnis? Bist du hier, weil du dich versteckst?“

„Deine offene Neugier ist erfrischend“, antwortete Dillan und lachte. „Ich verstecke mich nicht und es ist kein Geheimnis“, sagte er ihr. „Ich bin ein Puma. Manche nennen mich je nach Region einen Berglöwen oder Puma.“ Er zuckte die Achseln. „Ich bin eine große, gelbbraune Raubkatze.“ Er zwinkerte. „Viel hübscher als ein Wolf.“

Diana lachte und schüttelte den Kopf. „Nicht hübscher als *mein* Wolf. Ich habe eine schöne, tiefbraune Farbe, die zu meinen Haaren passt“, sagte sie und täuschte Hochmütigkeit vor, als sie ihr hellbraunes Haar über ihre Schulter warf und ihr Kinn hob. Ein frech-verspielter Schimmer ließ ihre dunkelgrünen Augen strahlen.

Dillan schnaubte. „Nun, wir werden wohl laufen und es uns ansehen müssen“, bot er an.

Diana summte kurz und nickte dann. Sie drehte sich um und sah Edwin an, der gerade mit einer anderen Jeans und einem blauen Pulli bekleidet ins Zimmer zurückgekehrt war. „Edwin kann es beurteilen.“

„Äh, was beurteilen?“, fragte Edwin und schob seine Brille auf seiner Nase nach oben. Seine Brauen zogen sich verwirrt zusammen. „Worüber redet ihr?“

Byron schnaubte. „Diana findet ihren Wolf hübscher als Dillans Katze. Ich denke, wir werden später alle laufen gehen.“

„Oh, cool“, antwortete Edwin grinsend. „Ich kann ein paar Gleichungen austüfteln, während ihr spielt.“ Er zwinkerte. „Dann fordere ich dich zu einer Partie Schach heraus, Dillan.“

„Du wirst untergehen“, antwortete Dillan, erfreut darüber, dass Edwin mit dem Spiel weitergemacht hatte.

„Du gehst dabei zugrunde, alter Mann“, neckte Edwin. „Ich habe geübt.“

„Versuch es, Junge“, witzelte Dillan zurück. Er trank den letzten Rest Kaffee, hielt den Becher hoch und winkte

Byron damit, bevor er sagte: „Du hast recht. Guter Kaffee."

„Alle bereit zu gehen?", fragte Byron.

Dillan nickte. „Klar", bestätigte er, drehte sich um und spülte den Becher aus, bevor er ihn verkehrt herum in der Spüle stehen ließ. „Zeig mir deine Stadt, Byron."

Byron schnaubte und ging aus dem Haus. „Es gibt nicht viel zu sehen."

„Du mochtest also meine Geradlinigkeit, was?", sagte Diana und ließ ein paar Schritte aus, um bei Dillan zu sein und neben ihm gehen zu können.

Amüsiert über die Mätzchen der jungen Frau nickte Dillan. „Ja."

„Kann ich mit dir auf deinem Motorrad fahren?"

Dillan lachte und wusste, dass er ihr geradewegs in die Falle gegangen war. „Sicher."

KAPITEL 3

Derek entdeckte das Elektronikgeschäft, als er auf den Parkplatz des Diners fuhr. Da er nicht wusste, wann ein kleines Elektronikgeschäft in der Stadt schließen würde, beschloss er, vor dem Abendessen schnell über die Straße zu dem Geschäft zu laufen. Er konnte immer noch nicht glauben, dass er sein Handy-Ladegerät vergessen hatte.

Vielleicht war es eine unbewusste Sache gewesen. Derek wollte ohnehin gerade nicht wirklich mir irgendjemandem in seinem Leben sprechen.

Als Derek am Donnerstagabend das Bürogebäude, in dem er arbeitete, verlassen hatte, blieb sein Telefon ausgeschaltet. Er war nach Hause gefahren und hatte ein paar Sachen zusammen mit seinem Rasierset in eine Sporttasche gepackt. Nachdem Derek alles in sein Auto geworfen hatte, war er losgefahren.

Derek wurde klar, dass er eine unbewusste Entscheidung getroffen hatte, nach Osten zu fahren, als er an einem *Willkommen in Nevada*-Schild vorbeikam. Er war weitergefahren, bis er kaum noch die Augen offenhalten konnte. Als er an einer Raststätte angekommen war, hatte er sich zu den Trucks und anderen Reisenden gesellt, die auf dem großen Parkplatz geparkt standen, seinen Sitz zurückgeschoben und in seinem Auto geschlafen.

Am nächsten Morgen hatte Derek Luthers Visitenkarte ausgegraben und *Stone Ridge, Colorado,* in sein GPS eingegeben. Mehr als ein Dutzend Stunden später wollte Derek mit seinen vor Überanstrengung brennenden Augen nur zwei Dinge: Essen und Schlafen. Um die Sache noch besser zu machen, hatte er versucht, sein Handy einzuschalten und festgestellt, dass es tot war. Es war so verlockend gewesen, es aus dem Fenster zu werfen und sich um nichts zu kümmern.

Leider konnte Derek seine Familie nicht vollständig hinter sich lassen. Das konnte er seiner Mutter nicht antun. Schon jetzt fühlte er sich schuldig, sie nicht angerufen zu haben und sie wissen zu lassen, dass es ihm gut ging. Nachdem Forest Deke aus ihrer Familie verbannt hatte, war sie extrem beschützend ihm gegenüber und wollte immer wissen, wie es ihm ging.

Derek gähnte herzhaft und rieb sich mit einer Hand die Augen, als er auf den Verriegelungsknopf auf seinem Schlüssel drückte. Er ging auf die Straße zu und wunderte sich, dass acht Autos auf dem Parkplatz des Restaurants sein konnten, aber keines auf der Straße. Nach einem Blick nach links, trat Derek über die Bordsteinkante und machte sich auf den Weg über die Straße.

Derek erreichte die Mitte, als er ein Hupen und das Quietschen von Reifen hörte. Er drehte sich nach rechts und starrte mit offenem Mund auf ein schwarzes Motorrad, das nur wenige Schritte entfernt um ihn herumfuhr. Er machte ein paar Schritte zurück, die Augen weit aufgerissen, stolperte und landete mit rudernden Armen hart auf seinem Hintern auf der anderen Straßenseite.

Derek sah zu, wie der Mann, der das Motorrad fuhr, beinahe umkippte und gerade noch rechtzeitig das Gleichgewicht fand. Die Frau hinter dem Fahrer zuckte zusammen, als sie sich mit angespanntem Körper an den Mann drückte. Ihr Griff um die Gürtelschlaufen des Mannes war so fest, dass ihre Knöchel weiß hervortraten.

Nachdem er das Motorrad aufgerichtet hatte, drehte der Fahrer den Kopf und konzentrierte sich auf Derek. Ein wilder Blick ließ ihn seine dunklen Augenbrauen senken und ein Knurren kam von seinen Lippen, die von einem Ziegenbart eingerahmt waren. Wut ließ seine grünen Augen funkeln.

„Hurensohn“, brüllte der schlanke, lederbekleidete Biker. „Was zum Teufel? Weißt du nicht, dass man aufpasst, wohin man geht?“

Derek schluckte. Auch wenn er Biker immer für groß, fett und tätowiert gehalten hatte, war dieser Typ nichts davon. Er wirkte schlank und durchtrainiert, so wie die schwarzen Lederchaps seine festen Schenkel umhüllten.

Derek schüttelte den Kopf und runzelte bei diesen Gedanken die Stirn.

Meine Güte, woher kam das dann?

Ein weiteres Hupen ertönte und jemand schrie: „Verdammt, Mann. Verschwinde von der verdammten Straße!“

Derek konzentrierte sich wieder auf seine Umgebung und bemerkte, wie der Biker sein Motorrad von der Straßenmitte auf den Parkplatz des Elektronikladens rollte. Er starrte hin und beobachtete, wie der Mann der jungen Frau einen Arm anbot und ihr vom Sitz des Motorrads half. Derek hoffte, dass es seine Tochter oder so war und nicht seine Freundin, denn es gab einen verdammt großen Altersunterschied zwischen ihnen. Es hatte jedenfalls nichts damit zu tun, dass sein müder Verstand ihn statt der Frau auf das Motorrad platzierte.

Guter Gott, ich muss wirklich erschöpft sein.

„Hey, bist du ok? Ich glaube nicht, dass ich dich erwischt habe", knurrte der Biker plötzlich ganz dicht bei Derek. Der Mann streckte sogar die Hand aus und ergriff mit einer Hand seinen Oberarm. „Schau mich an."

Derek gehorchte der fordernden Stimme und bemühte sich, sich zu konzentrieren. Wann war er so müde geworden? Vielleicht hätte seine erste Station ein Hotelzimmer sein sollen. Er sah ein wenig hoch, was nicht allzu oft der Fall war, da er eins fünfundachtzig groß war, und starrte in die Augen des Bikers … die –merkwürdigerweise – besorgt zu sein erschien.

„Ja, ja", murmelte Derek. „Gut, nur müde", gab er zu. „Es tut mir leid, dass ich dir in den Weg gelaufen bin."

Die Augen des Mannes verengten sich und seine Nasenflügel flatterten. Sein Griff wurde etwas fester. „Bist du verletzt?"

„Äh", begann Derek überrascht. Er riss seinen Blick von den faszinierenden Augen des Mannes los und blickte hinunter, zuerst auf seinen Arm, den der Mann festhielt, dann auf seinen Ellbogen, der schmerzte. Derek hob seinen Arm und bemerkte einen Kratzer von seinem Sturz. Mehrere winzige Blutstropfen sammelten sich auf seiner Haut. „Nur ein Kratzer", antwortete er schließlich. „Es geht mir gut."

„Nicht gut", grollte der Mann. „Wir sollten das säubern. Wir wollen ja nicht, dass es sich entzündet."

Ein Teil der Benommenheit, die durch Müdigkeit verursacht wurde, musste nachgelassen haben – denn es konnte sicherlich nicht sein, dass sein Blut durch die Anwesenheit dieses Mannes so schnell in seinen Adern floss –, und Derek schaffte es schließlich, sich zu konzentrieren. Er zog die Brauen zusammen und fragte: „Warte. Du hast mich gerade fast überfahren. Jetzt willst du meine Wunden reinigen?" Derek schnaubte. „Hast du Angst, dass ich dich verklagen werde oder so?"

„Du würdest verlieren", antwortete der Mann mit sicherer Stimme. Seine Mundwinkel verzogen sich zu einem Lächeln. „*Du* hast nicht aufgepasst."

Derek schnaubte. „Richtig. Als ob du noch nie unaufmerksam gewesen wärst."

„Das habe ich nicht behauptet", sagte der Biker mit einem Grinsen. „Ich habe nur noch nie im Halbschlaf die Straße überquert." Er umfasste Dereks Kiefer, hob sein Kinn ein wenig und inspizierte offen sein Gesicht. „Wann hast du das letzte Mal geschlafen? Wirklich *geschlafen?*"

Nun, *das* war eine bedeutungsvolle Frage. Schwer zu beantworten, vor allem, wenn sein Verstand nicht nur von Müdigkeit, sondern auch von dem Gefühl der warmen, schwieligen Hand, die ihn so berührte, getrübt war. Er sollte zurücktreten und den Kontakt beenden.

Stattdessen flüsterte Derek: „Ich bin Anwalt. Ich schlafe immer mit einem offenen Auge, weißt du?"

„Das ist eine Schande, Hübscher", grollte der Biker und

ein berechnender Schimmer drang in seine grünen Augen. „Es hört sich so an, als müsstest du dich etwas ausruhen und entspannen." Er legte den Kopf schief und blickte ihn abschätzend an. „Bist du ein Einheimischer? Oder einfach nur zu Besuch?"

„Besuch", antwortete Derek, ohne zu zögern. Heilige Scheiße. Was machte dieser Mann mit seinem Gehirn? Es musste die Müdigkeit sein.

„Hast du hier ein Zimmer?"

„Noch nicht."

„Gut. Du bist nicht in der Verfassung zu fahren", wies der Mann darauf hin. „Steig hinter mir auf das Motorrad, und ich bringe dich zu einem Bett, in dem du dich ausruhen kannst." Der Mann sagte die Worte, als würde er fest damit rechnen, dass ihm gehorcht wurde. Er fuhr mit der Hand über Dereks Hals, streichelte mit dem Daumen einige Sekunden lang seinen Puls und ließ ihn dann los. „Komm mit mir."

„M –Moment", murmelte Derek mit gerunzelter Stirn und wurde frustriert darüber, wie neblig sich sein Kopf anfühlte. „Ich brauche ein Ladegerät." Genau, deshalb hatte er die Straße überquert. *Straße*. „Und was ist mit meinem Auto?"

„Ich werde dafür sorgen, dass es in meine Hütte gebracht wird", versicherte der Mann. Er schlang seinen rechten Arm um Dereks Taille und plötzlich wurde Derek an den schlankeren, größeren Mann gedrückt. „Wir besorgen dir ein Ladegerät, Hübscher. Du schläfst ja im Stehen. Kümmern wir uns zuerst um dein Bedürfnis, dich auszuruhen, ja?"

„Ähm, okay?", murmelte Derek und nahm an, dass er weitaus mehr erschöpft war, als er gedacht hatte. Während er mit Adrenalin unterwegs gewesen war, hatte er nicht bemerkt, dass er so müde geworden war. Jetzt jedoch, nicht einmal zehn Minuten nachdem er aus dem Auto gestiegen war, konnte er nur noch daran denken, einen Platz zu finden, wo er zusammenbrechen konnte. Nur, warte mal … „Wer bist du?"

Der Biker antwortete nicht, bis sie sein Motorrad erreicht hatten. Die junge Frau stand neben dem abgestellten Motorrad und musterte beide mit offensichtlicher Neugier. „Alles in Ordnung?", fragte sie.

Dereks seltsamer Helfer nickte. „Alles gut, Diana. Wirst du meinem Patensohn mitteilen, dass ich meinen Gefährten getroffen habe und er sich nicht gut fühlt? Ich werde ihn irgendwohin bringen, wo er sich hinlegen kann."

Die Augen der Frau, Diana, weiteten sich. „Oh. *Oh!* Ja, klar." Sie warf ihm einen Blick zu, den Derek selbst in seinem schlaftrunkenen Zustand eindeutig als abschätzend bezeichnen konnte. „Nicht schlecht, Katerchen", sagte sie, grinste den Biker an und neckte ihn offensichtlich. „Er wird ein heißer Kerl sein, wenn er etwas geschlafen hat und nicht wie ausgekotzt und aufgewärmt aussieht."

Während Derek spürte, wie er rot wurde, hörte er den Biker leise knurren. Seltsamerweise fühlte er, wie sich sein Schwanz in seiner Jeans verdickte. Derek veränderte seine Haltung und versuchte, einen bequemen Weg zu finden, um zu stehen, ohne auf sein plötzliches, unerwartetes Problem aufmerksam zu machen.

„Das reicht, Diana", tadelte der Biker. „Ich rufe Edwin nachher an. Werden sie dich mitnehmen?"

„Natürlich", antwortete Diana. „Wir sehen uns später."

Sie zwinkerte frech. Während sie den Bürgersteig hinunter zur Ecke joggte, schaute sie über die Schulter, winkte und rief: „Schönen Abend noch!“

„Edwin hat mir erzählt, dass sie ein ruhiges, fleißiges Mädchen ist“, grummelte der Biker kopfschüttelnd. „Der kleine Welpe ist ganz schön frech.“

„Welpe? Katerchen?“ Derek sagte ihre merkwürdigen Spitznamen laut. „Seid ihr Leute Umweltschützer oder Gangmitglieder?“ Die gaben sich auch seltsame Namen, oder nicht?

Der Biker konzentrierte sich auf Derek und schenkte ihm ein Lächeln. „Keine Umweltschützer. Nein, ich heiße Dillan Shoreman“, sagte er, ließ ihn los und schwang sich auf den Sitz seines Motorrads. „Ich bin hier, um meinen Patensohn und seinen Ehemann zu besuchen. Ich habe eine komfortable Hütte im Wald gemietet. Du wirst viel Ruhe und Frieden dort haben, um dich auszuruhen und wieder zu Kräften zu kommen“, versicherte er und streckte seine Hand aus. „Steig auf und lass mich dir helfen.“

Derek konnte nicht genau sagen warum, aber er gehorchte. Er ergriff Dillans Hand und kletterte mit seiner Hilfe auf das Motorrad. Derek ließ sich auf dem kleinen Tussisitz nieder und erinnerte sich daran, wie er vor Jahren mit dem Dirtbike seines Freundes gefahren war.

Das war ganz anders.

Zum einen fuhr Derek nicht. Er versuchte stattdessen, sich auf einem kleinen Stück Sitz hinter einem anderen Körper auszubalancieren … einem männlichen Körper, der seltsame Dinge mit seinem müden Verstand machte. Derek bemühte sich, genügend Platz zwischen ihnen zu lassen, damit er seinen noch größtenteils harten Ständer nicht gegen Dillans Hintern drückte, und versuchte, einigermaßen sicher zu sitzen.

Dillan griff nach hinten und packte Dereks Hüfte. Während Derek sich anspannte, befahl Dillan: „Sei nicht schüchtern. Rutsch näher und leg deine Arme um meine Taille. Die Fahrt wird nicht lange dauern." Mit überraschender Stärke – besonders in dem seltsamen Winkel – zog Dillan Dereks Schritt leicht dicht an seinen Arsch.

Derek unterdrückte ein Stöhnen, als der Druck auf seinen Schwanz ihm schwindelerregendes Vergnügen bereitete. Aus Instinkt griff er nach etwas, um sich zu stabilisieren. Das war zufällig Dillan selbst.

„Gut", grunzte Dillan beinahe. Seine tiefe Stimme klang erfreut. „Lass uns dich an einen bequemen Ort bringen."

Ohne ein weiteres Wort erweckte Dillan sein Motorrad zum Leben. Er betätigte den Gashebel und drehte das Motorrad. Sekunden später fuhr Dillan zurück auf die Straße. Er winkte zwei Männern zu, die neben Diana auf dem Parkplatz des Restaurants standen, und dann verließen sie mit grollendem Motor die Stadt.

Derek klammerte sich fest an den Mann, der das Motorrad fuhr. Er konnte sich nicht erinnern, wann er das letzte Mal so leichtsinnig gehandelt hatte. Angefangen mit sein Zuhause verlassen, ohne jemandem etwas zu sagen, über bis zur Erschöpfung zu fahren und dann fast angefahren zu werden, nur um dann auf ein Motorrad zu steigen und mit dem Mann wegzufahren, der ihn fast umgenietet hätte, … jede der Entscheidungen, die er in den letzten achtundvierzig Stunden getroffen hatte, waren völlig untypisch für ihn.

Mit diesem Gedanken entschied Derek, einfach mitzumachen. Wenn dieser Kerl beschloss, ihn anzugreifen, hatte er immer noch das Pfefferspray an seinem Schlüsselbund. Auch wenn er das erste, das er erhalten hatte, ein witziges Geschenk von seinem Bruder gewesen war … tatsächlich das letzte Geschenk, das er von Deke erhalten hatte, … hatte Derek es tatsächlich benutzt. Er hatte eine Begegnung mit einem Räuber in einer dunklen Gasse gehabt.

Derek war am nächsten Tag in die Drogerie gegangen und hatte sein aufgebrauchtes Schlüsselbund-Pfefferspray durch ein neues ersetzt.

Derek schaute über Dillans Schulter und sah zu, wie der Biker auf eine Schotterstraße abbog. Er fuhr an mehreren kleineren Abzweigungen vorbei und kam schließlich zu einem überraschend hübschen Eisentor. Zu Dereks noch größerer Überraschung begann sich das Tor zu öffnen, sobald sie darauf zukamen.

Offensichtlich musste Dillan seine Verwirrung bemerkt haben, denn er blickte über die Schulter und grinste. „Der Vermieter gab mir einen automatischen Öffner", sagte er. Dann ließ Dillan das Motorrad wieder vorwärts rollen.

Nachdem Derek einen oder zwei Augenblicke lang langsam über Kies gefahren war, entdeckte er ein Gebäude zwischen den Bäumen. Er spürte, wie sich seine Augen weiteten, als die Hütte in Sicht kam, das Gebäude eingebettet in eine große Lichtung.

Dillan stoppte das Motorrad davor.

Als Derek den Begriff *Hütte* gehört hatte, dachte er an

etwas Rustikales und Altmodisches. Dies war sicher nichts davon. Während das Haus im Blockstil definitiv eine Anspielung auf Western enthielt, wirkte das Haus neu und sauber. Die Veranda war groß und gut gepflegt. An den Geländern fehlten keine Streben. Es schien nicht einmal Gras zwischen den Steinen zu wachsen, die den Weg hinaufführten.

„Komm schon", drängte Dillan und stellte das Motorrad auf den Ständer. „Lass uns dich reinbringen. Im Gästezimmer steht ein sehr bequem aussehendes Bett."

Der Gedanke an ein bequemes oder überhaupt ein Bett überlagerte alles andere in Dereks Gedanken. Er folgte Dillan in das Gebäude, das wahrscheinlich als kleines Haus eingestuft werden konnte. Er lehnte die angebotene Dusche ab. Dann, nachdem er nur seine Turnschuhe ausgezogen hatte, fiel er auf das Bett, das Dillan ihn zeigte.

Derek konnte sich nicht einmal erinnern, dass Dillan den Raum verlassen hatte.

KAPITEL 4

Dillan wollte nichts mehr, als auf das Queensize-Bett zu kriechen, Derek in seine Arme zu ziehen und ihn festzuhalten, während der Mensch schlief. Leider vermutete er, dass wenn Derek dann aufwachen sollte, es nicht schätzen würde. Der Mann hatte etwas sehr Verletzliches und Verwirrtes an sich … aber darunter spürte Dillan einen scharfen Verstand und ein Rückgrat aus Stahl.

Was hatte den Menschen veranlasst, sich an den Rand der Erschöpfung zu treiben?

Dillan wusste, dass er die Antworten nicht bekommen würde, wenn er ihn anstarrte, und wandte sich ab. Es war hart. Sein Gefährte! Nach über dreieinhalb Jahrhunderten war Dillan endlich über seinen Gefährten gestolpert. Er hatte sein Motorrad aufgerichtet, den Mann angeschrien und dann den Geruch des unvorsichtigen Kerls wahrgenommen.

Dillan wurde klar, dass er gerade fast seinen Gefährten überfahren hätte.

Als Dillan den benommenen Gesichtsausdruck des Mannes sah, hatte er sich schnell auf den nächsten Parkplatz begeben … vor einem Elektronikgeschäft, wie es der Leuchtreklame nach aussah. Er hatte sofort die Müdigkeitsfalten um Dereks Mund und die Verwirrung in seinen hübschen, dunklen Augen gesehen. Ein weiterer Hauch des Geruchs des Mannes hatte es bestätigt.

Der Mensch war sein Gefährte.

Dillan musste über seine Schulter blicken. Er stöhnte in Gedanken darüber, wie der dunkle Bartschatten des sexy Mannes seinen Kiefer zierte. Noch besser waren seine zerzausten dunklen Haare. Sie waren weder lang noch kurz … gerade etwas länger, als für einen lässigen Business-Schnitt angemessen

Dillan wollte sie so gern berühren.

Stattdessen wandte sich Dillan ab und schloss sanft die Tür hinter sich. Er schritt durch die Hintertür auf die Veranda, dann weiter zu den umliegenden Bäume, wo er sich auszog, seine Kleidung zusammenfaltete und sie am Fuße eines Baumes zurückließ.

Dillan seufzte und ließ die Verwandlung über sich kommen. Es war ein paar Monate her, seit er seinen Puma für mehr als ein paar Minuten rausgelassen hatte, und die Verwandlung ging schnell vonstatten, denn die Raubkatze war begierig zu rennen und zu jagen. Seine Knochen knackten, seine Muskeln knirschten und seine Sehnen streckten sich. Innerhalb von Sekunden stand er auf allen vieren. Nach einem befriedigenden Strecken mit gebeugtem Rücken lief Dillan los. Er sprang vorwärts und rannte durch den Wald.

Ein paar Stunden später streifte der Puma Dillan um das Haus mit seinem Gefährten darin. Er umrundete das Gebäude, schnüffelte am Boden und schnupperte im Wind. Keine neuen Gerüche trübten seine Gebietsmarkierungen.

Während Dillan die Erlaubnis gegeben worden war, Declans Rudelgebiet zu betreten … und ja, technisch gesehen, war dieser Bereich das Territorium des Wolfs, gehörte dieses Haus dennoch für den Augenblick Dillan. Nachdem er seine Sachen ausgepackt hatte, war er sofort in Tiergestalt losgezogen und hatte ein kleines Stück Land markiert, nur fünfzig Schritte weit. Auf diese Weise würden die Wolfswandler und andere Tiere wissen, dass dieser Bereich frisch besetzt war. Es war gerade genug, um das Verlangen seiner Katze nach Einsamkeit zu stillen.

Als er sich sicher war, dass niemand gekommen oder gegangen war … und sein Gefährte immer noch sicher in der Hütte war, sprang Dillan auf einen Baum, der ein Stück weit entfernt vor Dereks Zimmer stand. Er streckte sich in einer Astgabel aus, schloss die Augen und machte ein Nickerchen.

Dillan blinzelte und öffnete die Augen. Er bewegte die Pfoten, wölbte den Rücken und streckte sich zufrieden. Als er hellwach war, bemerkte er die dunklen Schatten, die sich über den Boden erstreckten. Er spürte auch, wie sein Magen knurrte, und erinnerte sich daran, dass er das Essen verpasst hatte – und warum. Es war Zeit, nach seinem Gast zu sehen und ein Abendessen vorzubereiten Er sollte auch Edwin anrufen. Er hatte den schockierten Gesichtsausdruck seines Patensohns nicht übersehen, als er von der Gruppe weggefahren war.

Dillan sprang vom Baum und tappte um den Rand der Lichtung herum, blieb dabei dicht in den Schatten. Er würde seinen Gefährten bald seiner Katze und der Welt der Wandler vorstellen müssen, aber jetzt war nicht die richtige Zeit dafür. Dillan musste zuerst ein wenig um den Menschen werben … um zu sehen, wie empfänglich er für seine Avancen war.

Schließlich wusste er nichts über Derek Sommers. Das würde ihn aber nicht davon abhalten, ihn ein wenig zu berühren, um zu sehen, wie Derek reagierte.

Als Dillan den Baum erreichte, an dem er seine Kleidung abgelegt hatte, verwandelte er sich schnell. Wieder in menschlicher Form streckte er die Arme über den Kopf und stieß ein zufriedenes Grunzen aus. Dann zog Dillan seine Jeans an und den Reißverschluss nach oben, machte sich aber nicht die Mühe, sie zuzuknöpfen. Er hielt den Rest seiner Sachen in der Hand, marschierte barfuß über das dichte Gras und betrat das Haus.

Dillan lächelte, als er Derek bemerkte, der am Esstisch saß. Sein Haar war feucht, und es schien, als ob Derek es mit den Fingern und Wasser gekämmt hatte in einem Versuch, es zu zähmen. Er hielt eine größtenteils volle Flasche Bier in den Händen, starrte auf das Glas und schien von dem Etikett fasziniert zu sein.

„Guten Abend“, grüßte Dillan sanft, als er seine Kleidung auf eine nahe gelegene Bank legte.

Derek fuhr zusammen, hob den Kopf und drehte ihn, um Dillan anzusehen. Er starrte ihn eine Sekunde lang mit großen Augen an, dann blinzelte er und lächelte zurück.

„Hallo.“

Dillan schlenderte langsam zum Kühlschrank und ließ sich Zeit. Er gab Derek absichtlich viel Zeit, während er sein eigenes Bier holte. Er bückte sich ein wenig, als er nach einem

Bier aus dem unteren Regal griff, und spannte seinen Arsch an, da er wusste, dass dieser in der abgetragenen, verblichenen Jeans fantastisch aussah.

Als Dillan sich wieder umdrehte, stieß er mit der Hüfte gegen die Kühlschranktür und schloss sie. Er bemerkte, wie Dereks Blick schnell auf das Bier fiel, das er umklammert hatte, und ein rosiger Schimmer seine Wangen färbte.

„Wie geht es dir?", fragte Dillan. Er stützte den unteren Rücken gegen die Kante der Theke und lehnte sich dagegen. Indem er seine Ellbogen hinter sich auf die Theke legte, stellte er seinen Körper wissentlich zur Schau. Obwohl sein Haar inzwischen von silbernen Fäden durchzogen sein mochte, blieb sein Körper straff und schlank, was zum Teil seinen Katzenwandler-Genen zu verdanken war. „Fühlst du dich besser?"

Derek hob seinen Blick und räusperte sich. Während er sich die Lippen leckte, musterte er Dillans Gestalt. Dann räusperte er sich wieder. „J-ja. Danke." Er fuhr sich mit der Hand übers Gesicht. „Wie lange habe ich geschlafen?"

Dillan rollte mit einem halben Achselzucken die Schulter. „So lange du es brauchtest." Er warf einen Blick auf die Uhr an der linken Wand und sah, dass es schon fast halb zehn am Abend war. Er nahm an, dass er jetzt mindestens drei entgangene Anrufe von Edwin haben würde. Dillan entschied, dass er sich später darum kümmern würde und sagte: „Vielleicht drei Stunden oder so."

Nickend murmelte Derek: „Tut mir leid, dass ich dir Umstände bereitet habe."

Lachend löste Dillan den Verschluss von seinem Bier

und warf ihn auf die Theke hinter sich. „Hast du nicht. Ich bin froh, dass ich helfen konnte.“ Er neigte das Bier zu Derek und hob die Flasche. „Prost“, sagte er, bevor er einen Schluck von dem kalten Gebräu nahm.

Derek lächelte und trank mehrere Schlucke.

Als Dillan seinen eigenen Mundvoll Bier schluckte, bemerkte er, dass sein Blick auf Dereks Adamsapfel gerichtet war. Er wollte an diesem kleinen Hügel saugen. Er wollte, dass Derek seinen Hals für ihn nach hinten bog, stöhnte und nach mehr verlangte.

Dillan verdrängte seine lüsternen Gedanken und betrachtete Dereks angespannte Schultern und den Griff mit weißen Knöcheln um das Bier. Sein Gefährte brauchte dringend eine Auszeit. Was hatte ihn so aufgeregt?

Dillan beschloss, einen anderen Ansatz zu versuchen. Er schob sich von der Theke weg und trank sein Bier in mehreren langen Schlucken. Dann zeigte er auf Dereks und befahl: „Austrinken.“

Auch wenn Derek verwirrt zu sein schien, gehorchte er.

Grinsend öffnete Derek erneut den Kühlschrank und holte vier weitere Flaschen heraus, zwei in jeder Hand. Er stieß mit der Hüfte gegen die Tür und schloss sie wieder. Dann ging er zur Hintertür und neigte den Kopf zu der Glasschiebetür.

„Würdest du die für mich öffnen?“, fragte Dillan und hob seine vollen Hände.

Derek stand auf und kam zu ihm, griff an ihm vorbei und öffnete die Tür.

Dillan konnte nicht widerstehen, tief einzuatmen und den erdigen, männlichen Geruch seines Gefährten aufzunehmen. Das berauschende Aroma ließ das Verlangen durch seinen Körper strömen. Sein Blut floss nach Süden, und sein Schwanz verdickte sich zu voller Größe. Er wollte sich in seiner Jeans zurechtrücken, aber seine Hände waren voll. Außerdem plante er sowieso, sie in einer Minute auszuziehen. Auch wenn Dillan den Menschen erschrecken nicht wollte, hatte er nicht die Absicht zu verbergen, welchen Einfluss der sexy Mann auf ihn hatte.

„Komm mit", sagte Dillan noch einmal. „Mach die Tür hinter dir zu."

„Was machen wir?", fragte Derek. „Was ist mit meinem Auto? Willst du mich nicht loswerden? Warum hast du mich überhaupt hierhergebracht?"

Dillan lachte leise. Es schien, als hätte sein Gefährte endlich seine Zunge wiedergefunden. Er stellte das Bier auf einen Plastiktisch neben den Plastikstühlen. Als nächstes ging er zu einem Whirlpool in der Ecke der Veranda. Dillan war äußerst erfreut gewesen, als er diesen kleinen Bonus entdeckte.

„Wir werden uns in diesem Whirlpool entspannen", erklärte Dillan und füllte seine Stimme mit Zuversicht, als er die Abdeckung abnahm. „Wir trinken ein paar Bier. Erzählen einander von uns." Er warf einen Blick über die Schulter und zwinkerte seinem menschlichen Gefährten zu. „Im Allgemeinen werden wir uns heute Abend nur entspannen."

Dillan war nicht entgangen, wie Derek instinktiv auf seine Befehle reagierte, während er halb neben sich war vor Erschöpfung. Er war interessiert zu erforschen, inwieweit er das zu seinem Vorteil nutzen konnte.

Dillan hob das Bier hoch und stellte es auf den Rand des

Whirlpools. Dann griff er nach dem Reißverschluss seiner Jeans und senkte ihn vorsichtig … schließlich wollte er sich nichts einklemmen. Endlich schob er die Jeans ganz nach unten und von sich. Als er sich halb umdrehte, um Derek anzusehen, während er die Hose faltete, sah er zu dem Menschen.

Dillan bemerkte die Röte auf Dereks Wangen und bemerkte, dass der Blick des Menschen auf seinen harten Schwanz gerichtet war. Verdammt, es gefiel ihm, dass Derek nicht widerstehen konnte, ihn anzustarren, und er würde bestimmt nichts tun, um ihn in Verlegenheit zu bringen. Anstatt die Aufmerksamkeit auf den Blick seines Gefährten zu lenken, warf Dillan seine Jeans auf den Tisch, auf dem das Bier gestanden hatten, und stieg in den Whirlpool.

Stöhnend vor Vergnügen, als er spürte, wie die Hitze seine müden Muskeln einhüllte, ließ Dillan sich auf einen Sitz fallen. Er seufzte, schnappte sich ein Bier und öffnete den Verschluss. Nachdem er ihn in Richtung seiner Jeans geworfen hatte – und stolz darauf war, dass er auf dem gefalteten Stoff landete –, hielt er die Flasche hoch und wedelte damit.

„Komm schon, Schlafwandler. Steig hier rein und mach es dir gemütlich“, neckte Dillan.

Derek trat ein paar Schritte vor und sah unsicher aus.

Dillan winkte erneut mit dem Bier und stellte es dann auf die Seite der Wanne. Er hob eine zweite Flasche hoch, öffnete diese und tat dasselbe mit dem Verschluss wie mit dem ersten. Dillan nahm einen langen Zug daraus. Er schluckte, legte dann den Hinterkopf auf das Polster und wartete darauf, dass Derek sich entschied. Als er den gutaussehenden

Menschen ansah, versuchte er das Zucken seines pochenden Schwanzes zu ignorieren.

„Ich habe keine Badehose", protestierte Derek halbherzig.

Dillan schnaubte und schüttelte den Kopf. „Ich weiß, dass dir nicht entgangen ist, dass ich auch keine habe." Er kniff die Augen zusammen und grinste. „Wenn du schüchtern bist, lass deine Unterwäsche an. Es wäre allerdings eine Schande, denn ich wette, du hast einen sexy Arsch."

Dereks Wangen wurden fast Scharlachrot, und er trat einen Schritt zurück. „Du bist schwul?"

„Bisexuell", korrigierte Dillan. „Ich bin ein Genießer der Chancengleichheit, wenn es um fleischliche Genüsse geht", sagte er mit einem Augenzwinkern. „Warum sollte ich mich beschränken?"

„Äh –"

Nach einem Lachen wurde Dillan ernst. „Steig in den verdammten Whirlpool, Schlafwandler. Ich werde nicht beißen, sofern du mich nicht darum bittest." Er deutete auf das Bier und dann auf den Sitz gegenüber. „Zieh dich aus und entspann dich, Derek."

Schließlich, als wäre er plötzlich zu einer Entscheidung gekommen, begann Derek sich zu bewegen. Er zog sich sein Hemd über den Kopf und legte es auf die Stuhllehne. Als nächstes öffnete er seinen Gürtel und die Jeans und zog sie dann auch aus. Diese faltete er zusammen und legte sie auf einen Stuhl, während er seine Socken darunter kickte.

Derek stand für einen Moment in seinem dunkelblauen Slip da und die Linie seines steifen Schwanzes zeigte, dass er sich ein wenig nach links neigte. Mit immer noch rotem Gesicht stieg er schnell in die Wanne und glitt ins Wasser. Er sah sich zögernd in der Wanne für vier Personen um, schnappte sich dann das Bier und setzte sich auf den Sitz zu Dillans Linken, anstatt auf den gegenüber.

Erfreut über Dereks Wahl nahm Dillan einen Schluck von seinem Bier. „Also, du hast erwähnt, dass du Stone Ridge besuchst. Bist du hier, um jemanden zu besuchen? Um die Sehenswürdigkeiten anzusehen? Wandern gehen?“

Nachdem Derek selbst einen Schluck Bier getrunken hatte, leckte er sich einen Tropfen des Getränks von den Lippen und starrte in den Wald. Er schnaubte schließlich. „Eigentlich laufe ich weg.“

Dillan spürte, wie seine Brauen nach oben schossen, aber er schien nicht anders zu können. „Ach wirklich? Vor was?“ Dann legte er den Kopf schief, und der wehmütige Ausdruck auf Dereks Gesicht löste etwas aus. „Oder läufst du vielleicht *zu* etwas?“

„Ich habe das nie so gesehen, aber ja“, murmelte Derek. Er stellte das Bier auf den Wannenrand und hielt die Flasche weiter fest, während er sie anstarrte. „Mein Vater hat meinen Bruder Deke rausgeworfen, und ich habe nichts dagegen unternommen. Ich war zu feige. Ich würde mich gerne mit ihm versöhnen.“

Dillan summte. *Interessant.* Sein Gefährte schien emotionalen Ballast zu haben. Durch die Art, wie er leer und offensichtlich in Gedanken versunken vor sich hinstarrte, war klar, dass seine Gedanken nicht glücklich waren. Dennoch, wenn sein Gefährte darüber reden musste, würde Dillan zuhören.

„Warum hat dein Vater deinen Bruder rausgeworfen?“, fragte Dillan sanft.

Dereks Kiefer zog sich zusammen. „Weil Deke schwul ist.“

„Ah“, antwortete Dillan leise. Das erklärte seine Frage nach Dillans Sexualität. „Und was ist mit dir?“, fragte er. „Hast du ein Problem mit Leuten, die schwul sind?“

„Nein!“, schnappte Derek. Er runzelte die Stirn. „Entschuldigung.“ Seufzend rieb er sich mit der freien Hand über das Gesicht und nahm dann einen Schluck von seinem Bier. Schließlich lehnte er seinen Kopf zurück und murmelte: „Das ist wahrscheinlich nicht so entspannend, wie du es dir erhofft hast.“

„Es scheint, als müsstest du dir aber was von der Seele reden“, schnurrte Dillan und senkte seine Stimme zu einem beruhigenden Brummen. „Es heißt, manchmal ist es einfacher, mit einem Fremden zu reden, als mit jemandem, den man kennt.“ Er versuchte, die plötzlich düstere Stimmung aufzuhellen und fügte hinzu: „Warum werden Therapeuten deiner Meinung nach so gut bezahlt?“

Derek schnaubte. „Richtig. Als ob du meine Probleme hören möchtest.“

Dillan lachte. „Ich bin ein guter Zuhörer.“

„Nun, wenn ich darüber rede, dass mein Vater ein Arschloch ist und mein Schweigen erkauft hat, weil er einen Polizisten bezahlt hat, damit ich einer Anklage wegen einer illegalen Spritztour entgehe, an die ich mich nicht einmal erinnere. Ja, das wird mir nicht wirklich helfen, mich zu entspannen."

„Über die Familie zu sprechen neigt dazu, einen Ständer abflauen zu lassen", bestätigte Dillan grinsend.

Als Dereks Blick auf ihn schoss, grinste Dillan.

Ja, jetzt habe ich seine Aufmerksamkeit.

„Ach, komm schon", brummte er. „Du hast meinen gesehen und ich deinen. Ich kann mir einen viel besseren Weg vorstellen, dich zu entspannen, als über die Familie zu sprechen." Er grinste. „Vielleicht können wir danach, wenn du bereits entspannt bist, über die Lösung all deiner Familienprobleme sprechen."

Auch wenn Dillan sein Angebot ernst meinte, Derek bei der Lösung seiner Probleme zu helfen, wollte er seinen Gefährten noch lieber berühren. Dillan saß da und erinnerte sich an den Anblick des mit Stoff bedeckten Schwanzes seines Gefährten. Es fiel ihm verdammt schwer, sich nicht zu berühren. Er wollte sich an seinem nassen, sexy Menschen reiben und ihn mit seinem Duft markieren. Er wollte dem Menschen Lust bereiten, ihn mit Genüssen verführen.

Derek holte scharf Luft. Seine Augen weiteten sich für einen Moment, als er sich die Lippen leckte. Sein Atem ging schneller. Schließlich murmelte Derek: „Ich war noch nie zuvor so hart wegen eines Mannes, dass ich deswegen handeln wollte."

Zuvor. Dillan gefiel, wie das klang.

„Und jetzt?"

Derek schaute ihn durch mit Wasserperlen verzierte Wimpern an. „Was hattest du im Sinn?"

KAPITEL 5

Falls Derek nicht mochte, was der Mann ihm anbot, konnte er *nein* sagen. Das war es, was er sich sagte, als er seine Frage stellte. Nur weil sein Schwanz hart wie Stahl war, hieß das nicht, dass er wegen dieser Anziehungskraft handeln würde.

Ich werde nicht seinen Schwanz lutschen oder so was.

Derek sagte sich das im Geiste noch einmal, als er ein wissendes, animalisches Lächeln auf Dillans Lippen sah. Scheiße. Warum ließ dieser hungrige Blick ihn mit allem einverstanden sein wollen, was der ältere Mann im Sinn hatte?

Als Dillan sich hemmungslos vor ihm ausgezogen hatte und dabei nicht nur seine sehnige, durchtrainierte Gestalt, sondern auch seine lange, schlanke Erektion zeigte, hätte Derek fast seine Zunge verschluckt. Er musste schwer schlucken oder es bestand die Gefahr, dass Sabber sein Kinn hinunter tropfte. Er wollte das Ding nicht nur anfassen und streicheln, er wollte es schmecken. Wie würde es sich auf seiner Zunge anfühlen?

Dieser Gedanke erschreckte ihn fast zu Tode. Da Dillan jedoch keine große Sache daraus gemacht hatte, hatte Derek seine Reaktion zurückgedrängt. Den Arsch des Typen zu sehen, war genauso spannend gewesen. Derek hatte ein paar

Sekunden gebraucht, um zu bemerkten, dass Dillan mit ihm sprach.

„Nun, lass uns mit dem Gedanken anfangen, dass ich dich entspanne“, murmelte Dillan, und seine war unglaublich leise. „Ich werde ein wenig näher rutschen und meine Hand auf dein Bein legen.“

Dillan ließ seinen Worten Taten folgen und rutschte in der abgerundeten Wanne näher. Die Sitze waren aus Plastik und von leicht unterschiedlicher Höhe, was zeigte, wo einer endete und der andere begann. Dillans Sitz war höher als sein Dereks, was es Dillan ermöglichte, sich über ihm zu erheben. Er drehte sich um und legte seinen linken Arm auf den hinteren Teil der Wanne, während seine rechte Hand auf Dereks untergetauchtem rechten Oberschenkel ruhte.

Derek sehnte sich nach allem, was Dillan ihm anzubieten schien. „Ja?“, murmelte er. „Dann was?“

Seine Haut prickelte dort, wo Dillan ihn berührte. Gänsehaut brach über seinem inneren Oberschenkel aus, als er spürte, wie der andere Mann ihn mit den Fingerspitzen ganz leicht rieb. Ein Prickeln schoss sein Bein hinauf in seine Leistengegend, was dazu führte, dass sich seine Eier zusammenzogen und sein Schwanz in seiner Unterwäsche zuckte.

Schaudernd öffnete Derek seine Beine ein wenig und gab seinem Schwanz mehr Raum zum Zucken. Er keuchte heftig, und sein Blick war auf Dillans grüne Augen gerichtet. Sogar in der Dunkelheit des Abends erkannte Derek leicht das wilde Verlangen in den Augen des anderen Mannes.

„Jetzt werde ich meine Hand über dein Bein schieben“,

sagte Dillan heiser. „Ich werde deine Haut kitzeln, deine Nerven reizen und dann deine Eier umfassen. Glaubst du, du wirst dir dann wünschen, du hättest deine Unterwäsche ausgezogen?“

Derek leckte sich die Lippen und schluckte schwer. Er starrte Dillan an, der sich so nah beugte, dass sein Gesicht nur eine Haarsträhne von seinem eigenen entfernt war. Gott, wann war er so nahe herangekommen?

Dann fuhr Dillan mit den Fingerspitzen über Dereks inneren Oberschenkel. Er kratzte gerade so fest mit den Nägeln, dass Derek zitterte. Angenehmes Kribbeln lief über seine Haut und breitete sich über den Rest seines Körpers aus.

Als Dillan das Ende seines Beines erreichte, sein Oberschenkel auf seine Leistengegend traf, schauderte Derek – er schauderte, verdammt! Er wollte Dillans Hände unbedingt auf seinen Eiern haben. Nicht nur das, er wünschte sich auch jetzt schon, er würde seine Unterwäsche nicht tragen.

Warum zum Teufel hatte er sie angelassen?

Richtig, als hätte er jemals in einer Million Jahren damit gerechnet, dass so etwas passieren würde.

Dann umfasste Dillan Dereks Eier, und alle Gedanken verpufften.

Derek stöhnte und wölbte sich in die Berührung. Er spreizte seine Beine noch weiter und bat mit seinem Körper um mehr Stimulation.

Dillan gab sie ihm.

Während er Dereks Eier mit den Fingern rollte, streichelte er mit seinem Daumen die Unterseite seiner harten Länge hoch und runter. Angenehme Funken tanzten an seinem

Schwanz auf und ab. Derek stöhnte und lehnte seinen Kopf gegen die Kopfstütze des Whirlpools. Seine Hüften bewegten sich und drückten seinen Schwanz stärker in die Stimulation.

„Wäre das nicht besser, wenn nichts zwischen uns wäre?“, knurrte Dillan leise. „Möchtest du nicht, dass meine Hand deine Eier hält? Meine Finger dein Fleisch massieren? Mein Daumen an deinem Schaft arbeitet? Und wie wäre es damit?“ Er stoppte seinen Daumen direkt unter Dereks Eichel und stimulierte die empfindliche, faltige Stelle.

Funken schossen seinen Schwanz hinunter.

Derek stöhnte und stieß in Dillans Griff. „Oh. Scheiße!“ Er konnte sein leichtes Wimmern nicht unterdrücken. Seine Eier zogen sich eng an seinen Körper und verursachten die köstlichsten Schmerzen in seiner Leistengegend. „D –Dillan!“

„So ist’s gut, Hübscher“, gurrte Dillan in sein Ohr. „Lass dich gehen.“

Als er spürte, wie Dillans warmer Mund sich über dem Pulspunkt an seinem Hals schloss, brüllte Derek. Seine Muskeln krampften sich zusammen. Er spürte, wie sein Orgasmus durch seinen Körper schoss und die Glückseligkeit durch ihn rollte. Berauschendes Vergnügen überschwemmte ihn, während er schauderte und bockte.

Derek schwebte auf Wellen von Endorphinen und konnte sich nicht erinnern, wann er das letzte Mal einen so intensiven Höhepunkt erlebt hatte. Er hatte sich so sehr bemüht, in eine bestimmte Form zu passen … eine Form, die sein Vater festgelegt hatte. Jetzt, nach einem einzigen kurzen Handjob von einem Fremden, wusste Derek, warum er so viel Mühe gehabt hatte.

Derek passte nicht hinein.

So lange hatte Derek seine Wünsche unterdrückt.

Derek hatte, so lange er sich erinnern konnte, Ständer in der Umkleidekabine bekommen und damit begonnen, abgedroschene Geschichten über seine Freundin zu verwenden, um seinen geilen Zustand gegenüber den anderen Jungs zu entschuldigen. Das meiste musste er auch nicht erfinden. Derek war mit der Head-Cheerleaderin in der Highschool ausgegangen, und sie war wirklich eine geile Schlampe gewesen.

Er war selten mehr als auf Halbmast gewesen, wenn er mit ihr rumgemacht hatte. Claudia war jedoch mehr als bereit gewesen, den Rest der Arbeit zu erledigen, um ihn so hart zu machen, dass sie ihn reiten konnte. Claudia war dominant gewesen – auch im Bett. Es hatte für sie gut funktioniert.

Sie hatte sich immer stöhnend über ihm geräkelt, während Derek in sie stieß, bis er irgendwann kam. Reibung, jede Art von Reibung, würde das bei einem Mann bewirken. Derek hatte immer noch keine Ahnung, ob ihr gefallen hatte, was er tat. Sie hatte sich verhalten, als würde es das, und sie wollte es immer wieder, also …

Dies allerdings … kein Vergleich.

Ein scharfer Biss in seinen Hals ließ Derek zischen und zittern. Sein Schwanz zuckte sogar und sandte eine neue Welle der Erregung durch seinen Körper. Stöhnend öffnete Derek die Augen und drehte den Kopf.

Durch einen Blick mit schweren Lidern nahm Derek Dillans schmaläugigen Blick und selbstgefälligen Gesichtsausdruck wahr. „Fühlst du dich besser?“

„Oh Gott, verdammt, ja", flüsterte Derek heiser. Hatte er geschrien? Er wusste es nicht einmal, aber sein Hals fühlte sich an, als ob er es getan hätte. „Wie zum Teufel hast du das gemacht?"

„Willkommen zurück, sexy Mann", schnurrte Dillan rau und seine Stimme war voll von etwas, was Derek plötzlich als Erregung erkannte. „Götter oben im Himmel, du, wenn du kommst, war der geilste Anblick, den ich je gesehen habe."

Dillan knabberte und leckte an Dereks Puls, was ein weiteres Kribbeln durch Derek sandte und seine zu harten Perlen zusammengezogenen Brustwarzen schmerzen ließ. Wann waren die so empfindlich geworden?

„W –wie ist das möglich?"

„Wie ist was möglich?"

Derek war immer noch benebelt vom heftigsten Orgasmus seiner zweiunddreißig Jahre und runzelte die Stirn. Er versuchte, sein durcheinandergebrachtes Gehirn dazu zu bringen, herauszufinden, was er zu fragen versuchte. Er leckte sich die Lippen, blinzelte einmal und konzentrierte sich dann auf Dillan.

„Wie kann deine Berührung besser sein als die einer jeden Frau, die ich jemals erlebt habe?"

Derek konnte nicht anders, als die Frage zu stellen, aber er war nicht mit sehr vielen zusammen gewesen. Er hatte mit ein paar Frauen rumgemacht und viel mit Claudia gefickt, aber nachdem er sie abserviert hatte – okay, tatsächlich hatte sie ihn abserviert, aber er hatte seine Familie und Freunde angelogen. Es hatte ihm nicht leid getan, sie gehen zu sehen, aber seinen Eltern auf jeden Fall. Wenn sie nur gewusst hätten, was sie machten.

Jetzt wurde Derek klar, dass er nie gewusst hatte, was ihm fehlte. Es war ein bisschen bittersüß. Welche möglichen Beziehungen hatte er im Laufe der Jahre verpasst, weil er sich selbst verleugnete?

„Ich bin ein Mann", murmelte Dillan. „Ich habe einen Schwanz. Ich weiß, was sich gut anfühlt und was nicht", sagte er. Achselzuckend fügte er hinzu: „Natürlich würde es dir nicht gefallen, wenn es nicht eine gewisse Anziehungskraft gäbe." Er hob seinen Kopf und grinste. „Dein Schwanz war schließlich schon hart."

„Ja, das war er", gab Derek zu. Er war nicht zu stolz, das zuzugeben. Verdammt, sein Schwanz hatte sich geradezu in die Berührung dieses Mannes gereckt. Er hatte es mehr gewollt als alles, was er jemals in seinem Leben gewollt hatte. Derek begegnete Dillans intensivem Blick. „Deine Berührung war besser als alles, was ich jemals erlebt habe. Du hast …" Er hielt inne und lächelte. „Du hast mir die Augen geöffnet."

Dillan schüttelte den Atem. Sein Lächeln wurde fast qualvoll. „Gut", flüsterte er. „Ich hoffe, du wirst mir bald mal erlauben, es zu toppen."

Plötzlich erinnerte Derek sich an Dillans lange, schlanke Erektion, wie sie aus seinen weich aussehenden Locken aufragte, und flüsterte: „Soll ich mich revanchieren?" Guter Gott, hatte er das gerade wirklich angeboten? Ja, er wollte Dillans hübschen Schwanz berühren. Er leckte sich die Lippen und fügte hinzu: „Niemand mag blaue Eier."

Dillans Nasenlöcher flatterten und sein Gesichtsausdruck wurde hungrig. „Eine Berührung und ich denke, ich werde abspritzen", grollte er rau. „Du machst mich so sehr an."

„Das tue ich?", antwortete Derek, ungläubig trotz der durch seinen Höhepunkt verursachten Euphorie. „Warum?"

Rau lachend begann Dillan sich zu entfernen. „Warum fühlt sich jemand zu einem anderen hingezogen? Vielleicht Pheromone?" Er grinste, als er sich auf seinem eigenen Sitz zurücklehnte und sein Bier nahm. „Tierischer Magnetismus", fügte er mit einem Augenzwinkern hinzu, bevor er einen Schluck nahm.

Derek wollte nicht die Gelegenheit verpassen, eine Neugierde zu befriedigen, die er seit … Ewigkeiten hatte, und tat das, was er vor Gericht tat. Den Stier bei den Hörnern packen und voranstürmen. Oder besser gesagt, in diesem Fall, *das Horn.*

Nachdem Derek den letzten Schluck seines Bieres getrunken hatte, stellte er die jetzt leere Flasche neben den Whirlpool. Er rutschte an die Kante seines Sitzes und kniete sich dann auf den Boden des Whirlpools. Das Wasser erreichte gerade seine Schlüsselbeine. Derek betrachtete die entspannte Gestalt des anderen Mannes und schätzte ab, wo seine Taille sein musste.

Derek griff durch das Wasser und suchte nach dem Bein des anderen Mannes. Er stieß mit den Fingerspitzen gegen sein Knie. Derek blickte auf und sah, dass Dillan ihn mit verengten Augen aufmerksam beobachtete.

Derek benutzte das Bein des Mannes als Orientierungshilfe und strich mit den Fingern über Dillans Schenkel. Er staunte darüber, wie sich die rauen Haare des

Mannes an seinen Fingerkuppen anfühlten. Es war so anders als bei einer Frau, und er spürte, wie sein eigenes Herz in seiner Brust klopfte, als seine Erregung wieder aufflammte.

Derek zögerte am Ansatz seines Oberschenkels, und sein Blick wanderte zu Dillans Gesicht. Die grünen Augen des älteren Mannes glühten. Seine Lippen waren nur ein wenig geöffnet, als er leise keuchte. Vorfreude schien ihn zu durchdringen.

Derek hielt weiterhin Dillans Blick, als er seine Hand das letzte Stückchen bewegte. Das erste Mal die seidenharte Haut des steifen Schwanzes eines anderen Mannes zu spüren, ließ Dereks eigenes Blut erneut zu seinem strömen und er wurde zum zweiten Mal in weniger als einer Stunde hart. Mit enger Brust bemühte er sich zu atmen, als er seine Hand um Dillans Schaft legte.

Dillan stöhnte leise. Das Wasser wirbelte um sie herum, als er seine Beine bewegte und Derek wusste instinktiv, dass er sie weiter spreizte. Dann zuckten Dillans Hüften und stießen nach oben.

„Oh, Gott", flüsterte Derek.

Freude darüber, endlich den Schwanz eines anderen Mannes zu berühren, erfüllte Derek. Er verstand nicht, warum er es so erregend fand, aber er konnte die Reaktion seines Körpers nicht leugnen. Mit seiner freien Hand griff Derek nach dem Bund seiner Unterwäsche, schob sie unter seine Eier und befreite seinen Schwanz. Dann packte er seinen eigenen, erneut pochenden Schwanz und fing an, ihn zu wichsen, genauso wie Dillans Erektion.

Dillan knurrte leise, ein Laut voller männlicher Lust.

„Ja", stöhnte er. „Fester."

Derek konnte nicht anders, als der Anweisung zu folgen. Verdammt, sein eigener Schwanz pulsierte und zuckte und schmerzte in seinem Griff. „Oh, Gott", jammerte er wieder, als er fühlte, wie sich seine Eier zusammenzogen.

„Oh, Scheiße", murmelte Dillan. „Kommst du wieder, Derek? Macht es dich so an, mich zu berühren, meinen Schwanz zu wichsen, mir Lust zu bereiten?" Wieder stöhnte er und grollte: „So nah dran, Hübscher. Komm mit mir. Zeig mir, wie gern du mich berührst."

Dann zuckte Dillans Körper. Er stieß einen gutturalen Schrei aus.

Derek spürte, wie Dillans Schwanz in seinem Griff anschwoll und zuckte. Das Wasser um seine Hand erwärmte sich. Er wusste, dass es von dem heißen Samen gekommen sein musste, der, wie Derek vermutete, aus dem Schwanz des Mannes pulsierte. Anstatt angewidert zu sein, wünschte Derek, er hätte sehen können, wie das aussah.

Als er sah, wie Dillan den Kopf zurückwarf und den Ausdruck von Ekstase in seinem schlanken Gesicht erblickte, zogen sich Dereks eigene Eier zusammen. Er beobachtete, wie sich der Körper des Mannes krümmte und schauderte und seine vollkommen ungehemmte Glückseligkeit zeigte. Dann hörte er Dillan seinen Namen stöhnen, *Derek, oh fuck, ja, Derek,* und es schickte ihn direkt über die Schwelle.

Dereks Körper zuckte zusammen, als er nach so kurzer Zeit erneut kam und feurige Glückseligkeit durch seinen Körper schoss. Er stöhnte laut und schloss die Augen, als er schauderte. Derek kniete vor Dillan und ritt den zweitintensivsten Orgasmus seines Lebens. Heftig keuchend, öffnete er seine Augen und starrte den Mann an, der sich vor ihm ausstreckte. Er wusste, dass es alles wegen diesem Mann war.

Verwirrung, Verlegenheit und sogar Scham überfluteten Derek und kämpften mit der Glückseligkeit. Er ließ nicht nur seinen eigenen Schwanz los, sondern auch Dillans Penis. Er ballte diese Hand und kämpfte gegen seinen Drang an, den weich werdenden Körperteil zu erforschen. Stattdessen griff er nach seiner Unterwäsche und riss den Stoff zurück an seinen Platz, bedeckte seinen erschöpften Schwanz. Er stöhnte, als die nasse Baumwolle über sein zu empfindliches Glied rieb.

„Derek? Bist du okay?"

Derek richtete seinen Blick auf Dillans Gesicht, sah, dass sein entspannter Gesichtsausdruck langsam Sorge wich und kam stolpernd auf die Füße.

„Äh, j-ja. Nein." Derek runzelte die Stirn und schüttelte den Kopf. „Ich werde duschen und dann schlafen gehen."

Als Derek aus dem Whirlpool stieg, ignorierte er Dillan. Er ignorierte die Besorgnis im Ton des Mannes, als der seinen Namen rief, und ignorierte seinen Wunsch, dem Mann zu versichern, dass es ihm gut ging …, weil es nicht so war. Derek war nicht nur verwirrt und beschämt, aber er wusste auch nicht, *was* er war.

In der Zeitspanne von einem einzigen Nachmittag hatte Dillan Dereks ganze Welt auf den Kopf gestellt.

KAPITEL 6

Dillan stieß einen langsamen Atemzug aus, als er zusah, wie sein Gefährte vor ihm davonlief. Er widerstand dem Drang, Derek zu folgen. Obwohl er lieber die nächste Stunde damit verbracht hätte, Derek in den Armen zu halten, während der Mensch seine Panik wegen seiner ersten schwulen Erfahrung überwand, erkannte Dillan, dass dies etwas war, das Derek alleine durchstehen musste.

Götter, die Besitzgier, die Dillan empfunden hatte, als er erfuhr, dass sein Gefährte noch nie mit einem anderen Mann zusammen gewesen war, hätte ihn fast überwältigt. Er hatte den Mann über den Rand des Whirlpools beugen wollen, sich leckend seinen Weg in den Arsch seines sexy Mannes bahnen, ihn mit seiner Zunge dehnen, bevor er ihn in jeder erdenklichen Weise beanspruchte.

Bald, hoffe ich.

Dillan rieb sich die Stirn und verzog das Gesicht. Hatte er zu sehr gedrängt? Könnte sein. Doch nach mehr als dreieinhalb Jahrhunderten allein die Arme seines Gefährten um sich und seinen Körper an sich gepresst zu spüren, von seinem berauschenden Duft umgeben zu sein … es war einfach unmöglich gewesen, Distanz zu halten.

Dillan schüttelte den Kopf über sein begieriges

Handeln. Er hoffte, dass er seine Chancen bei dem Mann nicht ruiniert hatte. Nein, entschied er. Er würde einen Weg finden, zu seinem gutaussehenden Derek durchzudringen.

Dillan wusste, dass er noch andere Dinge zu erledigen hatte, also stand auf und stieg aus dem Whirlpool. Er griff nach ihren Klamotten und trug sie ins Haus. Da er nicht anders konnte, drückte er seine Nase in Dereks Hemd und atmete den Duft seines neuen Geliebten ein.

So gut.

Sein Schwanz zuckte zwischen seinen Beinen und drohte sich zu erheben. Da er annahm, dass sein Gefährte nach dem Duschen wahrscheinlich gerne saubere Kleidung anziehen würde, brachte er alles in die kleine Waschküche. Er hörte, wie die Dusche anging. Nachdem er Dereks Schlüssel und Brieftasche herausgefischt hatte, ließ er die schmutzigen Klamotten auf dem Boden liegen.

Als nächstes ging Dillan in sein eigenes Zimmer und schnappte sich eine Jogginghose. Wegen Dereks kräftigerem Körper könnte diese bei ihm etwas enger sitzen, aber das würde ihn nur noch heißer aussehen lassen. Vor der Badezimmertür blieb er stehen und klopfte leise an.

Als er hörte, wie das Wasser abgestellt wurde, rief Dillan: „Ich lasse dir eine Jogginghose auf deinem Bett liegen. Wenn du noch was brauchst, ich bin auf der hinteren Veranda." Ohne auf eine Antwort zu warten, drehte er sich um und ging hinaus, nahm unterwegs sein Handy mit.

Dillan nahm seine Jeans und zog sie an. Wenn er allein wohnen würde, wäre er nackt geblieben. Vielleicht konnten sie beide das tun, wenn sein Gefährte sich erst einmal in ihrer

Beziehung wohl fühlte.

Lächelnd bei diesem Gedanken, nahm sich Dillan eine der verbleibenden Bierflaschen und ließ sich auf einem Stuhl nieder. Er schaltete sein Handy ein und schaute auf den Bildschirm. Als Dillan sah, dass er vier Anrufe in Abwesenheit hatte, die alle von Edwin stammten, lachte er leise. Er wählte die Nummer seines Patensohns, hielt das Telefon an sein Ohr und wartete. Es dauerte nur ein Klingeln.

„Dillan? Bist du das?"

Dillan grinste breit. „Natürlich bin ich es. Wer sonst würde dich von meinem Telefon aus anrufen?"

„Nun, du hast einen völlig Fremden mit nach Hause genommen. Diana sagte, er sah aus, als wäre er auf Drogen. Ich war besorgt!"

„Hab ich nicht!" Dianas gedämpfter Schrei war im Hintergrund zu hören. „Ich habe das nie gesagt!"

„Du sagtest, er sah aus, als wäre er völlig weggetreten", schnappte Edwin und sprach offensichtlich nicht mehr mit Dillan. „Das bedeutet Drogen."

„Nein, tut es nicht", antwortete Diana. „Entschuldigung, Dillan!"

„Es ist in Ordnung", antwortete Dillan kopfschüttelnd. „Edwin, konzentriere dich."

Edwin schnaubte. „Also? Was ist damit, dass er dein Gefährte ist? Hat sie das wenigstens richtig verstanden?", stichelte er.

„Edwin", knurrte Dillan warnend. „Sag mir, was dich wirklich stört."

Seufzend murmelte Edwin: „Ich habe dich seit sechs

Jahren nicht gesehen. Du tauchst auf, sagst, du wirst ein paar Tage mit mir verbringen und dann verschwindest du einfach so wieder."

„Ich habe dich auch vermisst, Edwin", murmelte Dillan. „Jetzt zieh deinen Kopf aus deinem Arsch und freu dich für mich."

Dillan hörte ein männliches Schnauben im Hintergrund, das er für Byrons hielt. Es schien, als wäre Edwins Gefährte mit ihm im Zimmer. Dillan hatte keine Ahnung, ob Diana gegangen war.

Edwin schwieg ein paar Sekunden und murmelte dann: „Es tut mir leid, Dillan."

„Dir ist vergeben", antwortete Dillan.

Es war eine alte Verhaltensweise. Eine, die sie im Laufe der Jahre oft benutzt hatten, als Dillan Edwin aufzog … auf beiden Seiten. Wenn einer von ihnen etwas Gedankenloses und Dummes tat, konnte der andere ihn dafür zur Rede stellen. Wenn kein Schaden angerichtet wurde und sich die erste Person entschuldigte, nahm die zweite die Entschuldigung an. Dann konnten sie beide wie vorher weitermachen. Kein Groll.

„Also, erzählst du mir von diesem Kerl?", drängte Edwin. „Byron hat ihn nicht erkannt. Wer ist er?"

„Sein Name ist Derek Sommers", antwortete Dillan ohne zu zögern. Nachdem er seinem Patenkind das Geheimnis, ein Wandler zu sein, verraten hatte, enthielten sie einander nichts vor. „Er ist neu in der Stadt, gerade erst angekommen, schätze ich, da er noch nicht einmal ein Hotelzimmer gefunden hat. Er ist mitten in einer Art von …" Er hielt inne und fragte sich, wie viel er eigentlich erzählen sollte, da es nicht seine Geschichte war. Schließlich entschied er, dass es sicher war zu sagen: „Ich glaube, es gibt einige familiäre Probleme. Sein Vater ist ein Schwulenhasser."

„Warte mal. Hast du Sommers gesagt?"

Dillan nickte, obwohl er wusste, dass Edwin es nicht sehen konnte. „Er sagt, er hat einen Bruder in der Stadt. Einen, der aus der Familie verstoßen wurde", sagte er. „Ich denke, er versucht herauszufinden, wie er es wieder gut machen kann."

„Deke", murmelte Edwin.

„Was?" Dillan runzelte verwirrt die Stirn. „Nein, Derek."

„Nein", entgegnete Edwin. „*Deke* Sommers ist mit einem Wolfswandler verpaart, Luther. Es heißt, dass er einen entfremdeten Bruder hat." Sein Tonfall nahm einen spekulativen Unterton an, und sein analytischer Verstand lief wahrscheinlich auf Hochtouren. „Worauf willst du wetten, dass dein Derek dieser Bruder ist?"

Mein Derek.

Dillan gefiel, wie das klang.

„Hmmm", überlegte Dillan. „Das könnte sehr gut sein. Er duscht gerade und geht dann wohl wieder schlafen." Als er seinen Magen knurren hörte, bemerkte er, dass er wieder einmal vergessen hatte, Essen zu kochen. „Verdammt."

„Äh, was ist los?"

„Oh, ich hatte nur geplant, für ihn zu kochen und wurde etwas abgelenkt", gab Dillan zu. „Ich frage mich, ob er etwas möchte, bevor er schlafen geht."

„Vielleicht Suppe oder ein gegrilltes Käsesandwich", neckte Edwin.

Dillan lachte. „Eigentlich ist das keine schlechte Idee. Hör mal, wir müssen morgen sein Auto abholen. Warum treffen wir uns nicht morgen zum Frühstück?"

„Wir? Du willst ihn uns schon vorstellen?"

„Eigentlich …", begann Dillan, als ihm eine Idee kam. „Wäre Byron bereit, seinen Rudelkameraden Luther zu kontaktieren, und ein Überraschungstreffen im Diner zu organisieren? Nun, es wird sowieso eine Überraschung für Derek sein", fuhr er fort und dachte laut nach. „Ich nehme an, Luther wird seinem Gefährten nicht vorenthalten wollen, dass sein Bruder in der Stadt ist?"

„Vermutlich nicht", sagte Byron, und Dillan wurde klar, dass Edwin ihn auf Lautsprecher gestellt haben musste. „Bist du sicher, dass du deinen Gefährten mit so etwas überraschen willst? Wird es später nicht nur Probleme geben, wenn er es herausfindet?"

Dillan seufzte. Ja, er hatte es nicht vollständig durchdacht. „Du hast recht. Es könnte Probleme verursachen, aber …" Er runzelte die Stirn, als er sich daran erinnerte, wie ausweichend, defensiv – verdammt, sogar selbstkritisch – Derek in Bezug auf seine Familiendynamik war. „Ich bin nicht sicher, ob er …" Dillan seufzte und sagte dann: „Ich werde mich darum kümmern, wenn er es herausfindet."

„In Ordnung", antwortete Byron. „Ich rufe beide an. Ich bin mir sicher, dass dies für Deke genauso schwierig sein wird, je nachdem, warum sie sich entfremdet haben."

„Warte, warte", sagte Dillan und wedelte mit der Hand. „Wie wäre es mit einem neuen Plan? Würdest du morgen früh herkommen? Ich mache Frühstück, wenn du Derek sein Auto bringst."

„Guten Morgen", murmelte Derek.

Dillan entging nicht, dass sein Gefährte ihm nicht in die Augen sah, als er das Esszimmer betrat. Auch kam Derek nicht zu ihm in die Küche, obwohl Dillan die Sehnsucht in seinem Gesichtsausdruck sah, als er die Kaffeekanne betrachtete.

Dillan beschloss, die Verlegenheit im Keim zu ersticken und musterte Dereks Körper. Sein Haar war leicht durcheinander, seine Arme waren über der Brust verschränkt und er trug nur Dillans Jogginghose. Genau wie Dillan es sich vorgestellt hatte, war die Jogginghose ein bisschen eng … sie zeigte alles.

Mmmm!

„Du siehst in meiner Jogginghose sexy aus", stellte Dillan fest. „Die Tatsache, dass sie etwas zu klein ist, zeigt, dass du keine Unterwäsche trägst." Er summte. „Verdammt *sexy*." Dann nahm er mit einer Hand einen sauberen Becher aus einem Schrank und stellte ihn auf die Theke. Mit der anderen Hand hielt er die Kaffeekanne über die Tasse. „Kaffee?"

Für einige lange Sekunden starrte Derek ihn nur mit großen Augen an. Schließlich nickte er. „J-ja. Ja Danke."

Während Dillan den Kaffee in die Tasse goss, fragte er: „Sahne? Zucker? Milch?"

„Oh, nein. Schwarz ist in Ordnung", antwortete Derek.

Dillan nickte. Er zeigte auf einen der hölzernen Barhocker auf der anderen Seite der Theke. „Setz dich. Trink deinen Kaffee."

Er schob den Becher über die Theke zu einer Stelle, von der er wusste, dass sich dort einer der Hocker befand. Dillan beobachtete Derek mit dem größten Teil seiner Aufmerksamkeit, als er seinen eigenen Becher nachfüllte. Er wartete, bis Derek einen Schluck Kaffee getrunken und seine Tasse wieder auf die Theke gestellt hatte.

Dann lehnte Dillan sich ihm gegenüber an die Theke und schloss den Abstand zwischen ihnen. Er hielt seinen eigenen Becher zwischen seinen Handflächen, als er Derek anstarrte. Dillan wartete, bis der Mann ihn ansah.

Lächelnd erklärte Dillan: „Es ist kein Elefant im Raum, Derek." Er senkte seine Stimme zu einem kehligen Schnurren. „Ich fühle mich wirklich zu dir hingezogen, und ich weiß, dass du dich auch zu mir hingezogen fühlst." Als er sah, wie Derek geschockt keuchte, während seine Augen sich weiteten, wurde Dillans Lächeln zu einem Grinsen. „Auch wenn ich dir bald zeigen will, wie angenehm es ist, meinen Schwanz in deinem Arsch zu haben", knurrte Dillan und kniff die Augen zusammen, als er Dereks Reaktion genau beobachtete, „wenn du wissen willst, wie es sich anfühlt, mich zu ficken, werde ich mich jederzeit für deinen Schwanz vorbeugen."

Derek hielt seine Tasse so fest umklammert, dass seine Knöchel weiß hervortraten, während er Dillan mit großen Augen ansah. „W-wie kannst du mit solchem Scheiß einfach so herausplatzen?"

Dillan lachte rau. „Ich bin … ein paar Jahre älter als du, Derek. Ich habe mich mit meinem Verlangen nach Männern längst abgefunden." Er lächelte schief. „Nach dem, was du gestern Abend darüber gesagt hast, dass dein Vater deinen

Bruder rausgeworfen hat, gehe ich davon aus, dass deine Familie eine Beziehung zwischen uns beiden nicht gutheißen würde."

„Auf keinen Fall", flüsterte Derek sofort.

Dillan summte, nickte und beäugte seinen Gefährten. „Und was ist mit dir? Hast du dich mit dem, was letzte Nacht passiert ist, abgefunden?" Er lächelte, als er beobachtete, wie sich Röte über Dereks Wangen ausbreitete. „Ich würde nämlich wirklich gerne deinen hinreißenden Körper erforschen." Er zwinkerte. „Ich würde die ganze Arbeit machen. Alles, was du tun müsstest, ist da zu liegen und es zu genießen."

„Was, wenn ich auch anfassen will?" Dereks Augen weiteten sich, als wäre er schockiert, dass er das laut ausgesprochen hatte.

Dillan beugte sich weiter über die Theke, bis Dereks Gesicht nur noch wenige Zentimeter von seinem entfernt war. „Du, sexy Mann, kannst alles mit mir machen, was du willst." Er sah, wie Dereks Nasenflügel sich blähten, hörte seinen scharf eingesogenen Atem, roch seine Erregung und Dillans eigene Begierde wuchs als Reaktion darauf. „Ich würde mir von dir deinen Schwanz in den Mund schieben lassen. Ich würde ihn besser lutschen, als du es jemals zuvor erlebt hast. Ich würde deine Eier lecken und deinen Arsch dazu. Ich wette, ich könnte dich allein mit meiner Zunge an deinem Loch kommen lassen." Er verengte die Augen und fuhr fort: „Oder vielleicht möchtest du gerne unter den Sternen liegen und zusehen, wie die Welt sich dreht, während ich jeden einzelnen Zentimeter deines Körpers ablecke."

„Oh, mein Gott“, hauchte Derek. Seine Pupillen waren geweitet, als er sich aufrichtete, seinen Kaffee an die Lippen hob und fast die Hälfte davon hinunterkippte. Immer noch keuchend leckte er sich die Lippen, begegnete Dillans Blick und flüsterte: „Egal, wie sehr ich mir einzureden versuche, dass es nur daran lag, dass ich letzte Nacht durcheinander war, ich kann es nicht aus meinem Kopf bekommen. Ich liebte, wie es sich anfühlte, von dir berührt zu werden, dich zu berühren, und ich werde jedes Mal hart, wenn ich darüber nachdenke, es wieder zu tun.“

„Du *kannst* es wieder tun“, gurrte Dillan. „Wann immer du es willst, gebe ich dir, was du brauchst.“

„Ich weiß nicht …“ Derek hielt inne, die Augenbrauen zusammengezogen. „Ich wohne nicht hier. *Du* wohnst nicht hier. Ich –“

„Ah, aber wir könnten es, richtig?“, drängte Dillan. „Wir haben beide Familie hier. Wir würden einander haben. Wir wären nicht allein“, betonte er. „Was denkst du wirklich, ist das Problem?“

„Meine Eltern. Mein Vater sagt, ich bin verlobt“, platzte es aus Derek heraus. Während Dillan schockiert darüber war, fuhr Derek fort: „Meine Mutter wird am Boden zerstört sein, wenn ich es nicht durchziehe. Seit mein Vater Deke verstoßen hat, hat sie mich dazu gedrängt, zu heiraten und Kinder zu haben. I-ich hasse die Frau. Jennifer Davidson. Ich bin nie mit ihr ausgegangen, aber ich habe meinem Vater immer erlaubt, meine Entscheidungen zu kontrollieren. Ich wollte ein guter Sohn sein, ihm gefallen.“

Derek hob den Kopf und konzentrierte sich auf Dillan,

sein Gesichtsausdruck war düster. „Als ich auf dem College war, habe ich einen Fehler gemacht. Zumindest sagte er mir das. Er hat eine Polizeiakte, die er einem Polizisten abgekauft hat, damit ich nicht wegen Trunkenheit am Steuer und Autodiebstahl angeklagt werde.“ Sein Gesicht färbte sich rot, als er sich wieder auf seinen Kaffee konzentrierte. „Ich erinnere mich nicht wirklich daran. Es gab eine Party.“ Derek leckte sich die Lippen und gab dann zu: „Ich trinke nicht mehr viel. Ein oder zwei Bier, wie letzte Nacht, das ist alles.“ Er schnaubte und starrte aus dem Fenster in den Wald und murmelte: „Ich trinke nicht einmal mehr auf dem Golfplatz. Du würdest nicht glauben, welche Scheiße meine Kunden und Mitarbeiter von sich geben, nachdem sie ein paar Drinks hatten.“

„Du erinnerst dich nicht, ein Auto gestohlen zu haben?“ Dillan ignorierte den Rest von dem, was der Mann gesagt hatte. Das konnte alles geklärt werden. Sein Gefährte hatte gesagt, er sei Anwalt. Wenn er eines Verbrechens angeklagt würde, würde er seine Lizenz verlieren. „An was erinnerst du dich?“

Derek zuckte die Achseln und schüttelte den Kopf, bevor er seinen letzten Schluck Kaffee trank.

Dillan füllte schnell den Becher seines Gefährten nach.

„Nichts“, murmelte Derek. Er hob seinen Blick und starrte Dillan an. „Genau wie Hunderte von blöden Studenten jedes Jahr bin ich zu einer Saufparty gegangen und habe getrunken. Ich war noch zu jung, erst zwanzig, durfte also noch keinen Alkohol trinken.“ Er seufzte und starrte in seinen Kaffee. „Ich bin auf dem Rücksitz eines Autos aufgewacht, auf halbem Weg über den Campus. Ich weiß nicht, wie ich dort hinkam, aber als ich aufwachte, war mein Vater schon da mit einem Polizisten, und er brachte mich nach Hause. Ich bin nie ins Gefängnis gegangen, aber jedes Mal, wenn ich kurz davor war, etwas zu versauen, hat mich mein Vater verdammt schnell an die Polizeiakte in seinem Safe erinnert."

Dillan verengte den Blick und versuchte nicht zu zeigen, wie faul das Ganze klang. „Äh, woher weißt du, dass es eine Akte gibt? Hast du sie gelesen?", fragte er.

„Nein", murmelte Derek und klang misstrauisch.

Dillan konnte nicht anders. Er musste fragen. „Woher weißt du dann, dass es tatsächlich eine Polizei-Akte gibt?"

KAPITEL 7

„Mein Vater hat sie mir einmal gezeigt", antwortete Derek sofort. Er sah Dillan stirnrunzelnd an. „Ich bin kein Idiot", schnappte er. Seufzend starrte Derek auf seinen Becher, als Dillan ihn nachfüllte. „Für dieses Gespräch ist es zu früh. Können wir nicht einfach über den Elefanten reden?"

Dillan schnaubte. „Du würdest es vorziehen, wenn wir über Sex reden, anstatt über den Grund, warum du glaubst, dass du *keinen* Sex mit mir haben kannst?"

„Es ist besser, als über meine jugendliche Dummheit zu sprechen, die mein Vater immer noch benutzt, um mich zu erpressen", grummelte Derek. Er schloss die Augen und atmete das bittere Aroma des Kaffees ein. Derek senkte den Kopf und stellte sich vor, dass ein Mann wie der ihm gegenüber stehende – ein Mann, der offensichtlich sein Leben im Griff hatte und der ein Kind aufgezogen hatte –, wahrscheinlich dachte, er sei dumm. „Du denkst wahrscheinlich, dass ich furchtbar jung und dumm bin."

„Jung, ja", antwortete Dillan leise. „Dumm, nein."

Derek spürte, wie Dillans Hände sich um seine legten, die seinen Becher hielten. „Gutaussehend und sexy, zur Hölle, ja." Seine Stimme wurde noch leiser und nahm einen heiseren Ton an. „Also holen wir diese Akte aus dem Besitz deines

Vaters und sehen nach, was wirklich darinsteht. Dann kannst du entscheiden, was zum Teufel du wirklich tun willst, ohne dass er sich einmischt. Wie klingt das?“

Derek hob den Kopf und öffnete die Augen. Dillans Gesicht war nur wenige Zentimeter von seinem entfernt. Seine grünen Augen schienen mit der Intensität seines Blicks zu glitzern. Dillan war nahe genug, dass Derek bei jedem Atemzug den warmen Luftstrom an seinen Lippen spürte.

Derek wollte sich vorbeugen und diese Lippen, diesen Mund kosten. Würde er nach dem Kaffee schmecken, den sie tranken? Wären seine Lippen rauer als die einer Frau? Dillan hatte einen dünnen Spitzbart … wie würde sich das anfühlen?

Warte mal, worüber sprachen wir gerade?

„Die Akte holen? W-wie?“, flüsterte Derek. „Wie würden wir das machen? Warum willst du dich überhaupt auf meine Probleme einlassen?“

Ein Lächeln huschte über Dillans Lippen. „Meine Familie hat auch ein paar seltsame Macken“, sagte er. „Wenn wir jemanden treffen, den wir mögen, wollen wir alle seine Probleme lösen und uns um ihn kümmern.“ Er beugte sich vor und verringerte die Distanz ein wenig.

Als Derek Dillans Worte hörte, runzelte er die Stirn. „Ich bin ein Mann. Ich sollte mich um meine eigenen Probleme kümmern.“

Dillans Brauen schossen hoch und wieder runter, als sich seine Augen verengten. „Sagt das auch dein Vater?“

Derek öffnete den Mund, um es zu leugnen, aber … „Äh, ja.“ Verdammt, warum hatte er nicht daran gedacht?

„Hilfe von Freunden zu bekommen macht dich nicht

weniger zu einem Mann, Derek“, stellte Dillan fest. „Es bedeutet nur, dass du Unterstützung hast. Gute Freunde. Leute, die sich um dich kümmern.“ Er grinste. „Zur Hölle, um das zu tun, habe ich vor, einen alten Kumpel vom Militär um Hilfe zu bitten.“

„Du warst beim Militär?“ Das würde sicherlich die gute körperliche Verfassung und das Selbstvertrauen dieses Mannes erklären.

„Das war ich“, bestätigte Dillan. „Ich erzähle dir alles ein anderes Mal. Jetzt –“

Dillan beendete seinen Gedanken nicht. Er hob seine Hand, die immer noch um Dereks ruhte. Bevor Derek die Chance hatte, Dillans Berührung zu vermissen, schloss der ältere Mann seinen Mund. Dillan verringerte den Abstand zwischen ihnen und presste seine Lippen auf Dereks.

Obwohl Derek genau das gewollt hatte, keuchte er dennoch überrascht auf. Er spürte, wie Dillan leicht an seiner Unterlippe leckte, beinahe spielerisch. Ein Teil von Derek, der ausflippte, weil er endlich seinen lange verdrängten Wünschen nachgab, wollte sich zurückziehen. Der Rest von ihm, der sich verzweifelt danach sehnte, sich jemandem nahe zu fühlen, die Einsamkeit zu lindern, gegen die er so lange gekämpft hatte, drängte ihn, Dillan zu packen und den Kuss zu vertiefen.

Die zweite Stimme gewann.

Derek hob seine linke Hand und spiegelte Dillans Bewegung wider, wobei er seinen Kiefer umfasste. Er legte seinen Kopf schief, öffnete den Mund weiter und schob seine Zunge heraus, um Dillans zu berühren. Er leckte darüber und schob dann seine eigene Zunge in Dillans Mund.

Dillans männlicher Geschmack strömte über Dereks Geschmacksknospen. Er stöhnte bei dem würzigen Aroma und fuhr mit der Zunge durch den Mund seines neuen Geliebten, weil er mehr wollte. Er spürte, wie Dillan seine eigene Zunge gegen Dereks schob und sie miteinander rangen.

Derek stöhnte in den Mund des anderen Mannes und drückte fester. Er zog die Zunge des anderen Mannes in seinen Mund und saugte an ihr. Er schwelgte in den Aromen von Mann und Kaffee. Der Geschmack setzte sein Blut in Flammen und ließ es nach Süden zu seinem Schwanz rauschen. Innerhalb von Sekunden steinhart, pochte Dereks angeschwollener Schwanz fast schmerzhaft und tränkte den Schritt seiner geliehenen Jogginghose mit Lusttropfen, als er aggressiv um die Kontrolle über den Kuss kämpfte.

Derek knabberte an Dillans Unterlippe. Er lutschte an Dillans Zunge. Er ließ sie wieder los, als er seine Hand von Dillans Kiefer in sein Haar schob. Er schloss seinen Griff um die kurzen Strähnen und zog daran.

Dillan grunzte.

Derek zuckte zurück, beendete den Kuss und starrte den Mann an. Er hatte befürchtet, er hätte ihm weh getan, aber der leidenschaftliche Schleier über Dillans Augen vertrieb seine Besorgnis. Dillan hatte genauso viel Spaß daran wie Derek.

„Heilige Scheiße“, flüsterte Derek. „Ich hab noch niemals jemanden so geküsst.“

Dillan grinste und schien zu ignorieren, wie sein Kopf durch Dereks Griff in einem merkwürdigen Winkel gehalten wurde. „Du kannst mich jederzeit so küssen, Hübscher.“

„Hölle, ja“, knurrte Derek.

Derek begann den Kopf zu senken, um die leidenschaftliche Vereinigung ihrer Lippen zu wiederholen. Als er das Geräusch eines sich nähernden Fahrzeugs hörte, hielt er inne und runzelte die Stirn. „Wer kommt da?"

„Ich habe ein paar Anrufe getätigt, nachdem wir uns letzte Nacht getrennt haben", erklärte Dillan. „Mein Patensohn und sein Mann sind heute Morgen gegen sechs Uhr vorbeigekommen und haben deine Schlüssel abgeholt. Das sind wahrscheinlich sie, die dein Fahrzeug hierher bringen." Er räusperte sich und schaute ihn mit verlegenem Gesichtsausdruck an. „Ich wollte es dir eigentlich sagen, aber wir waren etwas abgelenkt."

„Ich mochte die Ablenkung", platzte Derek heraus. Er spürte die Hitze in seinem Gesicht aufsteigen, ließ Dillans Haar los und richtete sich auf. „Äh, tut mir leid."

Dillan ließ Dereks Kiefer los und richtete sich ebenfalls auf. „Entschuldige dich nicht für etwas, das wir beide genossen haben", tadelte er leise. „Komm schon. Lass uns Essen machen."

„Äh, ich nehme nicht an, dass du größere Sachen oder ein Hemd hast?", fragte Derek und sah auf seine Erektion hinunter, die den Stoff ausbeulte. Er rückte sich zurecht und räusperte sich. „Ähm, damit sie nicht, äh …" Sein Gesicht fühlte sich an, als würde es brennen, und er konnte seine Gedanken nicht beenden.

Dillan nickte. „Ich habe deine Jeans und dein Hemd gewaschen. Sie sind dort hinten in dem Raum, wenn du dich umziehen willst." Er deutete auf einen Raum hinter der Küche.

Derek nickte. „Danke", sagte er.

Er schritt schnell durch die Küche und in einen Raum, der wohl die Waschküche war. Als er sah, dass seine Kleidung gefaltet auf dem Trockner lag, nahm er sein T-Shirt und zog es sich über den Kopf. Er steckte die Daumen in den Hosenbund und bereitete sich darauf vor, sie über seine Erektion zu ziehen, aber die Haare in seinem Nacken standen plötzlich zu Berge.

Derek blickte nach rechts und sah Dillan an der Theke lehnen. Er hatte seine Arme vor der Brust verschränkt, und schaute Derek unverhohlen zu. Als Dillan sah, dass Derek ihn ansah, grinste er und hob eine Braue.

Derek erkannte eine Herausforderung, wenn er eine sah. Dillan wollte wissen, ob er sich vor ihm ausziehen würde. Derek kniff die Augen zusammen und hielt seinen Blick, als er die Hose runterzog und mit den Füßen abstreifte.

Dillan leckte sich die Lippen, während sein Blick sich auf Dereks Erektion konzentrierte. Dereks Körper reagierte instinktiv auf diesen Blick. Er spürte, wie sein Schwanz zuckte, als eine Perle Vorsperma aus ihm sickerte. Derek sehnte sich danach, seine Erektion zu ergreifen und sich bis zum Höhepunkt zu streicheln.

„Oh, das ist so ein hübscher Anblick", grollte Dillan so laut, dass Derek es hören konnte. „Ich möchte ihn wie einen Lutscher abschlecken, Derek. Ich wette, dein Saft schmeckt noch besser als deine Küsse."

Derek schauderte bei Dillans Worten. Er packte seinen Schwanz und wichste sich ein, zwei Mal, unfähig, sich davon abzuhalten. Verlangen durchfuhr ihn. Das Verlangen, genau das zu erleben, was Dillan angeboten hatte.

Knurrend schob sich Dillan von der Theke weg und stolzierte auf ihn zu. Seine grünen Augen leuchteten, und seine eigene Erektion beulte seine Hose aus. „Sag jetzt *nein,* Derek“, sagte er schroff. „Denn wenn ich dich einmal in den Händen habe und meinen Mund an dir, werde ich nicht aufhören, bis ich ihn schlucke.“

Derek war nicht in der Lage, seine Zunge zu finden, und sein Mund war trocken vor Vorfreude. Er starrte den Mann nur an.

Dillan trat die Tür zu und schloss sie in dem kleinen Raum ein. Er summte leise, als er die letzten paar Meter zwischen ihnen überwand. Mit beeindruckender Geschmeidigkeit ließ sich Dillan vor Dereks Füßen auf die Knie nieder.

Dillan hob die Hände und streckte sie nach ihm aus. Er hielt inne, seine Finger einen Zentimeter von Derek entfernt. „Letzte Chance“, flüsterte Dillan rau. „Sobald ich dich probiert habe, werde ich dich nicht so leicht gehen lassen.“ Seine grünen Augen waren geweitet von seinem eigenen Verlangen. „Ich werde dir so viel Vergnügen bereiten, deine Wünsche erfüllen, und du wirst niemals gehen wollen.“

Derek schluckte schwer bei Dillans besitzergreifenden Worten und fand schließlich seine Stimme. „W-was ist mit deinen Gästen?“

„Sie werden draußen warten, bis ich sie hereinbitte“, antwortete Dillan zuversichtlich. Er legte seine Handflächen auf Dereks Hüften und fuhr mit den Daumen über die V-förmigen Muskeln an der Basis seiner Bauchmuskeln. Dillan hob seinen Blick und sah Derek in die Augen. „Sag mir, dass du mein sein willst.“

Dereks Herz schlug heftig in seiner Brust. Verlangen, wie er es noch nie erlebt hatte, erfüllte ihn. Etwas in der sicheren Berührung des Mannes, der kräftigen Linie seines Kiefers und seinem unverwandten Blick sagten Derek, dass Dillan sein Versprechen erfüllen würde.

„Ja“, flüsterte er, unfähig sich davon abzuhalten. Er wollte, was dieser Mann ihm anbot, mehr als er Luft zum Atmen brauchte. „Ich will dein sein.“

„Bald“, schwor Dillan, „wirst du es.“

Derek stöhnte, als Dillan seinen Mund öffnete, seine Zunge herausstreckte und über die Spitze seines Schwanzes leckte. Das warme, bewegliche Glied bewegte sich über sein empfindliches Fleisch und ließ Kribbeln über seinen Ständer und durch seine Leistengegend strömen. Er stöhnte, als sich eine Gänsehaut auf seiner Haut ausbreitete.

Dillan hob den Blick und sah Derek durch die Wimpern an. Ein Lächeln umspielte seine Lippen. Dann beugte er sich vor und schluckte Dereks Schwanz bis zur Wurzel.

Derek schrie, als Dillans Mund seinen pochenden Ständer in warme, feuchte, saugende Hitze tauchte. Als Dillan sich von ihm löste, stieß Derek instinktiv zu, versenkte seinen Schwanz wieder in die lustvolle Hitze des Mannes.

Dillan summte und Derek stöhnte, als er fühlte, wie der ältere Mann seinen Schwanz vibrieren ließ. Dillans Fingerspitzen bohrten sich in seine Haut, als er seinen Griff um Dereks Hüften festigte. Während Dillan sich dieses Mal langsam von Dereks Schwanz zurückzog, hielt er ihn fest.

Derek keuchte schwer und starrte auf die Stelle, an der

sein Schwanz Dillans Mund dehnte. Sein Schaft schimmerte vom Speichel des Mannes, während seine Eichel in Dillans Mund steckte. Seine Lippen krümmten sich aufreizend um Dereks breite Spitze und Dillan lächelte zu ihm auf. Dann saugte er … kräftig.

Derek schauderte bei dem Gefühl von Kraft hinter Dillans Saugen. Er fühlte sich, als ob der Mann sein Sperma aus seinen Eiern zu ziehen versuchte, und sein Schwanz war der Strohhalm. Dann drückte Dillan seine Zunge gegen das faltige Fleisch unter seiner Eichel.

Lustschmerz schoss durch seine Schwanz und ließ Derek grunzen. Die Basis seines Rückgrats prickelte und ließ einen Funken von Lust über seinen Rücken schießen. Derek griff hinter sich und nach dem Trockner, weil er etwas zum Festhalten brachte.

Dillan ließ seine Hüften los und öffnete den Mund, sodass Dereks Schwanz zwischen seinen Lippen herausrutschte. Ein Speichelfaden erstreckte sich von seinem Mund bis zur Spitze von Dereks Schwanz, als dieser in die Höhe schnellte. Als er gegen seine Bauchmuskeln schlug, riss der Faden.

Derek fand seine Zunge. „W-warum …?“ Er fand, dass seine Stimme weinerlich klang, aber er konnte nicht anders. Er war so nahe dran gewesen. Dillans Mund fühlte sich viel besser an, sah viel aufregender aus als der aller Frauen. „Warum hörst du auf?“

„Damit ich dir sagen kann, dass du mich gerne anfassen darfst“, sagte Dillan. Er leckte sich die Lippen und lächelte, als er nach Dereks Handgelenken griff. „Jetzt, wo ich dich ein wenig gefoltert habe, ist es wohl an der Zeit, dass du dir nimmst, was du willst, nicht wahr?"

Dillan zog Dereks Hände von dem Trockner und führte sie zu seinem eigenen Kopf. Er legte Dereks Hände auf seine Schultern und ließ sie dann los. Als nächstes griff Dillan nach der Basis von Dereks Schwanz und brachte die Spitze zurück zu seinem Mund. Er schaute durch seine Wimpern zu ihm auf, als er die Eichel küsste.

„Jetzt fick meinen Mund mit deinem hübschen Schwanz, während ich mit deinen Eiern spiele."

Derek stöhnte und nickte. Nichts hatte jemals so fantastisch geklungen. Er wollte seinen Schwanz in Dillans Mund rammen, sich in seinem Rachen vergraben und seine Kehle mit seinem Samen füllen.

Dillan öffnete den Mund und saugte ihn hinein. Er legte seine linke Hand auf Dereks Hüfte und hielt sie leicht fest, wahrscheinlich um sich selbst abzustützen. Als er mit der anderen Hand nach Dereks Eiern griff und sie umfasste, schluckte Dillan seinen Schwanz bis zur Wurzel. Langsam zog er sich zurück und saugte leicht, während er Dereks Kugeln durch die empfindliche Haut seines Sacks streichelte.

Derek stöhnte und ruckte mit den Hüften. In diesem Moment massierte Dillan die Haut seiner Leistengegend und ermutigte ihn, anstatt ihn aufzuhalten. Dereks Kontrolle war bei dem sinnlichen Anblick und Gefühl dahin.

Derek stieß seinen Schwanz in Dillans Mund. Als er sich zurückzog, saugte Dillan kräftig und übte den exquisitesten Druck auf ihn aus. Derek wollte das wieder spüren, hob die Hände und umfasste Dillans Kiefer. Er fing an, mit den

Hüften zuzustoßen und sank immer wieder in den Mund seines Geliebten.

Dillan hielt mit ihm Schritt. Er saugte jedes Mal kräftig, wenn Derek seinen Ständer herauszog und kitzelte jedes Mal die faltige Haut unter seiner Kuppe, wenn er wieder in seinen Mund sank. Irgendwie schaffte es Dillan sogar, jedes Mal, wenn ihm Derek die Spitze seines Schwanzes in die Kehle schob, zu schlucken.

Als Dillan seine Eier rollte, wurde die Kombination der Empfindungen zu viel. Dereks Hoden fühlten sich an, als würden sie in seinen Körper gesaugt. Sein Schwanz explodierte und sein Samen quoll mit beinahe schmerzhaften, pulsierenden Salven der Lust aus seinem Schaft. Dillan schluckte, summte und trank seinen Samen hastig, als wäre der so gut, dass er sich keinen Tropfen entgehen lassen wollte.

Schließlich ließ Dereks Orgasmus nach und er schwebte auf berauschenden Wellen von Endorphinen. Sein erschlaffender Penis wurde zu empfindlich, und er grunzte und schüttelte sich.

Offensichtlich las Dillan Dereks Reaktionen und ließ seinen Schwanz von seinen Lippen gleiten. Er stand auf und fuhr mit den Händen über Dereks nackten Hintern. Seine Pobacken umfassend und drückend, zog Dillan ihre Leisten bündig zusammen.

Irgendwann musste Dillan seine eigene Jogginghose unter seine Eier geschoben haben, denn er drückte seinen nackten Schritt gegen Dereks. Als er zum ersten Mal eine harte, dicke Erektion gegen seine drückten spürte, zuckte sein weicher Schwanz, als würde er sich auf die zweite Runde vorbereiten.

Dillan begann langsam gegen ihn zu schaukeln und rieb seine Erektion entlang der Falte von Dereks Oberschenkel. Dillan ließ seine rechte Hand los und packte Dereks Hals, während er seine Stirn gegen Dereks legte.

„Das war das verdammt beste Frühstück, das ich je hatte“, flüsterte Dillan. „Du bist so verdammt sexy in deiner Leidenschaft.“

Derek spürte, wie sein Gesicht bei Dillans Worten rot wurde, als er dachte, die Stimme seines Geliebten klang etwas heiser. Vielleicht von seiner groben Behandlung, was ein verdammt sexy Gedanke war.

„Ich kann es kaum erwarten, dich zu ficken und deinen engen Arsch um meinen harten Schwanz zu spüren“, fuhr Dillan fort. Während er sprach, rieb er seinen Schwanz fester an Derek. „Ich möchte deinen Arsch mit meinem Samen füllen, so wie du meinen Hals vollgepumpt hast.“

Dereks Arsch krampfte sich zusammen, als er Dillans Worte hörte, und er stöhnte. In diesem Moment war er fast bereit, um genau das zu betteln.

KAPITEL 8

Dillan rüttelte an Derek. Die verschwitzte und speichelfeuchte Leistengegend seines Gefährten fühlte sich fantastisch an seinem pochenden Schaft an. Er wünschte, er könnte seinen Gefährten hochheben, ihn auf die Waschmaschine setzen und sich tief in seinen engen Arsch vergraben. Leider wusste Dillan, dass jetzt nicht der richtige Zeitpunkt war … und sein Gefährte war noch nicht bereit.

Stattdessen wiegte sich Dillan gegen Derek und behielt ein gleichmäßiges Tempo bei, von dem er wusste, dass es ihn schnell zum Ziel bringen würde.

Mit seinem Griff um Dereks Hals hielt Dillan den Mund seines Gefährten fest und schob seine Zunge zwischen Dereks Lippen. Er genoss es, Dereks Stöhnen zu hören, weil er wusste, dass sein Geliebter sich selbst auf seiner Zunge schmecken konnte und es zu genießen schien.

Dillan spürte, wie sich seine Eier zusammenzogen. Er wäre fast schon beim Kosten des Samens seines Gefährten gekommen und wusste, dass es nicht lange dauern würde. Dillan beendete den Kuss und starrte in Dereks Augen. Er beobachtete, wie sein Geliebter den Blick über sein Gesicht wandern ließ und seine Wangen sich rot verfärbten, als er leise keuchte.

Derek lockerte seinen Griff um Dillans Schulterblätter. Dann fuhr er mit einer Hand über Dillans Wirbelsäule und reizte den Ansatz seiner Ritze. Tief in Dillans Augen schauend, flüsterte Derek: „Ich bin nicht die einzige Person, die gefickt wird."

Überraschung schoss durch Dillan und eine weitere Welle der Lust brach in ihm aus. Das Bild von Derek, der ihn mit dem langen, dicken Schwanz vögelte, den er gerade im Mund gehabt hatte, schoss ihm durch den Kopf. Seine Hoden zogen sich straff zusammen, und sein Orgasmus rollte über ihn hinweg.

Dillans Schwanz explodierte und tränkte die Vorderseite von Dereks Hemd mit seinem Samen. Wellen berauschender Glückseligkeit pulsierten im Takt seiner Salven durch seinen Körper. Dillan stöhnte leise und lehnte seinen Kopf an Dereks Schulter. Er kuschelte sich an den Hals seines Geliebten, leckte und knabberte an dem warmen Fleisch, und der Drang, seinen Gefährten zu beißen, nagte an ihm wie ein Juckreiz, den er nicht kratzen konnte.

Bald.

Stattdessen genoss Dillan das Gefühl von Dereks Armen um ihn herum. Er hielt seinen Gefährten fest und genoss das Wissen, das ihre Düfte vermischt waren. Dillan liebte es, dass von nun an jeder Wandler, der in ihre Nähe kam, wissen würde, dass Derek Dillan gehörte.

„Ich weiß nicht, ob ich all diesen anderen Jungs dankbar oder auf sie eifersüchtig sein soll", flüsterte Derek.

Dillan hob den Kopf. Er starrte in Dereks Augen und massierte mit seinem Daumen sanft den Puls seines Gefährten.

Er sah den reumütigen Ausdruck auf Dereks Gesicht und legte den Kopf schief, um es zu verstehen.

„Was meinst du?"

„Du lutschst wie ein Profi, also sollte ich dankbar sein", erwiderte Derek und sein Gesicht färbte sich leicht rosa. „Auf der anderen Seite heißt das, dass du mit … na ja, vielen Leuten zusammen warst."

Dillan räusperte sich und nickte langsam. „Ich kann dieses Dilemma verstehen", murmelte er. Zur Hölle, er konnte nicht einmal die Anzahl der Leute benennen, mit denen er in den letzten über dreihundert Jahren Sex gehabt hatte. Dillan sah Dereks Grimasse und vermutete durch seinen Blick und Geruch, dass sie von Unsicherheit herrührte. Er versicherte: „Ich habe zwar viel Erfahrung, aber ich werde niemals fremdgehen. Du bist der Einzige für mich." Dann verengten sich seine Augen. „So wie *ich* der Einzige für *dich* sein werde", knurrte er. Die Vorstellung, dass ein anderer seinen Gefährten berührte, löste jeden besitzergreifenden Instinkt aus, den er hatte. „Kein anderer wird dich je berühren."

Dereks Augen weiteten sich. Er öffnete den Mund und schloss ihn wieder, runzelte dann die Brauen und flüsterte: „Wie kannst du dir so schnell so sicher sein?"

Dillan war bewusst, dass er jetzt noch nicht auf das Thema Wandler und Gefährten eingehen konnte – verdammt noch mal, er musste seinen Hintern auf die Veranda bewegen und seinen Patensohn reinbitten –, also beschloss er zu sagen: „Ich werde es dir erklären, aber ich denke, mein Patensohn wird jetzt wahrscheinlich ungeduldig."

Dereks Gesicht wurde rot. „Scheiße. Ich habe total

vergessen, dass sie da draußen sind.“

Dillan lachte leise. „Zieh das Hemd aus. Wir werfen es wieder in die Wäsche“, empfahl er, als er sich von Derek entfernte.

Er zog seine Jogginghose gerade so weit über die Hüften, dass sie oben blieb, ohne dass er sie über seinen Schwanz und seine Eier streifte, bevor er die Tür zur Küche öffnete. Er stellte schnell sicher, dass sie leer war, bevor er zur Spüle ging. Obwohl er zu neunundneunzig Prozent sicher war, dass Edwin und Byron nicht ohne Erlaubnis eintreten würden, bedeutete das nicht, dass nicht ein Prozent geschehen konnte.

Nachdem er ein Geschirrtuch aus einer Schublade genommen hatte, tränkte er es mit Wasser und drückte es aus. Dann wischte er seinen Schwanz, seine Eier und seinen Bauch rasch ab. Er wollte, dass die sichtbaren Spuren des Samens verschwunden waren, kümmerte sich aber nicht so sehr um den Geruch. Sobald er optisch sauber war, spülte er das Tuch aus und kehrte zu Derek zurück.

Als Dillan sah, dass sein Gefährte völlig nackt war und sein ziemlich schlaffer Schwanz an seinem linken Oberschenkel lag, verschluckte er fast seine Zunge. Er hielt für einen Moment inne und bewunderte den Anblick, als Derek mit seinem wiederum schmutzigen Hemd über seine Bauchmuskeln rieb.

Dillan war sich nicht sicher, was Derek machte, um fit zu bleiben, aber es zeigte sich. Seine Bauchmuskeln waren noch ausgeprägter als seine eigenen. Seine Armmuskulatur trat deutlich hervor. Seine kräftigen Schenkel sahen aus, als würde er jeden Tag stundenlang Beintraining machen.

„Heilige Scheiße, Derek", flüsterte Dillan, als er seine Zunge fand. Er sah, dass Derek innehielt und ihn überrascht ansah, und lächelte anerkennend. Sein Gefährte hatte keine Ahnung, wie heiß er war. „Du bist verdammt umwerfend, Hübscher. Ich dachte du wärst ein Anwalt. Verbringst du den Rest deiner Zeit im Fitnessstudio?"

Dereks Wangen färbten sich rot, und er sah an seinem eigenen Körper hinab. „Äh, weißt du, ich trainiere, um Dampf abzulassen."

„Nun, das zeigt sich auf jeden Fall", stellte Dillan fest und schloss den Abstand zwischen ihnen. „Hier." Ohne zu fragen, drückte Dillan das warme, feuchte Tuch auf Dereks Bauch. Er lächelte, als er den scharf eingesogenen Atem seines Gefährten hörte, aber das hinderte ihn nicht daran, mit dem Tuch über seine Haut zu reiben. Dillan richtete seinen Blick auf Dereks große braune Augen, kniff seine zusammen und flüsterte heiser: „Ein Teil des Vergnügens ist es, danach sauberzumachen."

Derek grunzte. Seine Brust hob sich, als seine Atmung schneller wurde und die Bauchmuskeln zitterten unter Dillans Berührung. Als Dillan das Tuch weiter nach unten führte, um den Schwanz und die Eier seines Gefährten sanft zu reiben, stöhnte Derek. Zu Dillans Stolz regte sich der Schwanz seines Gefährten, reagierte auf seine Berührung.

Nach Luft schnappend zog sich Derek von ihm zurück. Er brachte ein paar Schritte Abstand zwischen sie, schnappte sich seine Jeans und begann, sie anzuziehen. „D-das ist gut."

Dillan begegnete Dereks verstohlenen Blicken mit der Hoffnung, dass er unschuldig aussah … einigermaßen. Dereks

Gesicht wurde wieder rot und verriet seine Unerfahrenheit. Dillan liebte das wirklich an seinem Gefährten. Als erwachsener Mann hatte sein Gefährte immer noch eine etwas eingeschränkte, unschuldige Sicht auf Sex.

Dillan zuckte die Achseln und sagte: „Ich liebe es, wie du auf mich reagierst, Derek. Ich kann nicht widerstehen, dich zu berühren."

„Nun, äh, d-dein Patensohn wartet, äh, wie ist sein Name?"

„Edwin. Er heißt Edwin Aldridge", sagte Dillan und warf das Tuch in den Korb neben der Waschmaschine. Er bemerkte, dass Derek sich die Freiheit genommen und sein T-Shirt ebenfalls hineingeworfen hatte. Das gefiel Dillan. „Edwins Partner heißt Byron Ziegler. Ich bin nicht sicher, ob Byrons Halbschwester Diana bei ihnen sein wird. Sie war gestern mit mir auf dem Motorrad. Sie war noch nie auf einem und wollte mitfahren."

„O-okay."

Während Dillan die Jogginghose in eine bequeme Position tief auf seinen Hüften sitzend zog, ging er in Richtung Küche und rief über die Schulter: „Wenn du in mein Schlafzimmer gehen möchtest, kannst du gerne in meinen Schubladen nach einem T-Shirt suchen." Er blieb in der Tür stehen und drehte sich wieder um, um seinen Geliebten breit anzugrinsen. „Natürlich würde sich keiner von ihnen wundern, wenn wir beide ohne Oberteil sind. Zieh dich also nicht an, nur weil du denkst, dass sie das erwarten."

Ohne auf eine Antwort zu warten, ging Dillan durch die Tür in die Küche. Er nahm sich einen Moment Zeit, um eine frische Kanne Kaffee aufzustellen, dann ging er zur Haustür. Dillan öffnete sie und trat auf die Veranda.

Dort entdeckte er Edwin und Byron, die sich vor einem Fahrzeug stritten, das er nicht erkannte. Edwin hatte die Hände in die Hüften gestemmt und sah Byron finster an. Byron hatte einen duldsamen Gesichtsausdruck, als er nach Edwins Oberarmen griff und sie rieb.

Als Dillan hörte, wie Edwin Dillans Namen sagte sowie die Worte *ein Mensch* und *Derek,* dann *vertrau ihm*, beschloss er, dem Paar noch eine Minute Zeit zu geben. Als er sich umsah, entdeckte er Diana, die auf der Schaukel der Veranda saß. Sie hatte ihren Fuß auf dem Geländer und bewegte sanft die Schaukel. Sie grinste ihn an.

Dillan krümmte einen Finger und winkte sie zu sich. Sie stand auf, also trat er einen Schritt zurück und wieder ins Haus. Er wartete im Eingangsbereich und sorgte dafür, dass sie die Tür offenließ. Irgendwann würde Edwin sich wieder beruhigen und verstehen, dass die offene Tür und Dianas Abwesenheit bedeuteten, dass sie hereinkommen sollten. In der Zwischenzeit würde Dillan mit dem Frühstückmachen beginnen.

„Guten Morgen, Diana", begrüßte Dillan sie, als sie im Haus waren. Er trat vor und umarmte sie kurz. „Tut mir leid, euch warten gelassen zu haben."

Diana lachte und sah ihn wissend an. „Ja, du *hattest* schon einen guten Morgen", neckte sie und schnüffelte an ihm. „Kein Wunder, dass du uns warten gelassen hast. Das hätte ich auch getan." Sie zwinkerte und grinste.

Dillan schnaubte und grummelte: „Sag bei Derek nichts.

Er ist … schüchtern."

„Oh, ein schüchterner Junge", antwortete Diana spielerisch. „Das wird jede Menge Spaß machen."

„Diana", grollte Dillan warnend.

Dianas Gelächter hallte durch das Wohnzimmer. „Ach, bitte", sagte sie und grinste fröhlich. „Als ob ich irgendetwas tun würde, um deine Bindung zu gefährden."

„Gut", grummelte Dillan mit gerunzelter Stirn. Er klärte seinen Gesichtsausdruck. „Jetzt kannst du mir mit dem Frühstück helfen."

Diana grinste immer noch und antwortete: „Du hast noch nicht mit dem Frühstück angefangen?" Sie legte ihre Hand auf ihre Brust. „Warum denn nicht?"

„Klugscheißer."

Dillan lauschte Dianas verschmitztem Lachen und ging voran in die Küche. „Nimm den Speck und die Eier aus dem Kühlschrank. Ich werde den Ofen aufheizen, um die Röstis zuzubereiten, und die Pfanne für die Eier aufstellen." Während er sprach, stellte Dillan eine große Pfanne auf zwei der Brenner und stellte diese an. „Und die Butter", fügte er hinzu und schaltete den Ofen ein.

„Sicher", sagte Diana. „Kommt geflogen."

Dillan drehte sich gerade noch rechtzeitig um und sah, wie Diana ihm das Päckchen Butter zuwarf. Er fing es leicht auf und es gelang ihm, einen Moment lang finster in Dianas Richtung zu blicken, bevor er lachen musste. Dillan schüttelte den Kopf, zog ein Messer heraus, klappte den Deckel des Behälters auf, schnitt ein paar Stücke ab und warf sie in die flache Pfanne.

„Hier."

Dillan drehte sich um und sah, dass Diana ihm das Päckchen mit den vorgefertigten, tiefgefrorenen Rösti hinhielt. Er nahm es und legte es auf die Theke. Als nächstes nahm er ein Backblech heraus. Nachdem er es mit Backpapier belegt hatte, ordnete er zehn Rösti darauf an, bevor er es in den Ofen schob.

Dillan nahm eine Zeitschaltuhr aus einer Küchenschublade, drehte das Zifferblatt und stellte sie auf die Theke. Dann drehte er sich um und erstarrte. Er sah Derek an der Theke stehen und ihn mit offensichtlicher Unsicherheit beobachten.

Dillan stellte die Packung mit Speck und den Eierkarton ab, die Diana ihm gerade gereicht hatte, und nahm ein Papiertuch von der Rolle. Er wischte sich die Hände ab, als er zu seinem Geliebten ging.

„Hey, Hübscher", begrüßte Dillan ihn. Er streckte die Hand aus und berührte Dereks Kiefer mit seinen Fingerspitzen, erfreut, als der Mann nicht zuckte. Stattdessen färbten sich nur seine Wangen rosa, diese bezaubernde Reaktion, die Dillan so sehr liebte. „Würdest du den Tisch für mich decken?", fragte er. „Wir sollten –"

„Sieben Personen sein", unterbrach Diana ihn. Sie trat neben Dillan und streckte ihre Hand aus. „Ich bin Diana Ziegler. Du siehst besser aus nach einer Nacht Ruhe." Sie lächelte und fügte hinzu: „Ausgekotzt, umgerührt und im Ofen aufgeheizt."

Dereks Augen weiteten sich. Sein Kiefer sackte nach unten.

Dillan packte Diana, zog sie zurück und beendete ihren Händedruck. „Das ist genug, du Clown", grummelte er. „Fang mit dem Speck an", fügte er hinzu. Er ließ sie los, freute sich zumindest, dass sie lachte und zeigte auf den Speck auf der Theke. „Fang an zu kochen, Weib."

Diana streckte ihm die Zunge heraus, drehte sich dann um und stolzierte die paar Schritte davon, um das Essen zu erreichen. Dillan lächelte und schüttelte den Kopf. Er wandte sich wieder an Derek. „Ich könnte auch jemanden gebrauchen, der das Brot toastet", sagte er. „Es macht dir doch nichts aus, oder?"

Ein erleichterter Blick erschien auf Dereks Gesicht, und er nickte. „Ich werde gerne den Tisch decken und den Toast machen."

„Gut."

Dillan widerstand dem Drang, die Theke zu umrunden und seinen sexy Gefährten zu küssen. Der Mensch hatte es irgendwie geschafft, sein einziges Tanktop zu finden. Verdammt noch mal, der schwarze Stoff betonte Dereks Arm- und Brustmuskeln perfekt. Dillan konnte nicht anders, als sich bei dem hinreißenden Anblick die Lippen zu lecken.

„Du bist so verdammt sexy, Hübscher", grollte Dillan. „Jetzt", fuhr er fort und zwinkerte, „lass uns mit dem Frühstück beginnen. Es gibt noch ein paar andere, die sich uns anschließen werden." Dillan deutete auf den Schrank und sagte: „Fühlen dich einfach wie zu Hause. Das Geschirr ist dort drin. Sieben Personen ist richtig."

Derek nickte, dann runzelte er die Brauen und legte den Kopf schief. „Warte mal. Sieben?"

Dillan verzog das Gesicht. „Ja, äh, ich muss etwas gestehen."

Die Tür knallte zu, und Edwin rief: „Dillan, was zum Teufel? Wieso hast du uns nicht gerufen?"

Dillan schüttelte den Kopf und seufzte. Er behielt seinen Geliebten im Auge und flüsterte: „Tut mir leid wegen der Überraschungen." Er verzog das Gesicht, drehte sich dann um und sah seinen Patensohn an. „Edwin, Byron, kommt zu uns."

„Wir sind nicht allein, Dillan", sagte Edwin mit ernstem Blick.

Dillan konzentrierte sich wieder auf die Eingangstür und entdeckte zwei Fremde, die direkt in der Tür standen. Während einer unglaublich geschockt wirkte, hatte der andere den Arm um seine Schultern gelegt und schien ihn zu trösten. Dillan sah, wie der zweite Mann dem ersten etwas ins Ohr flüsterte, aber er war zu sehr damit beschäftigt, sich umzudrehen, um sich auf Derek zu konzentrieren … der Geruch seines Gefährten zog seine Aufmerksamkeit auf sich.

„Deke!" Derek flüsterte den Namen seines Bruders, eindeutig verblüfft.

KAPITEL 9

Derek wandte seinen Blick von Deke ab und konzentrierte sich auf Dillan. „W-wie …?“ Er runzelte die Stirn und versuchte nicht nur alles zu verarbeiten, was in den letzten vierundzwanzig Stunden passiert war, sondern auch die Tatsache, dass sein Bruder direkt im Eingangsbereich stand und ihn unsicher beobachtete. „Woher kennst du meinen Bruder? Ich dachte, du wärst nicht von hier.“

„Das bin ich auch nicht“, bestätigte Dillan. „Aber Byron lebt schon seit Jahrzehnten hier. Er kennt Luther, und er erkannte deinen Nachnamen.“

Derek nickte langsam. Das ergab Sinn, von wegen Kleinstädte und so. Langsam machte er sich auf den Weg zu Deke und Luther, bis er ein paar Meter vor seinem Bruder stand. Obwohl er sich diesen Moment unzählige Male vorgestellt hatte, um genau die richtige Entschuldigung zu suchen, fehlten ihm die Worte.

Dann machte Deke die letzten Schritte. Er packte ihn und umarmte ihn fest.

Derek unterdrückte ein Schluchzen der Erleichterung, hielt seinen Bruder fest und erwiderte seine Umarmung. „Es tut mir so leid“, flüsterte Derek, bevor sich seine Kehle schloss.

„Mir auch“, murmelte Deke.

Schließlich lockerte Derek den Griff um seinen Bruder. Er trat einen Schritt zurück und legte seine Hände auf Dekes Schultern. Derek lächelte zu seinem kleineren Bruder hinunter und sah seine gebräunten Gesichtszüge, kunstvoll chaotisch gestylten Haare, sowie den Eyeliner und den Lipgloss. Das strahlende Grinsen auf Dekes Gesicht, als er zu ihm aufblickte, beruhigte etwas, von dem Derek nicht einmal gewusst hatte, dass es aufgewühlt war.

„Das Eheleben steht dir gut“, sagte Derek zu ihm. Er warf einen Blick auf Dekes Partner und konzentrierte sich dann wieder auf seinen Bruder. „Hat Luther dich gut behandelt?“

Wenn möglich, wurde Dekes Grinsen noch breiter. Sein Gesicht errötete ein wenig unter seiner Bräune, und er antwortete: „Oh, ja. Luther behandelt mich sehr, *sehr* gut.“ Er wackelte ein wenig mit den Augenbrauen, um seine Worte zu betonen, damit auch wirklich klar war, was Deke meinte.

Derek lachte. „Gut. Michael war ein Arsch, kleiner Bruder.“ Er umfasste Dekes Wange und wurde ernst, ehe er hinzufügte: ‚Ich bin froh, dass du ihn abserviert und jemanden gefunden hast, der deiner würdig ist.‘

„Ich auch“, antwortete Deke mit schiefem Grinsen. Dann legte er den Kopf zur Seite. „Woher wusstest du von Michael?“

Derek verzog das Gesicht und gab zu: „Ich habe schon vor Monaten herausgefunden, wo du gelebt und gearbeitet hast.“ Er fühlte, wie sein Gesicht rot wurde, aber er musste ehrlich sein. „Ich war noch nicht … ich war noch nicht bereit, mich gegen Dad zu stellen, aber ich wollte wissen, wo du bist … wie es dir geht.“ Er schluckte schwer und murmelte dann: „Es tut mir leid, dass ich so lange gebraucht habe, um meinen Kopf aus meinem Arsch zu ziehen.“

Deke nickte langsam. Er verzog das Gesicht, trat zurück und ging zu einem Sofa im Wohnzimmer.

Derek folgte seinem Bruder und setzte sich auf die andere Seite des Sofas, den Körper Deke zugewandt. Er bemerkte, dass alle anderen in der Küche und im Esszimmer beschäftigt zu sein schienen. Er schätzte es zumindest, von ihnen den Anschein von Privatsphäre zu bekommen.

„Es tat weh, weißt du?“, gestand Deke. „Aber ich habe es überlebt.“ Er seufzte, als er sich zu ihm umdrehte und einen Fuß unter seinen Hintern zog. „Ich blieb eine Weile bei Dirk, bevor ich meine eigene Bude bekam. Zumindest war ich nicht dumm genug, bei Michael einzuziehen, als er fragte“, beendete er trocken.

„Ja, aber du bist furchtbar schnell bei Luther eingezogen, oder?“ Derek sah, wie Dekes Brauen hochschossen, und er bemerkte, wie sich das angehört hatte. „Entschuldigung“, murmelte er. „Ich bin gleich wieder in die Rolle des überfürsorglichen großen Bruders zurückgekehrt, verdammt schnell, oder?“

Deke gluckste und sah überhaupt nicht verärgert aus. „Es ist eigentlich ein bisschen erfrischend, das zu hören.“ Er lächelte. „Es ist lange her.“

Derek nickte lächelnd. „Ja“, stimmte er leise zu. Schuldgefühle überrollten ihn, aber er wusste, dass man die Vergangenheit nicht ändern konnte und er sich nicht bis in alle

Ewigkeit entschuldigen konnte. Er räusperte sich und suchte nach etwas, was er sagen konnte. „In dem Fall, woher wusstest du es so schnell?"

„Wusste?" Deke runzelte die Stirn. „Wusste ich was?"

„Dass Luther der Richtige ist?", fragte Derek und nickte dem großen Blonden zu, der mit Byron plauderte und dabei half, den Tisch zu decken.

„Das ist eine ziemlich bedeutungsvolle Frage", antwortete Deke langsam. Seine Brauen zogen sich zusammen, als er verstohlen zu den Männern – und Diana – blickte, die das Essen vorbereiteten. „Ähm, du wohnst bei Dillan, also … stört es dich, wenn ich frage, was du für ihn fühlst?"

Derek spürte, wie seine Brust und sein Hals heiß wurden, als ihn Unbehagen erfüllte. Er öffnete den Mund, dann klappte er ihn zu und bemerkte, dass er im Begriff gewesen war zu lügen und zu sagen, dass da nichts zwischen ihnen war. Derek konnte Dillan das allerdings nicht antun. Außerdem, wenn er Deke nicht die Wahrheit sagen konnte, wem konnte er sie dann sagen? Er wollte wieder am Leben seines Bruders teilhaben, und Lügen war nicht der richtige Weg, um ihre Beziehung in Ordnung zu bringen.

Stattdessen leckte Derek sich die Lippen und bewegte seinen Kiefer. Er nahm seinen Mut zusammen und gab laut zu, was er noch nie zu einem anderen gesagt hatte. „Ich … ich denke, ich bin auch schwul, Deke. Zumindest bisexuell. Ich mag Dillan sehr." Er sah, wie Dekes Mund geschockt aufklappte, als seine Augen sich weiteten. Derek zuckte die Achseln, als er weitersprach. „Dad hat mich erpresst, aber ich habe endlich den Punkt erreicht, an dem es mir egal ist, ob ich meine Lizenz verliere. Ich weiß …“ Er seufzte. „Es ist nicht möglich, diesen Mann zufriedenzustellen, und ich schätze, mir ist endlich aufgegangen, dass ich nicht für seine Zustimmung leben kann. Er würde mich für immer kontrollieren.“

„Ja“, flüsterte Deke. „Das würde er.“ Deke streckte eine Hand nach Derek aus und legte sie ihm aufs Knie. „Ich bin wirklich froh, dass du das erkannt hast, großer Bruder.“ Er zog seine Hand zurück und faltete sie in seinem Schoß. „Was ist das mit der Erpressung?“

Derek erklärte schnell seine Dummheit im College und den daraus resultierenden Polizeibericht. Er erklärte, dass er seine Anwaltslizenz verlieren würde, wenn er eine Vorstrafe hätte. Obwohl es ihn nicht stören würde, eine Geldstrafe zu bezahlen, wollte Derek wirklich nicht ins Gefängnis, weil er ein Auto gestohlen hatte. Er erklärte auch, dass Dillan gesagt hatte, er könne ihm helfen, die Akte zu bekommen, so dass sein Vater sie nicht mehr gegen ihn verwenden könne.

Deke grinste. „Ja. Diese Leute scheinen von Zeit zu Zeit ein wenig verschlagen zu sein.“ Er zwinkerte. „Wenn Dillan diese Akte nicht in die Finger kriegen kann, gibt es einen Mann in unserem Rudel, den ich dir vorstellen werde. Er wird sich darum kümmern.“

„Ein Mann in deinem Rudel?“, fragte Derek langsam. „Was bedeutet das, Rudel?“

Dekes Gesicht färbte sich leicht rosa. „Äh, na ja …“ Er hielt inne und leckte sich die Lippen. Er verzog das Gesicht, drehte sich zu den Jungs um und rief: „Hey, Dillan?“

Sofort trennten sich Dillan und Luther von der Gruppe und schlossen sich ihnen im Wohnzimmer an. „Ich bin

Dillan“, sagte Dereks Liebhaber und streckte Deke die Hand entgegen. „Sehr schön, dich kennenzulernen.“

Die beiden schüttelten sich kurz die Hände.

Deke sah zu Luther, der schief grinste und nickte.

Derek hatte keine Ahnung, was die Blicke zwischen den Männern bedeuteten, und er verstand Dekes Frage auch nicht.

„Ist Derek dein Gefährte?“, fragte Deke, den Blick fest auf Dillan gerichtet.

Dillan grinste. „Das ist er in der Tat.“

„Dann solltest du ihm von vornherein die Wahrheit sagen“, stellte Deke fest. „Der Bruder, an den ich mich erinnere, mag keine Überraschungen.“ Er drehte sich zu Derek um und hob die Stirn. „Ist das immer noch so?“

„Ja“, antwortete Derek langsam und zog das Wort in die Länge. Was war hier los? „Was, äh …“ Er hielt inne und konzentrierte sich vorsichtig auf Dillan. „Was muss ich wissen?“

Dillan atmete aus und setzte sich dann auf den Couchtisch. Als er Derek ansah, legte er seine Hände auf seine mit einer Jogginghose bekleideten Schenkel und rieb sie ein, zwei Mal. Dillan hielt seine Hände wieder ruhig und sah sich in der Gruppe um.

Derek wurde plötzlich klar, dass alle sie anstarrten. Nervosität durchfuhr ihn und er fühlte sich genauso, wie er es einmal auf dem College getan hatte. Er war in den Unterricht gegangen und hatte gemerkt, dass er vergessen hatte, dass es an diesem Tag einen Test gab. Sein Bauch krampfte sich zusammen und Schweißperlen erschienen auf seiner Stirn, als er sich unter den ernsten Gesichtsausdrücken aller

Anwesenden umsah.

Deke seufzte und lenkte Dereks Aufmerksamkeit auf sich. Er rollte mit den Augen und schnappte: „Es ist nicht so schlimm. Meine Güte." Er beugte sich zu Derek, legte eine Hand auf sein Knie und sagte: „Kennst du all diese Geschichten über Wesen, die irgendwie anders sind? Nun, einige von ihnen sind irgendwie wahr."

„Häh?" Derek konnte der lächerlichen Antwort nicht widerstehen. Er schüttelte den Kopf. Worüber zum Teufel sprach sein Bruder?

Deke nickte und erläuterte: „Diese Leute sind Wandler. Sie werden zu Wölfen", stellte er fest und klang ganz sachlich. „Sie sagen, es ist wie … ihren Geist mit einem Tier zu teilen, was ihnen stärkere Instinkte, ein besseres Seh-, Riech- und Hörvermögen, sowie gesteigerte Heilungsfähigkeiten und so verleiht", fuhr er fort und wedelte mit der Hand. „Sie leben auch länger, das heißt Hunderte von Jahren länger, und das Schicksal gewährt ihnen einen Gefährten, damit sie nicht einsam sind. Dieser Gefährte ist wie die andere Hälfte ihrer Seele. Sie tun alles, um diese Person glücklich zu machen."

Deke grinste breit und sah zu seinem Partner. „Luther ist mein Gefährte. Er hat mich beansprucht, und jetzt werde ich so lange leben wie er." Deke konzentrierte sich wieder auf Derek und lächelte immer noch. „Ich bin froh, dass du Dillans Gefährte bist. Es wäre scheiße gewesen, wieder miteinander zu reden und all das vor dir verstecken zu müssen", sagte er und wedelte mit der Hand in Richtung der Gruppe.

Diana legte den Kopf schief und lachte. „Nun, das war ungefähr so kurz und bündig, wie ich je eine Erklärung über uns gehört habe. Gut gemacht, Deke."

„Danke", antwortete Deke und lachte.

„Eigentlich", sagte Dillan leise, „bin ich ein Puma. Eine Raubkatze. Ich verwandle mich nicht in einen Wolf."

Dekes Augen wurden groß. „Oh, richtig. Ich hätte dich danach fragen sollen." Er verzog das Gesicht. „Das tut mir leid."

Derek sah sich in der Gruppe um. Er nahm ihre Gesichtsausdrücke auf und sah, dass die meisten hoffnungsvoll wirkten, aber warum, wer er nicht sicher. Deke grinste ihn nur an, während Dillans Gesichtsausdruck ernst und sogar wachsam blieb.

„Das glaubt ihr alle wirklich", überlegte Derek schockiert und besorgt. Was zum Teufel war mit diesen Leuten los? „W-wie könnt ihr das glauben?"

Deke grinste. „Sehen ist Glauben." Er sah sich in der Gruppe um. „Wer wird es ihm zeigen?"

Dillan stand auf und griff nach seinem Hosenbund. „Er ist mein Gefährte. Ich mache das", sagte er, schob seine Hose runter und zog sie aus. „Außerdem", grummelte er, „bin ich sowieso fast nackt."

Diana pfiff. „Seht euch diesen schönen Hintern an", rief sie.

„Was zum Teufel machst du da?", knurrte Derek eifersüchtig. Selbst wenn er dachte, sein Liebhaber sei verrückt, wollte er nicht, dass der Mann allen seinen geilen Arsch zeigte.

Dillan sah Diana finster über seine Schulter an. „Mach es nicht noch schwerer, als es schon ist", schnappte er. Als er sich wieder umdrehte, schenkte er Derek ein warmes Lächeln und sagte: „Du wirst dich an die Nacktheit gewöhnen, Hübscher. Wandler sind nicht sehr schamhaft, da wir uns beim Verwandeln nicht in unseren Klamotten verheddern wollen." Er zwinkerte. „Wir sind alle super gut darin, uns schnell auszuziehen."

Bevor Derek überhaupt darüber nachdenken konnte, wie er darauf reagieren sollte, passierte etwas. Er starrte mit offenem Mund auf Dillans wellige und zuckende Haut. Als Dillan auf die Knie fiel, wollte Derek aufstehen und zu ihm gehen, doch Deke packte ihn am Arm. Derek warf einen Blick auf seinen Bruder und sah, dass Deke den Kopf schüttelte.

Derek gehorchte und lehnte sich auf dem Sofa zurück, als er sich wieder Dillan zuwandte. Als Derek das Knacken und Knirschen hörte und sah, wie sich der Körper seines Geliebten wand und veränderte, schnappte er nach Luft und versteifte sich. Er sah, wie gelbbraunes Fell auf Dillans Körper wuchs und seine Haut bedeckte, während ein Schwanz aus seinem Hintern wuchs. Nach nicht mehr als zwanzig Sekunden starrte Derek geschockt eine große Katze mit goldenem Fell an.

Nach Luft schnappend drückte Derek sich nach hinten in das Sofakissen. Er bemerkte, dass er den Atem anhielt, aber wer konnte ihm einen Vorwurf machen. Ein paar Meter vor ihm krümmte ein massiger Puma – oder was für Derek wie ein Berglöwe aussah – seinen Rücken und streckte sich, präsentierte dabei einen langen, schlanken, kräftigen Körper und sehr scharfe Krallen.

„Heilige Scheiße", quietschte Derek. Er sah zu Deke, aber sein Bruder schien überhaupt nicht beunruhigt zu sein.

„W-was ist hier los?“ War das eine Art Trick?

Deke lächelte ihn aufmunternd an. „Mach dir keine Sorgen, Derek“, versicherte er. „Das ist immer noch dein Dillan. Auch wenn er in dieser Form ist, kann er immer noch denken und ist bei klarem Verstand, und er weiß, wer du bist. Er erkennt dich.“ Deke ließ seinen Arm los und tätschelte sein Knie. „Er ist sich über alles völlig bewusst.“

„Völlig bewusst“, flüsterte Derek und runzelte die Stirn. „Ich habe so viele Fragen.“ Während er die Worte sagte, stellte er fest, dass sein Verstand stillstand. Derek dachte, er sollte reden und nach Erklärungen fragen, aber … in diesem Moment war sein Verstand völlig leer.

Die Raubkatze – Dillan – wählte diesen Moment, um den Kopf zu heben und ihn anzusehen, stand auf und tappte auf ihn zu. Mit nach vorne gerichteten Ohren und Neugier in seinen tiefgrünen Augen sah er aus wie eine übergroße Hauskatze.

Als Dillan seinen Kopf auf Dereks Schoß legte, spannte er sich an. Er schaffte es gerade so, dem Drang zu widerstehen, über die Lehne der Couch zu springen und sich dahinter zu verstecken. Nur Dekes Grinsen und seine funkelnden Augen ließen Derek ruhig bleiben.

Derek sah zu und spürte, wie der Puma seinen großen Kopf über seine Schenkel rieb und dann an seiner Leiste. Auf keinen Fall würde er zugeben, dass das Gefühl, als der große Kopf des Tieres auf seinen Schaft drückte, dazu führte, dass sich Blut in seiner Leiste sammelte und sein Schwanz hinter dem Reißverschluss seiner Jeans anschwoll. Der Puma musste es gewusst haben, denn er schnaufte leise und rieb sich weiter an ihm.

Derek war sich nicht sicher, was er tun sollte, und warf seinem Bruder einen fragenden Blick zu. „W-was macht er da?“

Es war Luther, der antwortete. Der große Mann lachte, als er antwortete: „Dillan markiert dich. Du bist sein Gefährte, und er möchte, dass du seinen Geruch an dir trägst.“ Er grinste breit. „Das ist so eine Wandler-Sache.“

„O-okay.“

„Kommt schon, Leute“, rief Diana. „Ist die Präsentation vorbei? Frühstück ist fertig.“

Deke lachte. „Ich denke, Essen ist eine gute Idee“, sagte er und streckte die Hand aus. Luther ergriff sie und zog ihn auf die Beine. Er drehte sich um und sah zurück zu Derek. „Essen wird deinem Gehirn die Möglichkeit geben, alles ein bisschen zu verarbeiten.“ Er zwinkerte. „Schieb einfach Dillans Kopf von deinem Schoß. Er wird sich verwandeln und uns anschließen.“

Derek sah zu, wie sich alle umdrehten und in die Küche und den Essbereich gingen. Er konzentrierte sich wieder auf die große Raubkatze vor ihm und versuchte herauszufinden, ob es wirklich so einfach war, wie es sein Bruder ihm gesagt hatte. Er legte seine rechte Hand auf den Hals der Katze. Sofort fing das Tier an zu schnurren, ein Ausdruck der Verehrung auf seinem katzenhaften Gesicht.

„Heilige Scheiße“, flüsterte Derek. „Passiert das wirklich?“

Dann entfernte sich die Katze von seinem Schoß.

Derek sah zu, wie sich der Prozess umkehrte. Das Fell

ging zurück, der Schwanz verschwand und mit viel schmerzhaft klingendem Knirschen und Knacken verschwand die Katze und Dillan kniete vor ihm.

Dillan starrte ihn aufmerksam an, als er auf den Knien vorwärts rutschte. Er legte seine Hände auf Dereks Schenkel und drückte sich zwischen sie. Derek spreizte seine Beine und zitterte, als Dillan seine Hände herumschob, um seinen Arsch zu umfassen. Er benutzte seinen Griff, um Derek näher an die Sofakante zu ziehen und ihre Oberkörper zusammenzudrücken. Schließlich hob er eine Hand, um Dereks Kiefer zu umfassen.

„Jetzt weißt du es", murmelte Dillan. „Du bist mein Gefährte und ich werde alles in meiner Macht Stehende tun, um dir zu gefallen. Kannst du uns eine Chance geben?"

„Ich …" Derek hielt inne. Seine Wangen erhitzten sich, denn er wusste, dass sie im Mittelpunkt der Aufmerksamkeit stehen mussten. In der Öffentlichkeit war er noch nie gut mit Gefühlsbekundungen gewesen, aber er musste einfach seine Arme um Dillans Schultern legen. „Mein Leben ist im Moment so beschissen", warnte er. „Mein Vater wird es nicht einfach hinnehmen, dass ich gegangen bin. Er ist es gewohnt, sich durchzusetzen."

„Solange sich mit ihm auseinanderzusetzen bedeutet, dass du an meiner Seite bist", stellte Dillan fest, „ist es mir egal, was er zu tun versucht. Wir haben Ressourcen, um ihn an seinen Platz zu verweisen."

Dereks Herz pochte hart in seiner Brust. Er spürte, wie sich Angst und Erregung in nahezu gleichem Maße in ihm vermischten. Trotzdem konnte er nicht leugnen, dass Dillan ihm alles anbot, was er sich jemals gewünscht hatte. Trotz all der Fragen, die er zu Dillans Verwandlung hatte, wusste er, dass dies ein Mann war, mit dem er zusammen sein konnte.

„Ja, Dillan", flüsterte Derek. „Ja."

Dillan beugte sich vor und presste seine Lippen auf Dereks, wobei er seine Zunge in seinen Mund schob. Das Wissen, dass die anderen zuschauen könnten, hinderte Derek nicht daran, sich seinem Geliebten zu öffnen und ihn zurück zu küssen.

KAPITEL 10

„Kann ich mir dein Handy ausleihen?“, fragte Derek.

Dillan drehte sich um und rieb sich an Dereks Hals. So wie sie saßen, sich im Whirlpool entspannten und sich auf dem größten Sitz aneinanderschmiegten, war der Hals seines Gefährten leicht zu erreichen. Sie hatten gut fünfzehn Minuten damit verbracht, wie geile Teenager rumzuknutschen, bevor sie sich zurückgezogen hatten und ihr Verlangen für den Moment vor sich hin köcheln ließen. Dillan freute sich darauf, Derek später mit in sein Schlafzimmer zu nehmen, war aber zufrieden damit, ihn einfach nur zu halten … vorerst.

Dillan knabberte ein paar Sekunden an der hervorstehenden Sehne und antwortete dann: „Sicher. Wen rufst du an?“

„Meine Mutter“, gab Derek leise zu. „Ich muss ihr selbst sagen, dass …“ Er drehte den Kopf und begegnete Dillans Blick. „Dass ich umziehe.“

Dillans Herz fühlte sich an, als würde es einen Schlag aussetzen. Berauschende Vorfreude erfüllte ihn, als er diese Worte hörte. „Du ziehst um?“, flüsterte Dillan. „Wohin möchtest du denn ziehen?“, fragte er und verstärkte seinen Griff.

„Ähm.“ Dereks Brauen zogen sich zusammen. „Was

meinst du?“ Dann weiteten sich seine Augen. „Oh, richtig. Das ist eigentlich nicht dein Zuhause.“ Er grinste. „Vielleicht sollten wir es kaufen.“

Dillan grinste, Freude durchströmte ihn. „Diese Hütte kaufen? Du wärst glücklich in einem winzigen Haus wie diesem mitten im Wald?“

Derek zuckte die Achseln. „Sicher. Warum nicht?“

„Dies sind die Berge von Colorado, Derek“, erinnerte Dillan seinen Geliebten, denn er wollte, dass er verstand, was diese Wahl bedeuten würde. „Wir könnten im Winter eingeschneit sein. Wir haben möglicherweise keinen Strom und müssten den Kamin als einzige Wärmequelle verwenden.“

Derek kuschelte sich grinsend enger an ihn. „Holz für unser Feuer schleppen und hacken würde ein großartiges Training für uns sein und uns fit halten.“ Er kniff die Augen zusammen und hob eine Braue. „Eingeschneit zu sein und keinen Strom zu haben, bedeutet Zeit für uns zu haben. Niemand würde uns stören.“ Er senkte seine Stimme und seine Worte wurden heiser. „Du und ich, alleine. Ich bin sicher, wir können Wege finden, um uns zu beschäftigen.“ Er biss leicht in Dillans Kinn. „Ich habe schließlich eine umfangreiche Sammlung von Büchern.“

Dillan lachte rau. „Oh, ich denke, ich freue mich darauf, deine … Büchersammlung zu erkunden“, erwiderte er und fuhr mit seiner Hand über Dereks Oberschenkel, um seinen Schaft zu ergreifen. „Ja, dein Buch fühlt sich sehr ansprechend an.“

Derek stöhnte und wölbte sich in Dillans Griff. „Scheiße, warte. Ich muss meine Mutter anrufen, bevor es zu spät ist.“ Er keuchte leise und fügte hinzu: „Sie heißt Sophia. Sie macht sich Sorgen. Gott, sie wird sauer sein.“ Er versuchte offensichtlich immer noch, sich zu konzentrieren.

„Okay“, antwortete Dillan. „Ich habe meine Handy gleich dort links von dir hingelegt. Du kannst dir die Hände an dem Handtuch abtrocknen und es dir nehmen“, sagte er.

Zischend grub Derek seine Finger in Dillans Oberschenkel. „Es ist ein bisschen schwer, sich zu konzentrieren, während du meinen Schwanz wichst“, sagte er keuchend.

„Armer, armer Mensch“, gurrte Dillan. „Ist das besser?“, fragte er, als er Dereks Schwanz losließ, nur um seine Hand zu senken und die Eier seines Geliebten zu umfassen. Während er nichts anderes tat, als die empfindlichen Kugeln festzuhalten, legte Dillan den Daumen leicht reibend auf die Basis seiner Erektion.

Derek stöhnte erneut. „Oh, verdammt, du bist gemein.“

„Nein, bin ich nicht“, antwortete Dillan. „Ich bin sehr, *sehr* nett.“

„Das bist du“, bestätigte Derek und keuchte leise. „Ich denke, dies war der beste und erholsamste Tag, den ich seit fast zwanzig Jahren hatte.“

Dillans Herz schmerzte für den jungen Derek, als er diese Worte hörte. Die Vorstellung, dass Derek als Teenager so stark belastet war, dass er die Fähigkeit verloren hatte, einfach nur Spaß zu haben … Dillan würde sicherstellen müssen, dass sich dies änderte.

„Ruf deine Mutter an“, drängte Dillan und ließ die Eier seines Geliebten los. Stattdessen legte er seine Hand auf seinen

Oberschenkel und drückte seinen Zeigefinger in seinen Spalt, damit er immer noch mit seinen Genitalien spielen konnte, falls er es wünschte. „Dann gehen wir ins Bett und entspannen uns wieder."

Derek nickte. Er trocknete sich beide Hände ab und griff nach dem Telefon. Nachdem er gewählt hatte, hielt er das Gerät an sein Ohr.

„Hier bei Sommers", meldete sich eine weibliche Stimme mit hispanischem Akzent.

„Hallo, Rosalee", antwortete Derek. „Ist meine Mutter zu sprechen?"

„*Sí, Señor* Derek, *sí*", sagte Rosalee mit wachsender Besorgnis. „Geht es Ihnen gut, *Señor* Derek? Ihre Mama hat geweint und Ihr Vater hat geschrien. Was ist los?"

Derek lächelte und schaute Dillan an. Er erwiderte das Lächeln seines Menschen und hob eine Braue.

„Es gab einige Verwirrung wegen eines Mädchen. Sie dachten, ich würde mit ihr ausgehen und vorhaben, sie zu heiraten, und als ich sagte, dass es nicht so ist, waren sie nicht glücklich", erklärte Derek der Person am anderen Ende des Telefons. „Ich musste einfach weg, während sie sich beruhigten."

„Oh, *sí, Señor* Derek. Gute Idee", sagte Rosalee und klang überhaupt nicht überrascht. Wenn sie die Hausangestellte war, wie Dillan vermutete, wusste Rosalee wahrscheinlich viel mehr, als sie zugeben würde. „Suchen Sie sich jemanden, der Sie glücklich macht, *Señor* Derek. Man kann nicht die ganze Zeit leben, um anderen zu gefallen."

„Sie haben recht, Rosalee", antwortete Derek leise. „Das

weiß ich jetzt."

„Ich hole jetzt Ihre Mama", sagte Rosalee.

Während der Pause im Gespräch, in der Dillans empfindliche Ohren das leise Klicken von Absätzen auf einem Holzboden auffingen, drehte Dillan den Kopf und flüsterte in Dereks Ohr. „Ich wollte, dass du weißt, dass ich jedes Wort hören kann, das gesprochen wird. Ich hoffe, das ist okay."

Derek drehte sich um und küsste seine Lippen. „Ich hätte nicht darum gebeten, dein Handy direkt vor dir zu benutzen, wenn ich ein Problem damit gehabt hätte", murmelte Derek. „Wenn wir das tun, sollte es keine Geheimnisse zwischen uns geben. Du musst wissen, welche Art von Schwiegereltern du haben wirst."

Dillan grinste. „Willst du mich bald bitten, dich zu heiraten oder wie, Hübscher?", fragte er und bewegte seinen Daumen, um den Schwanz seines Geliebten noch einmal zu streicheln. Er war überhaupt nicht überrascht, als er feststellte, dass Dereks Erektion erschlafft war.

Das hinderte ihn jedoch nicht daran, seinen Gefährten zu berühren. Er streichelte sanft Dereks erweichten Schaft und bekam ein Grunzen und Schaudern von seinem Geliebten. Dereks Schwanz begann sich wieder zu verdicken, und Dillan erinnerte sich an den Geschmack seines Mannes.

Wie schwierig wäre es, jemandem einen Blowjob in einem Whirlpool zu geben?

„Derek? Bist du das?"

Die schrille Stimme der Frau drang in Dillans Gedanken darüber ein, was er mit seinem Gefährten machen wollte. Er riss auch beinahe die Hand von seinem Geliebten, so laut war der Schrei der Frau, als stünde sie neben dem Whirlpool, anstatt dass ihre Stimme durch das Telefon drang.

„Hallo, Mutter“, grüßte Derek. „Es tut mir leid, dass ich dir Sorgen gemacht habe. Ich brauchte etwas Zeit.“

„Zeit? *Zeit!* Jetzt?“, antwortete sie. „Du hast dein Verlobungsfrühstück heute Morgen verpasst. Ich konnte es mit Jennifers Eltern in Ordnung bringen, da dein Vater ihnen erklärt hat, dass du dich am Freitag krank von der Arbeit abgemeldet hast, aber dann auch noch dein Verlobungsessen heute Abend abzublasen? Ohne auch nur einen Anruf? Was stimmt denn nur nicht mit dir, dass du nicht mal anrufen konntest?“

Dillan verzog das Gesicht, als er hörte, wie sie schrill herumschimpfte. Verdammt, er fühlte sich schuldig, nur weil er ihrer Tirade zuhörte, und er war nicht einmal daran beteiligt. Dillan konnte sich nicht vorstellen, wie Derek sich fühlte.

„Mutter, ich bin nicht verlobt. Ich habe am Donnerstag versucht, dir das zu erklären, aber du wolltest nicht zuhören“, sagte Derek. Seinem Ton nach schien er zu versuchen, gleichzeitig beruhigend und streng zu klingen. „Ich heirate Jennifer nicht. Ich interessiere mich nicht einmal für die Frau. Ich weiß nicht, warum Vater dir gesagt hat, dass wir verlobt sind. Ich weiß nicht, warum Jennifer denkt, dass wir verlobt sind. Wir hatten noch nie ein Date.“

„A-aber nein, *nein,* das ist nicht richtig“, bestritt Sophia. „Hast du dir den Kopf angeschlagen? Leidest du unter Amnesie oder so etwas? Bist du im Krankenhaus?“

Derek seufzte und rieb sich mit der anderen Hand die Stirn. „Nein, Mutter. Ich habe mir nicht den Kopf angeschlagen. Ich bin nicht im Krankenhaus. Mit mir ist alles in Ordnung“, erklärte er. „Ich sage dir nur die Wahrheit.“

„Warum sollten sie sich eine abwegige Geschichte ausdenken, in der du und Jennifer heiratet?“, fragte Sophia und klang verwirrt. „Jennifer schien heute Morgen ziemlich überzeugend. Jeder denkt, ihr seid ein Paar.“ Sie hielt inne und fragte dann: „Bist du sicher, dass es dir gut geht?“

„Ich bin sicher“, antwortete Derek leise. „Mom, ich muss dir etwas sagen, und ich weiß, dass es ein Schock sein wird.“

„Oh, Schatz“, antwortete Dereks Mutter. „Natürlich kannst du mir alles erzählen. Ist die Hochzeit so eine plötzliche Sache, weil Jennifer schwanger ist? War sie ein One-Night-Stand?“

Derek schnaubte. „Nein, absolut nicht“, schnappte er. „Sie ist … Mom! Jennifer ist einfach *keine* nette Frau.“

Dereks Mutter klang, als würde sie vor sich hin stammeln und sich bemühen, etwas zu sagen.

„Mom, ich bin bisexuell. Ich habe einen Freund, dem ich ergeben bin“, platzte Derek heraus und unterbrach den Versuch seiner Mutter, etwas zu sagen. „Deshalb bin ich seit Jahren mit niemandem mehr ausgegangen. Ich befürchtete, ihr könntet ihn nicht akzeptieren. Als mein Vater mir befahl, Jennifer zu heiraten, wusste ich, dass es Zeit ist, die Kanzlei zu verlassen.“ Derek drehte sich um und starrte Dillan in die Augen. Er lächelte schwach und fügte dann hinzu: „Mom, ich habe mich am Freitag nicht krank gemeldet. Ich habe am Donnerstagabend meine Kündigung auf dem Schreibtisch meines Vaters hinterlassen. Ich kann nicht mehr mit ihm arbeiten."

„W-was sagst du da?", fragte Dereks Mutter gebrochen.

Derek lächelte Dillan zu, als er ihr sagte: „Dein kleiner Junge ist erwachsen geworden, Mom. Ich werde nicht zulassen, dass Dad mein Leben kontrolliert." Er schloss einige Sekunden lang die Augen und als er sie öffnete, waren sie voller Hitze. „Ich ziehe mit meinem Geliebten in einen anderen Staat. Ich habe woanders ein besseres Angebot bekommen."

Dillans Herz schlug schnell in seiner Brust. Auch wenn er wusste, dass Derek eine leicht verzerrte Version der Ereignisse erzählte, konnte Dillan nicht behaupten, dass es ihm etwas ausmachte. Nein, das stimmte nicht. Es interessierte ihn überhaupt nicht. Sein Gefährte beanspruchte ihn vor seiner Familie.

„Du hörst *sofort* auf, so zu reden", schnappte Sophia mit einer befehlenden Stimme, die nur eine Mutter abziehen konnte. „Du bist mein einziger Sohn. Es ist deine Aufgabe, zu heiraten, damit ich dir und deiner Braut eine große Hochzeit bescheren kann." Ihre Stimme klang schrill. „Dann gibst du mir Dutzende Enkelkinder zum Verwöhnen."

Dillan konnte nicht anders, als sich bei dieser Aufforderung das Gesicht zu verziehen. Einziger Sohn? Nicht nur, dass Dereks Eltern Deke verstoßen hatten, sie erkannten nicht einmal an, dass er existierte? Dillans Herz schmerzte erneut für den jungen, extravaganten Mann, den er an diesem Tag getroffen hatte.

„Mutter, bitte beruhige dich", antwortete Derek.

Dillan konnte tatsächlich hören, wie sein Geliebter die Zähne zusammenbiss.

„Ich werde mich *nicht* beruhigen", erwiderte Sophia scharf. „Erst, wenn du mit diesem lächerlichen, kindischen Verhalten aufhörst. Du warst immer so ein guter Sohn. Ist das deine Art –"

„Das ist genug, Mutter", bellte Derek. „Ich bin *nicht* dein einziger Sohn, und ich habe es satt, dass du und mein Vater so tun, als gäbe es Deke nicht. Ich habe einen Bruder, der mir wichtig ist, und er freute sich, mich heute zu sehen. Er hat mir vergeben, obwohl ich es nicht verdient habe", brüllte er. „Von nun an werde ich mich mit Menschen umgeben, die sich um mein Wohlergehen kümmern, sowohl körperlich als auch geistig, ganz zu schweigen von emotionalen Aspekten."

„Wie kannst du es wagen, den Namen dieses Perverslings zu erwähnen!" Sophia schnaubte. „Ist er der Grund für dein Verhalten? Hat er dich irgendwie in seinen Bann gezogen?"

„Ich bin mit diesem Gespräch fertig, Mutter", sagte Derek schroff. „Ich habe dich lieb, und ich möchte dich in meinem Leben haben, aber ich werde *nicht* zulassen, dass du mich beleidigst, oder meinen zukünftigen Mann oder meinen Bruder und dessen Ehemann. Ja, Mom", fuhr er fort, und sein Ton wurde hart und kalt. „Deke hat eine feste Beziehung zu einem guten Mann, der ihn glücklich macht. Du solltest stolz auf deine *beiden* Söhne sein."

Dillan konnte Sophia tief Luft holen hören … offenbar in Vorbereitung für eine rachsüchtige Erwiderung. Derek gab ihr keine Chance dazu.

„Auf Wiedersehen, Mutter." Dereks Worte wurden mit ruhiger Würde gesprochen. Dann zog er das Telefon von seinem Ohr weg und drückte auf die Taste, um das Gespräch zu beenden. Derek legte Dillans Handy an den Rand des Whirlpools, drehte sich dann um und konzentrierte sich auf Dillan. „Es tut mir leid, dass du das alles hören musstest." Er verzog das Gesicht und fügte hinzu: „Ich habe es aber irgendwie erwartet."

„Es ist mir eine Ehre, dass du mich vor deiner Familie beansprucht hast", sagte Dillan ernst. Er beugte sich vor und gab ihm einen feuchten Kuss auf die Wange. „Bald werde ich dich auch auf meine Weise beanspruchen."

Dereks Nasenflügel flatterten. „Das geht alles so schnell, aber ich kann nicht leugnen, wie richtig es sich anfühlt", sagte er. „Genau das habe ich vermisst."

„Jetzt wirst du es nicht mehr vermissen", schwor Dillan. „Außerdem gibt es da etwas, das ich jetzt für dich tun möchte."

Derek grinste und zog die Brauen hoch. „Ja wirklich? Was ist das?"

Dillan lachte auf. „Verführerisch, aber nicht das. Gib mir das Telefon", bat er, als er das Handtuch ergriff und sich die Hände abtrocknete. Als Derek ihm das Gerät übergab, zwinkerte Dillan ihm zu, drückte drei für die Kurzwahl und hob es an sein Ohr.

„Dillan Withers", begrüßte ihn eine tiefe Stimme. „Ich habe seit Jahrzehnten nichts von dir gehört. Wie bist du überhaupt an diese Nummer gekommen?"

Lachend antwortete Dillan seinem alten Freund: „Woher wusstest du, dass ich es bin, Hessian Roshburg?"

Hessian, von seinen Freunden Hess genannt, stieß ein

grollendes Lachen aus, das tief und leise klang. „Auf die gleiche Weise, wie du meine Nummer bekommen hast, denke ich. Also, welchem Umstand verdanke ich das Vergnügen?“

„Erinnerst du dich, als ich deinen Arsch aus dem Gefängnis in Tucson geholt habe?“

„Natürlich“, antwortete Hess. „Ich schulde dir was.“ Dann lachte er und fügte hinzu: „Natürlich wäre ich überhaupt nicht ins Gefängnis gekommen, wenn du nicht Ärger mit dieser Biker-Bande angezettelt hättest.“

Dillan lachte, als er die frechen Worte seines alten Freundes hörte. Er hatte Hessian vor fast einem Jahrhundert getroffen. Als Kodiakbärenwandler war der Mann ein natürlicher Einzelgänger. Er war auch zwei Meter drei groß, tätowiert, und, soweit Dillan gehört hatte, fuhr er einen riesigen schwarzen Hummer-Geländewagen und trug Lederklamotten, einfach nur weil er es wollte.

„Nun, ich hätte da einen Gefallen, durch den wir völlig quitt wären“, sagte Dillan. Als er Dereks skeptischen Gesichtsausdruck sah, zwinkerte er seinem Gefährten zu.

„Ach wirklich?“

„Wirklich.“ Dillan konnte nicht widerstehen, sich nach vorne zu lehnen und Dereks misstrauisch verzogene Lippen zu küssen. „Ich habe meinen Gefährten gefunden, und er braucht … die Beschaffung von gewissem Papierkram, um ihn von seinem anmaßenden Vater freizubekommen. Ich denke, mit deiner … *speziellen* militärischen Ausbildung wäre das ein Kinderspiel.“

Derek verzog das Gesicht, nickte aber. Offensichtlich konnte er auch das meiste von dem hören, was Hess sagte.

Dillan versuchte sowieso nichts vor ihm zu verbergen. Obwohl er noch nicht zugegeben hatte, dass er über dreihundertfünfzig Jahre alt war, würde er es irgendwann schaffen.

Wieder dröhnte Hess' Lachen durch die Leitung. „Wo ist dieser Safe, den ich knacken soll?"

Dillan hob fragend eine Augenbraue. Zu seiner Erleichterung ratterte sein Gefährte ohne Aufforderung eine Adresse herunter. Dillan gab diese Informationen an Hess weiter, der mit *Kein Problem* antwortete, und dann *Glückwunsch, Mann. Ich rufe dich in ein oder zwei Tagen an.*

KAPITEL 11

Derek folgte Dillan ins Haus, bebend vor Erwartung. Sein Schwanz füllte sich zu volle Größe, als er Dillans Pobacken nur ein paar Schritte vor sich in Bewegung beobachten konnte. Anstatt sich sein Handtuch wie Derek um die Taille zu wickeln, trug Dillan seines über den Schultern. Dillan hatte nicht gescherzt, als er über den Mangel an Schamhaftigkeit eines Wandlers sprach … und war das nicht einfach überwältigend?

Auch wenn Derek wusste, dass er die Tatsache, dass sein Geliebter sich in eine Katze verwandeln konnte, noch nicht ganz verarbeitet hatte – gut, dass er nicht allergisch war –, entschied er sich, stattdessen über das kommende Vergnügen nachzudenken. Er wusste einfach, dass es eine Menge von beidem geben würde, Kommen und Vergnügen. Derek spürte, wie bei dem dämlichen Gedanken Heiterkeit in ihm aufstieg. Er verdrängte seine tief verwurzelte Reaktion, wegzulaufen, mit Entschlossenheit. Derek wollte dies, er wollte Dillan.

Als Dereks Schwanz während seines Gesprächs mit seiner Mutter weicher geworden war, hatte er das voll und ganz erwartet. Leider war das Gespräch genauso verlaufen, wie er es immer befürchtet hatte. Sie hatte verlangt, dass er tat, was ihm gesagt wurde. Interessanterweise hatte sein Vater die gleiche

Einstellung zu ihm.

Erst als Derek erkannte, dass er ihnen jahrelang erlaubt hatte, sein Leben auf diese Weise zu kontrollieren, begriff er, dass es sein eigenes Tun gewesen war. Er hatte seinen Eltern nie Grenzen gesetzt. Er hatte nie angefangen, seine eigenen Entscheidungen zu treffen. Hölle, wann hatte er aufgehört, erwachsen zu werden? Wahrscheinlich zu der Zeit, als er beschlossen hatte, seine eigenen Wünsche auf Eis zu legen, damit er ihre erfüllen konnte.

Jetzt nicht mehr.

Jetzt wusste Derek, was er wollte … und das war Dillan und was Dillan ihm anbot. Die Freiheit, er selbst zu sein.

Derek betrat das Schlafzimmer hinter dem anderen Mann und sah sich im Raum um. Es war ein angemessen dimensioniertes Zimmer mit einem großen Kingsize-Bett. Während das vielleicht für einen Mann seiner Größe viel zu groß gewesen wäre, wusste Derek, dass, sobald sie beide darin lagen, sie gezwungen sein würden, dicht beieinander zu bleiben. Derek stellte fest, dass er diese Idee sehr mochte.

Derek sah zu, wie Dillan sein Handtuch von seinen Schultern zog und es über die Rückenlehne eines nahegelegenen Stuhls drapierte. Als nächstes ging er zum Nachttisch und holte eine Tube heraus. Als er näherkam, bemerkte Derek, dass es Gleitmittel war. Er spürte, wie sich sein Gesicht erhitzte und sein Arsch zusammenzog, da er wusste, dass der Schwanz seines Geliebten sehr bald tief in ihm vergraben sein würde. Anstatt davon abgestoßen zu werden, geriet sein Körper vor Erregung in Flammen. Sein Schwanz zuckte und wippte unter seinem Handtuch, während

Vorsperma aus seinem Schlitz sickerte. Wenn das Handtuch nicht schon feucht gewesen wäre, wäre es das jetzt.

Dillan setzte sich auf die Bettkante und legte das Gleitmittel neben seinen Oberschenkel. „Komm her“, drängte er und hob eine Hand.

Derek brauchte keine zusätzliche Ermutigung, überwand die paar Schritte zwischen ihnen und blieb vor Dillan stehen. Seine Bauchmuskeln spannten sich an, als Dillan nach dem Handtuch griff. Ein leichter Ruck an dem Material war alles, was Dillan brauchte, um es wegzuziehen und auf den Boden fallen zu lassen. Dereks Schwanz reckte sich von der Spitze seiner Schenkel und zeigte direkt auf Dillans Gesicht.

Dillan fuhr mit den Fingerspitzen durch Dereks Schamhaare und sah zu ihm auf. Ein sinnliches Lächeln umspielte seine Lippen und ein warmes, brennendes Licht der Begierde erhellte seine Augen, als er sich nach vorne beugte und Dereks Vorsperma von seiner Eichel leckte.

„Dein Schwanz ist wunderschön“, sagte Dillan. „Ich freue mich darauf, ihn in meinem Arsch zu fühlen, wie er sich in mir bewegt und mich öffnet.“

Dereks Wangen erhitzten sich bei dem Bild, das die Worte seines Geliebten in seinem Kopf schufen. In Kombination mit den warmen Luftstößen, die Dillan über seine jetzt feuchte Eichel gleiten ließ, zuckte und wippte Dereks Ständer, als wollte er Dillans Mund bitten, zurückzukehren. Derek stöhnte und stimmte seinem Schwanz zu.

„J-ja“, murmelte Derek und schluckte schwer. „Dein Arsch ist so verdammt sexy. Ich kann es kaum erwarten, ihn zu rammeln." Er keuchte bei seinen eigenen Worten. „Ich will in dich stoßen, will, dass du mich fühlst."

„Das wirst du", versicherte Dillan. „Ich will das auch, aber zuerst …" Er griff nach dem Gleitmittel. „Ich werde deinen Arsch vorbereiten, während ich deinen Schwanz lutsche. Wenn du dann gut vorbereit bist, werde ich dich nehmen und zu meinem machen."

„Das hört sich auch gut an", flüsterte Derek rau.

Derek legte seine Hände auf Dillans Schultern und schob sie durch die kurzen, mit Silber durchzogenen Strähnen. Als Dillan ihn anlächelte, sich dann vorbeugte und die Spitze seines Schwanzes küsste, stöhnte er. Während er zusah, öffnete Dillan seinen Mund und saugte an seiner Eichel.

Warme, feuchte Hitze hüllte die Spitze von Dereks Schwanz ein. Er sah fasziniert zu, wie Dillan seine Lippen eng um seine Kuppe wickelte. Als Dillan kräftig an seinem Fleisch saugte und seine Zunge im Takt mit seinen Zügen in den Schlitz tauchte, prickelten Dereks Eier und seine Schenkel zitterten.

Irgendwo in seinem Hinterkopf bemerkte Derek, dass sich Dillans Hände bewegten. Er zuckte dennoch zusammen, als er spürte, wie Dillans linke Hand seinen Arsch ergriff und leicht zog, seine Backen spreizte. Derek erschauderte bei der ersten Berührung, mit der jemand seinen engen Ring streichelte.

Dillan summte. Die Vibration lief Dereks Ständer hinunter und verursachte Gänsehaut in seiner Leiste.

Derek stöhnte und schauderte, seine Hüften zuckten, egal wie sehr er versuchte, sie ruhig zu halten. Er spürte, wie

Dillans Finger seinen Eingang durchdrang, und seine Arschmuskeln spannten sich instinktiv gegen das Eindringen. Der Finger seines Geliebten war glatt und beharrlich und bewegte sich tiefer und tiefer in ihm. Dann tat Dillan etwas, berührte etwas, tief in Derek, und dunkle, heiße Funken des Vergnügens schossen durch seinen Körper.

Derek brüllte. Seine Brustwarzen zogen sich zusammen, als am ganzen Körper Kribbeln ausbrach. „Mehr“, flehte er. „Heilige Scheiße, mehr!“

Dillan summte, als würde er zustimmen. Dann gab er Derek, was er wollte. Er bewegte seinen Finger in Dereks Kanal hinein und wieder heraus und berührte diesen Punkt jedes Mal, wenn er tief in ihn sank.

Für Derek war Dillan nicht schnell genug. Er wollte mehr. Er verstärkte seinen Griff um Dillans Kopf und begann seine Hüften zu schaukeln. Er fickte Dillans Mund, nur um wieder nach hinten auf diesen funkenauslösenden Finger zu schaukeln.

Derek hatte gehört, dass die richtige Stimulation seiner Prostata Lust bereiten konnte. Warum hatte er das nie versucht? Es fühlte sich erstaunlich an, wie Dillans Finger – zur Hölle, wann hatte Dillan noch weitere Finger hinzugefügt? – tief in ihn eingedrungen waren und ihn von innen nach außen streichelten.

Viel zu früh spürte Derek, wie sich seine Eier fest zusammenzogen. Die neuen Empfindungen waren zu viel, zu exquisit. Sein Körper war überlastet, und er fühlte sich, als ob er fliegen könnte.

Mit einem heiseren Schrei schauderte Derek und kam.

Seine Eier entluden sich, und Dillan saugte weiter, trank alles. Sein Arsch krampfte sich um die Finger seines Geliebten zusammen, als ob es von größter Wichtigkeit wäre, jedes bisschen Glückseligkeit aus seinem Körper herauszuholen.

Derek schwebte.

Schließlich ließ Dillan seinen Schwanz los, entfernte seine Finger aber nicht. Er bewegte sie nur ein kleines Stück weiter und stimulierte Dereks Prostata, während er aufstand und mit offenem Mund einen feuchten Kuss auf Dereks Lippen drückte. Er schob seine Zunge tief hinein, wirbelte sie herum und stellte sicher, dass Derek sich auf Dillans Zunge schmecken konnte.

Derek stöhnte, sein Schwanz zuckte zwischen seinen Beinen und drohte, sich noch einmal zu verdicken. Er lutschte an Dillans Zunge, wollte ein wenig von diesem Geschmack haben. Als Dillan sich zurückzog, stöhnte Derek protestierend.

Dillan grinste auf ihn herab. Er bewegte seine Finger und stimulierte Dereks Prostata. „Ich werde dich über dieses Bett beugen und meine Finger durch meinen Schwanz ersetzen“, kündigte Dillan an. „Ich werde dich mit meinem Samen füllen und dich beanspruchen.“ Er senkte seinen Kopf und legte seine Lippen an Dereks Ohr. „Du gehörst mir, Derek Sommers.“

Dann legte Dillan seine Lippen direkt unter Dereks Ohr auf seine Haut und lutschte. Derek, der noch nie einen Liebhaber hatte, der groß genug war, um das zu tun, hatte nie bemerkt, wie sensibel die Stelle war. Er grunzte und legte den Kopf schief, um mehr Zugang zu bieten.

„Ja“, bat Derek. „Jetzt.“ Er schaukelte seine Hüften

nach vorne und drückte seinen wieder steifen Schaft gegen Dillans. „Bitte, fick mich."

Dillan knurrte leise und ließ seinen Hals los. „Ich liebe es, dich um meinen Schwanz betteln zu hören", grollte er rau. „Ich werde dich für den Rest unseres Lebens dazu bringen, das zu tun."

Derek nickte, unfähig zu sprechen, als Dillan seinen Körper mühelos wieder in Erregung versetzte.

Dillan drehte sich um Dereks Körper und legte seine Hand zwischen seine Schulterblätter. Derek gehorchte und beugte sich in der Taille, legte die Ellbogen auf die dicke Bettdecke, krümmte den Rücken und streckte seinen Arsch heraus. Er spreizte sogar seine Beine weiter. Er fühlte sich willig und heiß und so erregt, dass sein Schwanz wieder tropfte. Er wollte seinen Schwanz umfassen und bis zum Höhepunkt wichsen, aber er wollte noch lieber sehen, was Dillan als nächstes tun würde.

Leise keuchend drehte Derek seinen Kopf gerade so weit, dass er Dillan beobachten konnte. Er sah, wie sein Geliebter die Tube Gleitmittel aufhob und die Kappe mit dem Daumen aufklappte. Er zitterte, als er fühlte, wie das kühle Gleitmittel auf seine Ritze tropfte.

Dillan zog die Finger in Dereks Hintern erst halb heraus, dann schob er sie wieder hinein. Derek schauderte und neigte seine Hüften, auf der Suche nach dem kleinen Blitz, von dem er wusste, dass er kommen würde. Wieder enttäuschte Dillan ihn nicht. Als er seine Finger hinein und heraus bewegte, berührte er Dereks Prostata bei jedem Stoß.

Dann waren Dillans Finger weg.

Derek jammerte über den Verlust der Stimulation.

„Ruhig, mein Geliebter“, gurrte Dillan. „Ich bin ja da.“

Dillan drückte etwas Breiteres und Stumpferes als seine Finger gegen Dereks gedehntes Loch, um seine Worte zu beweisen. Derek wollte sich zurückdrängen und darauf aufspießen, wusste, dass es Dillans Schwanz war. Er wollte, dass die sehnsuchtsvolle Leere verschwand, damit er wieder von seinem Geliebten gefüllt, genommen und vervollständigt werden konnte.

Stattdessen ergriff Dillan Dereks Hüfte und zwang ihn, still zu halten. „Drücken, Derek“, drängte er, als er sich gegen seinen Eingang presste.

Derek gehorchte.

Im nächsten Moment glitt die breite Spitze von Dillans langem, schlanken Schwanz an seinem Ring aus Muskeln vorbei. Ein unerwartetes Gefühl von Schmerz schoss durch Dereks Rektum und er zischte überrascht.

Dillan legte eine leicht glitschige Hand auf seinen Rücken und rieb langsam auf und ab. „Ruhig, Derek“, gurrte er. „Ruhig, mein Gefährte. Entspann dich.“

„Ich versuche es“, schnappte Derek mit zusammengebissenen Zähnen.

Lachend beugte sich Dillan über ihn und drückte seine Brust auf Dereks Rücken. Er knabberte erneut an der empfindlichen Stelle hinter Dereks Ohr. „Versuch es noch einmal“, flüsterte er, bevor er rhythmisch warme Luftstöße über seine feuchte Haut blies.

Derek schnappte nach Luft und zitterte dann, als sich ein Kribbeln der Lust von seinem Nacken bis über seine Brust ausbreitete. Seine Brustwarzen zogen sich angenehm zusammen. Seine Bauchmuskeln verkrampften sich bei den Empfindungen.

Dillan griff um ihn herum und ergriff die beiden Knospen, eine in jeder Hand. Er zog leicht an ihnen. Als Derek stöhnte, lachte Dillan rau.

„Na also, Derek", schnurrte Dillan. „Jetzt hast du Erfolg."

Dillan begann sich zu bewegen und wiegte sich langsam. Er stieß vor und zog sich zurück und sank mit jedem Eindringen tiefer.

Derek spürte, wie sich sein Eingang dehnte, um Dillans Eindringen zu ermöglichen. Der seltsame Schmerz wurde durch ein warmes Brennen ersetzt. Wieder prickelten Funken durch seinen Kanal, als Dillans Schwanz über seine Prostata glitt. Als Dillan aufhörte sich zu bewegen, bemerkte Derek, dass die Eier des Mannes an seiner Ritze lagen und sein Schwanz vollständig in ihm vergraben war.

„Götter, du fühlst dich gut an, Derek", knurrte Dillan. „Nur ich werde jemals deinen geilen Arsch spüren."

„Ja", stimmte Derek zu. „Nur du."

„Jaaaa", keuchte Dillan, als er langsam seinen Schwanz rauszog.

Derek schauderte bei dem seltsamen Gefühl, als der Schwanz seines Geliebten über die Muskeln rieb. Er spürte, wie Dillans Eichel an dem Muskelring zog, aber bevor er ganz heraussprang, änderte sein Geliebter die Richtung. Derek stöhnte, als Dillan den Winkel seines Stoßes änderte, wieder in ihn glitt und seine Prostata nagelte.

„Mein", knurrte Dillan, als er ein rasantes Tempo anschlug.

Derek schauderte, als berauschendes Kribbeln in seinem Körper ausbrach, und bohrte seine Finger in die Bettdecke. Er wiegte sich in die Stöße seines Geliebten. Er spürte, wie Dillans Eier gegen seine Arschbacken klatschten, kombiniert mit der brennenden Dehnung und den seligen Funken, die durch den Ständer seines Geliebten in seinem Inneren verursacht wurden. Er spürte, wie sich seine Eier fest zusammenzogen, als sein Schwanz im Takt der Stöße gegen seinen Bauch schlug.

„Oh, Gott", wimmerte Derek. „So nah."

„Tu es", forderte Dillan. „Komm für mich. Zeig mir, wie sehr du es magst, wenn ich dich beanspruche."

Dillan schlang seine Arme um Derek und hielt ihn fest, als er sein Tempo erhöhte. Er hämmerte unerbittlich in Derek, glitt in seinen Kanal hinein und wieder heraus. Nach drei weiteren Stößen versank Dillan in Derek und blieb dort. Er drehte seine Hüften und stimulierte Dereks Ring.

Derek schrie. Sein Körper bockte, als er die Kontrolle verlor. Seine Hoden waren straff zusammengezogen, und sein Orgasmus schoss durch ihn, bedeckte eine Seite des Decke mit seinem Samen. Derek schwebte auf Endorphinen und schwelgte in den Empfindungen, die sein Geliebter ihm bereitete.

Dillan stöhnte in sein Ohr. „Oh, verdammt", stieß er hervor. „Du hältst meinen Schwanz so gut umklammert."

Derek lächelte und presste seinen Kanal zusammen, um sich für seinen Geliebten noch enger zu machen. Er erkannte, dass er etwas richtig gemacht haben musste, denn Dillan knurrte guttural. Dann erwärmte heißer Samen seinen Kanal.

„Oh." Derek schauderte bei dem seltsamen Gefühl. Er lächelte und summte und entschied, dass er es mochte zu wissen, dass er seinem Geliebten so sehr gefallen hatte, dass der die Kontrolle verlor. „Dillan", flüsterte er. „Das war unglaublich."

Dillan knabberte an seinem Hals und summte. „*Du* bist unglaublich", erwiderte er. „Aber wir sind noch nicht fertig."

Verwirrt drehte Derek den Kopf und sah seinen Geliebten über die Schulter an. „Was?" Er konnte nicht genug Gedanken für eine vollständige Frage in seinem Kopf versammeln.

„Ich werde dir noch einen Orgasmus verschaffen", flüsterte Dillan heiß in sein Ohr.

Derek lachte. „Ich glaube nicht, dass das möglich ist", murmelte er ehrlich. „Ich bin gerade zweimal gekommen. Ein dritter Orgasmus wie dieser an einem Abend würde mich wahrscheinlich umbringen."

„Hoffen wir nicht", sagte Dillan.

„Wie –"

Bevor Derek seine Frage beenden konnte, öffnete Dillan seinen Mund und schloss seine Kiefer um den fleischigen Teil von Dereks Schulter. Er biss zu, *hart*. Schmerz raste durch Dereks Schulter, und er schrie auf und zuckte.

Dann schoss das intensivste Vergnügen durch Derek. Er rief den Namen seines Geliebten aus, als sein Schwanz sich zu seiner Überraschung verdickte und seine Eier sich erneut zusammenzogen. Genau wie Dillan behauptet hatte, kam

Derek noch einmal. Dunkle Flecken huschte über sein Sichtfeld, und Derek keuchte schwer, versuchte, wieder zu Atem zu kommen.

„Heilige Scheiße“, flüsterte Derek. „Heiliger, oh, Gott.“

Dillan lachte grob. „Götter, das war verdammt heiß.“

„Was zum Teufel hast du getan?“

„Ich habe dich gebissen“, sagte Dillan selbstgefällig. „Ich habe dich beansprucht. Mein Biss wird dich jedes Mal zum Abspritzen bringen.“

Derek grinste und schaute nach hinten zu Dillan. „Nun, zögere nicht, mich jederzeit zu beißen.“

KAPITEL 12

Derek stöhnte leise.

Dillan lächelte und umarmte Derek fester. Er hatte seinem gutaussehenden Gefährten schon fast zwanzig Minuten lang beim Schlafen zugesehen. Letzte Nacht, als er eingeschlafen war, stellte Dillan fest, dass er nicht gewusst hatte, was ihm fehlte. Jetzt hatte er seinen Gefährten gefunden und für sich beansprucht. Dillan könnte nicht glücklicher sein.

Dillan konzentrierte sich auf Derek und kuschelte sich an den Hals seines Gefährten. „Wund, Hübscher?"

Als Derek sich zu ihm rollte, lockerte Dillan seinen Griff und stützte sich auf seinen Ellbogen. Er lächelte auf seinen gutaussehenden Menschen hinunter und beobachtete, wie Derek an die Decke starrte. Sein Gesicht schien gerötet zu sein, und er begegnete Dillans Blick nicht.

„Ja", antwortete Derek leise, seine Stimme kratzig vom Schlaf. Er verzog das Gesicht und sah schließlich Dillan an. „Auf jeden Fall wund."

Dillan nickte. Er wollte nicht, dass sein Gefährte sich mehr schämte, als er es bereits tat, aber er wollte sich auch um ihn kümmern. Er beugte sich vor und drückte einen schnellen Schmetterlingskuss auf Dereks Lippen.

„Bleib hier, mein Gefährte", drängte Dillan. „Ich habe

etwas, das helfen wird.“

Dillan schlüpfte aus dem Bett und ging schnell ins Badezimmer. Er öffnete den Medikamentenschrank und überflog den Inhalt in dem Wissen, dass er am Vortag dort etwas hineingelegt hatte. Dillan fand es und nahm die Tube heraus.

Dillan kehrte zum Bett zurück. Er kniete sich darauf, schnappte sich die Bettdecke und das Laken und schlug sie zum Fußende des Bettes auf. Derek versteifte sich … und nicht so, wie es Dillan gefiel.

„Was machst du?“, fragte Derek und sah ihn finster an. Er hob für eine Sekunde eine Hand, um ihn wegzuwinken oder vielleicht, um seine Leistengegend zu bedecken, dann ließ er seine Hand zurück auf seinen Bauch fallen. „Dillan?“

Dillan legte seine Hand auf Dereks Oberschenkel. „Alles okay, mein Geliebter“, beruhigte er ihn. Er zwinkerte und fügte dann hinzu: „Es gibt keinen Teil von dir, den ich nicht gesehen habe und den ich nicht ablecken möchte.“ Dillan drückte sanft gegen Dereks inneren Oberschenkel.

Nach einer Sekunde spreizte Derek seine Beine. Sein Gesicht wurde blassrosa, als er murmelte: „Was machst du?“

Dillan nahm seine Hand weg, schraubte die Kappe der Cremetube ab und stellte sie auf den Nachttisch. Dann gab er eine kleine Portion der gelben Salbe auf seine Fingerspitze. Dabei erklärte er: „Ich kümmere mich um dich. Ich hätte das letzte Nacht tun sollen.“ Dillan begegnete Dereks Blick und fügte hinzu: „Es tut mir leid, Derek. Ich war letzte Nacht ein bisschen grob mit dir, aber … Götter, du hast so gut reagiert.“

Jetzt wurde Dereks Gesicht rot. „Äh, wie wäre es, wenn

du mich das auftragen lässt?“, murmelte er.

Dillans erster Instinkt war, sich zu weigern, aber er erinnerte sich, dass sie sich immer noch aneinander gewöhnen mussten, und nickte. Er reichte die Tube weiter und stieg dann vom Bett. Dillan hob das Handtuch auf und wischte sich die Creme von den Händen.

„Ich werde mich waschen und pinkeln gehen“, sagte Dillan zu ihm, als er merkte, dass sein Gefährte ein wenig Privatsphäre brauchte. Das nächste Mal, schwor er sich. Er würde sofort daran denken, sich um seinen Geliebten zu kümmern, nachdem er ihn gefickt hatte. Auf diese Weise wäre Derek zu glücklich, um gegen die Intimität zu protestieren. „Du kannst deine Badutensilien in das Hauptbad räumen, wenn du möchtest, nachdem ich fertig bin“, bot er an.

Ohne auf eine Antwort zu warten, drehte sich Dillan um und ging zurück ins Badezimmer. Nachdem er getan hatte, was er gesagt hatte, kehrte er ins Schlafzimmer zurück. Dillan bemerkte, dass Derek immer noch im Bett lag und das Laken um seine Taille gezogen hatte.

„Ich fange gleich mit dem Frühstück machen an“, sagte Dillan.

Dillan beugte sich wieder zu ihm und wollte ihn küssen. Als Derek seine Hand hob und seine Vorwärtsbewegung stoppte, legte er den Kopf schief und hob fragend eine Braue.

„Äh, ich habe mir nicht die Zähne geputzt“, stellte Derek fest. „Wir sollten nicht, äh …“

Dillan lachte. Er schüttelte den Kopf, als er Dereks Handgelenk ergriff und seine Hand zwischen ihnen wegschob. Dillan beugte sich den Rest des Weges hinunter, beendete seine Absicht und drückte einen langsamen, zärtlichen Kuss auf Dereks Lippen.

Dillan hob seinen Kopf, sodass ein paar Zentimeter zwischen ihnen lagen, und sagte: „Ich werde dich immer küssen wollen. Egal, wann."

Derek nickte einmal. „Okay."

Dillan richtete sich auf und ging zur Kommode. Er zog eine Jeans an, ließ den oberen Knopf offen und ging dann aus dem Raum. Als er die Kaffeekanne anstellte, lauschte er. Innerhalb weniger Minuten nahm Dillans sensibles Gehör Dereks Bewegung auf und ließ ihn wissen, dass sein Gefährte aufgestanden war.

Sie hatten gerade ihr Essen beendet und saßen zusammen mit frischen Tassen Kaffee auf dem Sofa, als Dillan das Geräusch eines sich nähernden Fahrzeugs hörte.

Mit gerunzelter Stirn wandte sich Dillan an Derek und fragte: „Hat Edwin oder dein Bruder etwas darüber gesagt, dass er heute Morgen vorbeischauen will?" Er hatte wirklich gehofft, wenigstens einen ruhigen Tag mit seinem Gefährten verbringen zu können, bevor er sich um mögliche Geschäfte mit dem Rudel kümmern musste. Dillan wusste, dass er sich mit seiner Bitte an Alpha Declan wenden musste, auf unbestimmte Zeit am Rande des Territoriums seines Rudels zu bleiben.

Derek schüttelte den Kopf. „Nicht zu mir."

Dillan knurrte leise und stand auf. „Dann lass uns sehen, wer unsere ungebetenen Gäste sind." Er grinste und streckte seine Hand aus. „Damit wir sie wegschicken können."

Derek nickte, nahm seine Hand und erlaubte ihm, ihn auf die Füße zu ziehen.

Dillan wusste, dass sein Gefährte sich immer noch an offene Zuneigungsbekundungen gewöhnen musste, und ließ ihn frei. Außerdem konnte er die Tür nicht öffnen, wenn beide Hände voll waren, und er plante, seinen Kaffee mitzunehmen. Dillan ging zur Haustür und zog sie auf. Er trat auf die Veranda und zitterte nur ein wenig, als die kühle Morgenkälte seine nackte Brust traf.

Dillan ging zu den breiten Stufen. Er blieb oben stehen, lehnte seine linke Schulter an die hölzerne Säule und hob seine Kaffeetasse an die Lippen. Während er zusah, tauchte zwischen den Bäumen ein dunkelgrüner Geländewagen mit getönten Scheiben auf.

Dillan behielt einen neutralen Gesichtsausdruck und beobachtete, wie das Fahrzeug parkte. Er sah, wie drei Türen geöffnet wurden und vier Personen aus dem Fahrzeug ausstiegen. Der Mann, der den Rücksitz verlassen hatte, drehte sich um und streckte seine Hand aus, um einer Frau in einem sehr hübschen gelben Sommerkleid herauszuhelfen. Schade, dass ihre eisblauen Augen ihre Schönheit trübten.

„Oh, mein Gott", flüsterte Derek.

Dillan wandte seinen Blick nicht von den drei finster aussehenden Männern ab, die die Frau begleiteten. Zwei waren älter, einer etwas rund um die Mitte. Der dritte war ungefähr in Dereks Alter. Keiner von ihnen lächelte.

Dillans Katze fauchte in seinem Kopf, und er stimmte voll und ganz zu.

Da waren Eindringlinge in seinem Territorium.

„Kennst du sie?“, fragte Dillan leise.

„Das ist mein Vater, Forest Sommers“, murmelte Derek. „Scheiße. Und das sind Jennifer, ihr Vater Raymond und ihr Bruder Wayne. Was zum Teufel machen sie hier? Wie haben sie mich überhaupt gefunden?“

„Das ist eine sehr gute Frage“, stimmte Dillan zu. „Wir sollten sicher sein, dass wir diese Informationen erhalten, bevor sie gehen.“ Endlich riss er seinen Blick von der Gruppe los und drehte sich zu seinem Geliebten um, obwohl er die ungebetenen Gäste in seiner peripheren Sicht behielt. „Darf ich dich küssen?“, fragte er leise. „Nichts Großes. Gerade genug, um meinen Anspruch auf dich vor deinem Vater und diesen Leuten zu erheben.“ Er zwang sich zu einem Lächeln, als er zugab: „Meine Katze braucht das wirklich, da diese Frau behauptet, deine Verlobte zu sein.“

Dereks Augen weiteten sich nur ein wenig, als er zu der Gruppe schaute. Dann konzentrierte er sich auf Dillan und nickte einmal. „Äh, ja. Ich habe noch nie wirklich auf öffentliches Rummachen gestanden, aber …“ Er räusperte sich, und seine Wangen wurden ein bisschen rosa, was Dillan an die … na ja, Unerfahrenheit seines Gefährten erinnerte. „Ich will dich niemals abweisen.“

„Ich glaube, ich liebe dich schon“, flüsterte Dillan.

Dereks Augen weiteten sich und sein Kiefer sackte nach unten.

Dillan nutzte die Gelegenheit. Er rollte mit der Schulter an der hölzernen Säule entlang, so dass sein Rücken gegen das Holz drückte. Dann streckte er die Hand aus, packte Dereks Nacken mit seiner freien Hand, zog ihn zu sich und gegen seinen eigenen Körper. Dillan schob seine Zunge nur ein paar Sekunden lang tief in den Mund seines Gefährten und erkundete ihn. Genauso schnell beendete Dillan den Kuss und hob den Kopf, lächelte seinen Gefährten an.

„Danke“, flüsterte Dillan.

Derek starrte ihn an, sein Gesichtsausdruck ein wenig amüsiert und sehr erfreut. „Jederzeit.“

„Nimm deine schmutzigen Hände von meinem Verlobten!“, kreischte eine weibliche Stimme. „Du alter Bastard! Er gehört mir“, schrie sie weiter. „Ich bekomme sein Geld!“

„Das ist genug“, brüllte einer der älteren Männer und übertönte Jennifers anhaltende Behauptungen und Obszönitäten. „Derek, du wirst dieses widerwärtige Verhalten sofort einstellen.“

Derek versteifte sich, leckte sich über die Lippen, drehte sich dann langsam um und wandte sich dem Sprecher zu. „Hallo, Vater. Ich würde sagen, es ist schön, dich zu sehen, aber vielleicht solltest du das nächste Mal zuerst anrufen.“

„Sei nicht frech, Junge, oder es wird dir leid tun“, warnte der Mann, den Dillan für Forest Sommers hielt und dessen Gesicht vor offensichtlicher Wut rot wurde. „Vergiss nicht, was ich in meinem Safe habe. Du würdest doch nicht wollen, dass dieses kleine Geheimnis rauskommt, oder?“

Dereks Kiefer krampfte sich zusammen, er erblasste und sah aus, als wäre er geschlagen worden.

Dillans besitzergreifendes Bedürfnis, zu schützen, was ihm gehörte, erwachte zum Leben. Er fauchte zwischen den Zähnen und stieg die paar Stufen hinunter, um den Boden zu erreichen. Er stellte sich zwischen die vier und Derek. „Ihr seid zu *meinem* Zuhause gekommen und habt *meinen* Partner beleidigt“, schnappte er. „Verschwindet jetzt, bevor ich die Polizei rufe.“

Dillan hatte sich vor langer Zeit angewöhnt, nach möglichen Orten zu suchen, an denen er leben konnte. Er wusste, dass einer der Detectives vor Ort ein Tigerwandler war und hatte dessen Nummer auf Kurzwahl gespeichert … für alle Fälle. Dillan zog sein Handy aus der Tasche.

„Bringt mich nicht dazu, die Polizei anzurufen“, erklärte Dillan.

Forest würdigte Dillan kaum eines Blickes, was Dillans Katze verärgerte. Wie gern würde er diesem Menschen die Kehle herausreißen. Nur die Tatsache, dass dies der Vater seines Gefährten war, zügelte den Instinkt.

„Derek, hol deine Autoschlüssel und gib sie Wayne“, befahl Forest. „Er wird dein Auto fahren. Du wirst mit uns im SUV fahren.“ Er kniff die Augen zusammen und verschränkte die Arme vor der Brust. „Wir haben eine lange Fahrt vor uns und können uns schön ausführlich *unterhalten.*“

Wayne trat mit ausgestreckter Hand und einem arroganten Grinsen vor. Dillan kannte den Typ. Dieser Mensch hatte alles geschenkt bekommen. Mit dem blonden Haar, der schlanken Figur und den eisblauen Augen war es leicht zu erkennen, dass er Jennifers Schwester war.

„Komm schon, Arschloch“, schnappte Wayne. „Ich habe letzte Nacht wegen dir einen Junggesellenabschied verpasst. Machen wir uns auf den Weg.“

„Gott“, murrte Derek und kam die Stufen herunter, um

neben Dillan zu stehen. „Ich wusste, dass deine Schwester ein egoistisches Miststück ist, also hätte ich wissen müssen, dass du auch nicht weit vom Stamm gefallen sein kannst.“ Derek verzog die Lippen und sah Wayne für eine Sekunde abfällig an, dann drehte er sich weg und lächelte Forest und den anderen älteren Mann an. „Vergiss es, Vater. Ich weiß nicht, wie du uns gefunden hast oder was du mit dieser Nummer erreichen willst, aber ich heirate sie nicht.“ Derek funkelte Jennifer an und zog seine Lippe hoch. „Was? Hast du dir für diese Farce selbst einen Ring gekauft? Oder hast du ihn von einem unserer *Daddys* bekommen?“

Jennifers Augen weiteten sich und ihr Gesicht verfärbte sich in einem interessanten Rotton.

Raymond kam ihr mit einer Antwort zuvor. „Du sagtest, du hättest die Kontrolle über ihn“, donnerte er und starrte Forest an. „Jetzt lässt er meine Tochter wie eine Lügnerin aussehen.“

„Verdammt, Junge!“, brüllte Forest. „Ich habe dein Auto nicht durch drei Bundesstaaten verfolgt, damit du dich so kindisch aufführst.“ Seine Augen verengten sich, seine Nasenflügel flatterten, und der schwergewichtige Mensch fuhr fort: „Du wirst das Richtige für deine Familie tun und –“

Derek lachte. „Das Richtige für meine Familie? *Richtig?* So wie du Deke verstoßen hast?“ Er schnaubte und schüttelte den Kopf. „Okay, Vater. Ich verstoße *dich*. Es ist mir egal, welche Geschäfte du mit Raymond machen willst. Ihr könnt mich alle da raushalten.“ Er zeigte mit dem Finger auf seinen Vater und knurrte: „Ich habe *gekündigt,* erinnerst du dich? Ich bin *fertig damit,* dein Prügelknabe und Schoßhund zu sein. Ich lebe jetzt mein eigenes Leben."

„Du widerliche Missgeburt!", brüllte Forest. „Nach allem, was ich für dich getan habe, wirst du nicht so mit mir sprechen. Steig in das verdammte Auto", fuhr er fort und zeigte auf das SUV.

„Du bist so ein undankbarer Idiot", zischte Wayne und zog die Aufmerksamkeit auf sich. „Meine Schwester ablehnen, damit du solchen Schweinkram treiben kannst." Er ging auf die Veranda zu, hob die rechte Hand und schüttelte seine Faust vor Derek. „Wenn dich zu heiraten, nicht Millionen bedeuten würde", fügte Wayne knurrend hinzu, „würde ich ein perverses Schwein wie dich *niemals* in die Nähe meiner Schwester lassen!"

Wayne schwang seinen Arm und zielte mit der Faust auf Dereks Kiefer.

Dillan brüllte und stürzte sich auf Wayne, aber es war zu spät. Allerdings trat Derek geschickt nach rechts, blockierte den Schlag mit seinem linken Arm und landete einen eigenen rechten Haken. Wayne war schon dabei, Arsch über Kopf zu Boden zu gehen, als Dillans Körper gegen ihn schlug und ihn vollends umriss … hart. Dillans sensibles Gehör nahm den charakteristischen Klang eines Knackens auf. Dem und Waynes Heulen nach zu urteilen, würde Dillan wetten, dass der Mensch mindestens eine gebrochene Rippe hatte.

Dillan rollte sich von dem Mann herunter und sprang auf die Beine. Er zog seine Lippe hoch und sah das übriggebliebene Trio an.

„Ich scheiß drauf, was –", begann Forest.

Ein Gewehrknall hallte durch die Morgenluft. „Ich muss nicht vorbeischießen", rief ein amüsierter Tenor. „Ihr seid in den Bergen von Colorado und belästigt meine Freunde. Selbst die Cops würden uns nicht anrühren. Du hast zuerst ausgeholt!" Die Stimme lachte. „Jetzt wäre ein großartiger Zeitpunkt, um zu gehen und niemals zurückzukehren … Forest Sommers. Du und bigotte Typen wie du sind hier nicht willkommen."

Die Geräusche von einem halben Dutzend Wolfsheulen erfüllten die Morgenluft … und sie waren nicht sehr weit entfernt.

Dillans Katze sträubten sich in seinen Gedanken die Nackenhaare. Er versuchte sich daran zu erinnern, dass er nicht ihre Beute war. Er war ein Freund des örtlichen Rudels. Er hatte die Erlaubnis, hier zu sein.

„Ah, beeilt euch besser", rief der Fremde, der dies offensichtlich genoss. „Ich mag es nicht, wenn Leute Ortungsgeräte nutzen, um meinen Freunden Schaden zuzufügen, und meine Wölfe würden es lieben, eine Ausrede zu haben, um … zu spielen."

Nachdem die älteren Männer einen Blick gewechselt hatten, eilten sie vorwärts. Dillan packte Dereks Ellbogen und drängte ihn ein paar Schritte zurück. Waynes Vater bückte sich und schlang einen Arm um seinen Sohn. Forest kräuselte seine Lippe und knurrte: „Ich werde dich ruinieren, Derek. Du wirst nie wieder als Anwalt arbeiten."

Derek schnaubte. „Gut." Dann kniff er die Augen zusammen und fragte: „Glaubst du, ich brauche Beweise dafür, dass du derjenige warst, der den Polizisten bezahlt hat? Oder wird Unterstellung ausreichen, um dich auch zu ruinieren?"

Während Forest grinste und sich umdrehte, um Wayne

ebenfalls zu helfen, schaute der Vater des Mannes Derek verachtend an. „Schwuchtel."

Wieder heulten Wölfe, und mehrere tauchten auf, rannten über den Rasen auf sie zu. Während ihre Zähne entblößt und ihre Ohren zurückgelegt waren, was ihnen ein wildes und gefährliches Aussehen verlieh, konnte Dillan nicht umhin, die Belustigung in den Augen der Wandler zu bemerken. Sie hatten Spaß.

Innerhalb von zwei Minuten waren die ungebetenen Menschen in den Geländewagen gestiegen und davongerast. Die Wölfe – es sah nach sechs aus, sehr zu Dillans Verärgerung – trotteten um die Lichtung und schnüffelten an den Geruchsmarkierungen seiner Katze. Derek war gegen Dillans Seite gedrückt, seine Augen weit aufgerissen, als er alle Wandler in Tierform anstarrte.

„Nun, das ist gut gelaufen", sagte der Fremde, ein Mensch nach seinem Geruch zu urteilen, als er zu ihnen schlenderte. Der schlanke Mann hatte ein Gewehr mit Zielfernrohr über der Schulter baumeln. „Jared Templeton. Gefährte von Carson Angeni", sagte er zur Begrüßung. „Ich hasse bigotte Arschlöcher in unserem Territorium." Jared sah Dillan an und grinste. „Ich habe das Ortungsgerät, das er an Dereks Auto hatte, deaktiviert, aber ich würde empfehlen, den Wagen zu verkaufen." Er zwinkerte. „Dein Gefährte soll sich was zulegen, das mit dem Schnee fertig wird."

Dillan nickte langsam. Er erkannte Carsons Namen. Als er sich umsah, bemerkte er, dass Declan McIntire mit einem anderen nackten Mann sprach, den Dillan nicht erkannte. Sekunden später drehte sich dieser Mann um und gab ein paar

Wölfen Befehle, die sich sofort umdrehten und in den Wald flitzten. Dillan vermutete, dass ihnen befohlen wurde, dem Fahrzeug zu folgen, um sicherzustellen, dass die Menschen wirklich verschwanden.

Im nächsten Moment drehte Declan sich um und sah in Dillans Richtung. Er nickte und hielt ein paar Finger hoch, was anzeigte, dass er ein paar Minuten brauchte und dann mit ihm sprechen wollte. Dillan winkte zum Zeichen, dass er verstand. Es schien, als gäbe es viel zu erklären.

„Oh, mein Gott! Es gibt so viele von ihnen!"

Dereks Erklärung zog Dillans Aufmerksamkeit auf ihn. Er bemerkte, dass sein Gefährte mit großen Augen über die Lichtung schaute und sein Blick sich von einem Wandler zum nächsten bewegte. Derek musste sich offenbar immer noch mit Wandlern abfinden.

Das überraschte Dillan nicht wirklich.

Dillan packte Dereks Oberarme in einem sanften Griff und rieb auf und ab. Er hasste den verwirrten Ausdruck, der sich langsam in … Niederlage verwandelte, als er das Gesicht seines Gefährten betrachtete. „Derek, mein Gefährte, geht es dir gut?", fragte Dillan, musterte ihn von oben bis unten und suchte seinen Geliebten nach Verletzungen ab. Abgesehen von den Fingerknöcheln, die er sich an Jennifers Bruder aufgekratzt hatte, schien Derek in Ordnung zu sein.

Derek atmete langsam aus und blinzelte. Er begegnete Dillans Blick. Nach einer Sekunde lächelte er. „Ja", sagte er mit einem Nicken. „Mir geht es gut. Das ist so gelaufen, wie ich es erwartet habe."

„Es tut mir leid wegen deiner Eltern", sagte Dillan und

meinte jedes Wort. Sein eigenes Rudel hatte ihn vor Jahrhunderten verstoßen, aber hin und wieder traf ihn dieser Stich der Traurigkeit.

Derek schüttelte den Kopf und zuckte die Achseln. „Ich wünschte, es wäre anders, aber man kann sich kein Leben auf Wünschen aufbauen." Er hob seine Hand und umfasste Dillans Kiefer. „Außerdem habe ich dich und Deke und all unsere neuen Freunde", sagte er und sah sich zu der Gruppe von Wolfswandlern um, deren unerwartete Ankunft dazu beigetragen hatte, Forest zu verjagen.

„Alles, was du willst oder brauchst", schwor Dillan. „Sag es und es wird geschehen."

Derek schüttelte den Kopf. Er beugte sich vor und drückte einen schnellen Schmetterlingskuss auf Dillans Lippen. „Ich brauche nichts." Dann schnaubte er. „Ich möchte nur den ganzen Tag in unserem Whirlpool sitzen und entspannen. Ist das in Ordnung?"

Dillan nickte. „Das klingt nach einer guten Idee", antwortete er grinsend. „Nachdem wir uns mit dem Alpha unterhalten haben, machen wir genau das."

„Gut", sagte Derek. Er küsste Dillan noch einmal schnell und fest auf die Lippen, trat dann zurück und wackelte mit den Brauen. „Dann beeilen wir uns. Ich möchte eine lange, harte und tiefe Diskussion darüber führen, wie man sich in unserem Whirlpool am besten entspannen kann."

Als Derek sich abwandte und auf Alpha Declan zuging, knurrte Dillan leise und setzte sich ebenfalls in Bewegung. Die Idee seines Gefährten klang so gut wie perfekt.

ÜBER CHARLIE RICHARDS

Charlie begann im Alter von acht Jahren mit dem Schreiben von Fantasy-Geschichten und als sie mit neunzehn ihren ersten erotischen Liebesroman in die Finger bekam, erkannte sie ihre wahre Berufung. Jetzt konzentriert sie sich auf das Schreiben von homoerotischen Romanen, zumeist aus der Kategorie Paranormal, mit Helden jeglicher Art.

Dank der Hilfe und Unterstützung ihres Ehemanns hat sich Charlie endlich eines ihrer lebenslangen Ziele erfüllt: mit ihren Pferden auf ein großes Stück Land ziehen. Man trifft sie häufig mit ihrem Laptop und einer Tasse Tee oder einem Glas Wein beim Schmieden ihres nächsten Abenteuers an. Charlie erforscht gerne die Berge in ihrer neuen Heimat Oregon, am liebsten auf dem Pferderücken, in einem Geländewagen oder auf einem Motorrad.

Me and the Muse Publishing

WWW.MEANDTHEMUSE.COM